Frich
Laufnberg
Eglisow
Zurzach
Rafzer veld
Schafhusn
Kussnberg
Nükilch
Stülingn
Blümberg
Schleitn
S:Bleß
Bödorff
Dormas
Schönaw
Totnaw
Bernaw
Sulzburg
Staufen
Krotzingn
Delberg
Nydinga
Hüfingn
Denckingn
Loffingn
Die Bar
Friburg
Brisz
gow
Brisach
Kilchzartn
Zeringn
Swarcz
Wald
villingn
fischer
S:Peter
waldkirch
Simons wald
Elzach
S.Jörg
Cell
Hochberg
Hornburg
Elz fl.
Sedorff
Zimbern
Sulz
Husen
Bleuch fl.
Schiltach
Haslach
Lar
mortnaw
Elsaß
Gengnbach
Schuttern
Glatten
Glar fl.
Oppenau
Offenburg
Oberkirch
Dornstetten
Richenbach
Der Rhin
Straßburg

Thomas Binder

Der Galgentänzer

Leben einer Schwarzwälder Räuberlegende

ROMAN

THOMAS BINDER

DER GALGENTÄNZER

LEBEN EINER SCHWARZWÄLDER RÄUBERLEGENDE

Badischer Landwirtschafts-Verlag GmbH
Freiburg im Breisgau

1. Auflage Oktober 2022

Merzhauser Straße 111, 79100 Freiburg im Breisgau
www.badische-bauern-zeitung.de

Covergestaltung: Johanna Pietschmann, Münstertal

Cover Gemälde: Ludwig Zorn, Trübes Wetter im Schwarzwald, 1904, Augustinermuseum, Leihgabe des Freiburger Münsterbauvereins e. V., 12421

Foto: Axel Killian

Satz: BZ.medien, Freiburg

Lektorat: Martin Uhlenbrock

Herstellung, Druck und Bindung: Pustet, Regensburg

ISBN 978-3-9822988-2-5

Thomas Binder, geboren 1971, hat in Freiburg im Breisgau studiert und ist seitdem vom Schwarzwald und seiner wechselvollen Geschichte in den Bann gezogen. Am liebsten beschäftigt er sich mit den Schicksalen der einfachen Menschen und Außenseiter. Sein erstes Buch »Kämpfen. Leiden. Lieben. Leben im Schwarzwald von den Kelten bis ins 20. Jahrhundert« erschien im Jahre 2020 im Südverlag.

www.schwarzwald-geschichte.de

VORWORT

»Alles vereinigte sich bei ihm, was einen großen Gauner bildet. Sein Körper, obgleich nur von mittelmäßiger Größe, war voll von rüstiger Kraft, starkgliedrig und behend, (…) seine Füße so schnell, dass kaum ein Pferd ihn einholte, sein Blick (…) wild und drohend, seine Stimme volltönig und schreckend. Zu diesen Eigenschaften des Körpers gesellten sich noch wichtigere des Geistes – ein nicht gemeiner Verstand, ein bewunderungswürdiges Gedächtnis, ein treffender Witz, eine seltene Verschlagenheit, ein Mut, der die kühnsten Unternehmungen wagte und allen Gefahren und Beschwerden trotzte.«

Nicht nur für seinen Zeitgenossen, den Pfarrer Johann-Ulrich Schöll, war der Konstanzer Hans, der 1759 unter dem Namen Johann Baptista Herrenberger in Oppenau geboren wurde, ein außergewöhnlicher Mensch. Als Räuber war er schon zu Lebzeiten eine Legende im Schwarzwald, gefürchtet und bewundert. Aber er war auch ein Kind seiner Zeit, gefangen in den engen Grenzen, innerhalb derer sich im 18. Jahrhundert diejenigen bewegten, die am Rande der Gesellschaft lebten. In diesem Buch versuche ich, das Leben des Konstanzer Hans anhand von historischen Überlieferungen nachzuzeichnen. Ort und Zeit der Handlung, die handelnden Personen und Ereignisse orientieren sich an dem, was wir heute über ihn wissen. Nur dort, wo Informationen fehlen, habe ich Ergänzungen vorgenommen, die mir plausibel erscheinen.

In vier besonders hervorgehobenen Kapiteln (Armut, Strafe, Gauner und Strafverfolgung) habe ich die Biografie des Konstanzer Hans ergänzt durch Informationen über die Lebensbedingungen im Schwarzwald des 18. Jahrhunderts. Dabei wird der Blick besonders auf die Außenseiter der Gesellschaft gerichtet.

Ich wäre glücklich, wenn das Buch den Leserinnen und Lesern einen Eindruck davon vermitteln würde, wie das Leben im Schwarzwald des 18. Jahrhunderts für diejenigen aussah, die nicht auf der Sonnenseite standen – für Menschen wie Johann Baptista Herrenberger.

Thomas Binder

»Meinem Vater, über dessen Leben auch ein Buch geschrieben werden könnte«.

Thomas Binder

»Jedem, auch dem Lasterhaftesten ist gewissermaßen der Stempel des göttlichen Ebenbilds aufgedrückt, und vielleicht hat der große Bösewicht keinen so weiten Weg zum großen Rechtschaffenen, als der kleine.«

Friedrich Schiller, Die Räuber

PROLOG

»Da vorne ist Alpirsbach.« Der Kutscher zeigt auf die Silhouette am Horizont. Hans wird für einen Moment aus seinen Gedanken gerissen. Den Turm der Klosterkirche kann er schon erkennen, wie er stolz in den eisigen Dunst dieses Februarmorgens ragt. Die Kutsche holpert gleichförmig über den gefrorenen Boden. Hans blickt auf den Stadtknecht, der ihm gegenüber in seiner Uniform döst. Ein sorgsam gezwirbelter Schnurrbart ziert sein Gesicht. Die Beine hat er ausgestreckt, die Arme vor der Brust verschränkt. Sein Kopf senkt sich immer wieder langsam nach unten, bis er sich in einer schreckhaften Bewegung erneut anhebt. So, als ob er sich daran erinnert, dass ihm eingeschärft wurde, Hans nicht aus den Augen zu lassen.

Wie oft auf dieser Fahrt hat sich Hans schon an die Stelle dieses Stadtknechts gewünscht. Mit seinem biederen Alltag, der einfältigen Sicherheit seines Lebens. Hans ahnt, was ihn stattdessen erwartet. Seine Gedanken kehren immer wieder zurück zu den Szenen der Hinrichtung, die er als Kind erlebte. Die Bilder haben sich tief in sein Gedächtnis eingebrannt. Die aufgewühlte Menschenmasse, die salbungsvollen Worte des Pfarrers, die Verzweiflung des Täters im Angesicht des Galgens. Fast zwanghaft sieht Hans sich selbst dort stehen, ein letztes Gebet murmelnd mit der Schlinge um den Hals.

Als Hans wieder nach draußen blickt, spiegelt sich sein Gesicht im Fensterglas der Kutsche, auf dem sich Eisblumen in unterschiedlichsten Formen und Größen gebildet haben. Sein Hals ist kräftig wie sein Körper. Ein dicker rotbrauner Bart und eine große Narbe vom Ohr bis zur Oberlippe geben ihm etwas Verwegenes. Auf der einen Seite des Kopfes trägt er seine wilden Haare zu einem Zopf gebunden, auf der anderen Seite sind sie gerade einmal daumenlang. Schmerzhaft wird er dadurch an die Demütigung erinnert, die ihm am Ende seiner Haft in Mahlberg angetan wurde. Die rechte Hälfte des Kopfes hatten sie ihm kahlgeschoren, um ihn als Verbrecher zu brandmarken. Er hatte geschrien und getobt. Drei Wächter mussten ihn festhalten, als der Scherer zu Werke ging. Es hatte nichts genutzt. Sie hatten ihm die Ehre genommen.

Die Kutsche rüttelt auf das Stadttor zu. Mit einem lässigen Gruß signalisiert der Torwächter, dass die Kutsche passieren kann. Wie oft war er durch dieses Städtchen geschritten als freier Mann und stolzer Räuber? Voller Tatendurst, voller Pläne und mit dem Gefühl, dass nichts und niemand ihm gefährlich werden könnte. Wie viele Male hatte er hier im Wirtshaus gesessen, Karten gespielt und gezecht? Jetzt ist er nur ein Schatten seiner selbst. Am Hals angekettet wie ein wildes Tier.

Hans sitzt in der Kutsche, gefesselt an Armen und Beinen, an einer Kette festgebunden, die an einem schmiedeeisernen Band um seinen Hals endet. Mit seiner Abfahrt Richtung Sulz haben sich alle seine Hoffnungen zerschlagen. Zuvor war Hans im Freiburger Stockhaus eingekerkert gewesen. Ein Gefängnis, gewiss, aber eines, in dem sich leben ließ. Hier werden Angehörige des österreichischen Militärs festgehalten, die darauf warten, wieder in die Reihen der Soldaten aufgenommen zu werden. Die Versorgung war ordentlich, und Hans und seine Kameraden vertrieben sich die Zeit mit Geschichten aus alten Tagen und Kartenspiel.

Vor drei Tagen – am 3. Februar 1784 – aber hat sich für Hans alles geändert. Kaum dass er auf seiner Pritsche erwacht war, führten ihn Hatschiere[1] aus der Zelle nach draußen, wo sich schon ein Menschenauflauf um zwei uniformierte Männer gebildet hatte, die ihm unbekannt waren. Er sah die Kutsche mit dem fremden Wappen und den Schwarzwälder Füchsen, die unruhig hin und her tänzelten und an deren Nüstern sich Atemwölkchen bildeten. »Bruder, das geht dich an. Die Leute von Sulz am Neckar wollen dich abholen«, sagte ein Mitgefangener zu ihm.

---

[1] Soldaten, die für Wachaufgaben und zur Kriminalitätsbekämpfung eingesetzt wurden.

Die Uniformierten, die auf ihn warteten, waren Stadtknechte aus Sulz. Einer von ihnen trug den Arm voller Ketten. Hans wusste sofort, was das bedeutete. Das war Schäffers Werk. Der Oberamtmann aus Sulz, das vermutete Hans schon lange, wollte ihn zu sich holen. Er persönlich wollte ihn vernehmen, jede einzelne Tat aus seinem Mund hören und ihn dann an den Strang bringen. Etwas Schlimmeres konnte Hans nicht passieren. Hans wütete und raste in seine Zelle zurück, sprang auf seine Pritsche. »Schäffer, du Blutsauger. Mich kriegst du nicht!«, schrie er. Hans wusste nicht, welches Gefühl stärker war. Der Hass auf diesen Mann oder der Ärger über sich selbst, dass er in diese Situation geraten war.

Es dauerte eine Weile, bis Hans sich beruhigte. Aber die Sulzer Stadtknechte hatten Geduld. Als er wieder nach draußen geführt wurde, legten sie ihm das eiserne Halsband an und befestigten es in der Kutsche, die ihn quer durch den Schwarzwald transportieren sollte. »Ein eisernes Halsband am St.-Blasi-Tag ist gut fürs Halsweh«, scherzte Hans verbittert. Die Wut war der Verzweiflung gewichen. Einer der Sulzer Stadtknechte setzte sich zu Hans in die Kutsche. Eine Marketenderin eilte vom nahen Markt herbei und reichte ihm mit mitleidsvollem Blick eine schmalztriefende Schweinshaxe. Zu anderer Zeit hätte er sich gierig darauf gestürzt. An diesem Tag widerte ihn schon der Anblick an. Der andere Stadtknecht auf dem Kutschbock schnalzte mit der Zunge und die Pferde setzten sich mit einem Ruck in Bewegung. Hans blickte zurück und sah, wie die Hatschiere seine Kameraden wieder in das Stockhaus trieben. Von Freiburg nach Sulz, das ist mein Weg zum Galgen, dachte Hans.

Jetzt schaut Hans aus der Kutsche auf die ersten Häuser von Alpirsbach. Der Stadtknecht döst noch immer. Wäre nicht jetzt die Gelegenheit zur Flucht da? Wäre Hans erst aus der Kutsche, könnte er den Stadtknecht leicht abschütteln. Er muss nur die Ketten lösen. Aber wie soll das gehen, ohne den Wächter zu wecken? Der Kutscher dreht sich plötzlich nach hinten zu Hans: »Schau dir das an, Hans. Die kommen für dich.« Alle nennen ihn Hans. Konstanzer Hans, unter diesem Namen ist er bekannt, obwohl er nur ein einziges Mal in Konstanz gewesen ist. Sein Vater Andreas, den alle den alten Konstanzer nennen, stammt vom Bodensee, und als dessen Sohn wird er Konstanzer Hans gerufen. Seinen richtigen Namen – Johann Baptista Herrenberger – kennt fast niemand.

Hans weiß nicht, was der Kutscher meint. Auf der bisherigen Wegstrecke warfen die Menschen neugierige Blicke in die Kutsche, aber einen Auflauf hat es seienetwegen nicht gegeben. Mit seinem Ärmel wischt er die Feuchtigkeit von dem Fenster und blickt angestrengt in den Nebel. Eine Glocke läutet im Hintergrund. Jetzt sieht er es auch: An der Straße stehen kleine Grüppchen. Sie zeigen auf die Kutsche, kommen näher. Die Türen der Häuser öffnen sich. Ein junger Knabe winkt aufgeregt:

»Kommt schnell heraus! Er ist da, der Konstanzer Hans.« Der Stadtknecht bremst die Kutsche. Jetzt laufen sie herbei, aus allen Richtungen. Die Mutigsten rücken näher, dann folgen auch die Zögerlichen. Sie bilden einen Kreis um die Kutsche. Keiner will etwas verpassen. »Er ist es wirklich«, ruft ein Mann so entrückt, als ob er einem leibhaftigen Heiligen begegnet wäre. Eine Frau mit weißer Schürze und Haube hält die Hand vor den offenen Mund. Ein dicker Mann, über und über mit Mehl bestäubt, wagt einen Schritt nach vorne: »Was haben sie mit dir gemacht, Hans?« Jetzt reden alle durcheinander, drängen sich an die Kutsche. Ein junger Bursche mit struppigen Haaren, öffnet die Türe, streckt seine Hände in das Innere und versucht, das Halsband zu berühren. Hans weicht irritiert zurück. Er kennt all diese Leute nicht, die seine Nähe suchen.

»Platz da! Lasst mich durch!«, schreit ein rotbärtiger Mann, der einen steinernen Krug in die Höhe stemmt und sich durch die Menge drückt. Bei jeder Bewegung schwappt ein wenig Flüssigkeit auf die Umstehenden. Offensichtlich ist es der Wirt aus dem Gasthaus, vor dem die Kutsche angehalten hat. »Der Hans hat Durst – seht ihr das nicht?« Widerwillig bilden die Schaulustigen eine Gasse.

Keuchend reicht der Mann Hans den Krug in die Kutsche und verbeugt sich, als ob Hans ein hoher Herr wäre. »Trink – es ist der beste Wein, den wir im Hause haben.« Hans sieht, dass der Wirt nur noch wenige braune Zähne in seinem Mund hat. Sie sehen aus wie morsche Pfähle eines Viehzauns. Hans, der noch immer kein Wort gesagt hat, nimmt das Gefäß zögerlich in seine Hände. Die Ketten an seinen Armen rasseln. Schweigend starrt ihn die Menge an. »Prosit!«, ruft eine junge Magd ihm augenzwinkernd zu. Und Hans trinkt. Der Wein rinnt die Kehle hinab und Hans schließt die Augen. Die Menge johlt. Hans setzt den Krug ab und wischt sich mit dem Ärmel über den Mund. Zum ersten Mal, seit er unterwegs ist, huscht ein Lächeln über sein Gesicht.

Jetzt prasseln die Fragen auf ihn ein: »Wie haben sie dich gekriegt, Hans?«, »Warum fliehst du nicht einfach?«, »Wo sind deine Freunde?« Die wohlige Wärme des Weins breitet sich in ihm aus, und Hans fühlt sich lebendig wie schon lange nicht mehr. Die dunklen Gedanken verschwinden. Und dann beginnt er zu erzählen. Manches schmückt er aus, anderes lässt er weg. Seine kühnsten Taten schildert er und wie er sich in aussichtslosen Situationen seinen Häschern entwand. Die Menschen wollen nicht die traurige Wahrheit hören, und Hans will sie nicht sagen. Irgendwann setzt sich die Kutsche wieder in Bewegung. Die beiden Stadtknechte wollen weiter. Sie versuchen, die Versammelten mit derben Worten wegzutreiben. Aber die Menschen folgen Hans: Kinder und Alte, Bauern, Wirte, Knechte und Mägde. Immer wieder reichen sie Wein und Brot und Käse in die Kutsche.

Wo immer die Kutsche fortan hinkommt, nach Busenweiler, Dornhan oder Weiden, überall wird Hans begeistert empfangen. Links und rechts der Straße stehen Menschen und jubeln. Hans hört Musik. Pfeife, Dudelsack, Geige. Wie beim Tanz auf der Kirchweih, denkt Hans. Der Kutscher muss immer wieder laut rufen, um sich seinen Weg zu bahnen. Hans winkt und lächelt. Er ist gerührt. Er hatte keine Ahnung, wie bekannt er ist. Ein paar übermütige Kinder wollen auf die Kutsche aufspringen. Hans muss an seine Schwester denken. Franzelen wäre so stolz auf ihn, wenn sie das sehen könnte. Hans wird angenehm müde, seine traurige Stimmung ist verflogen. Ein Herzog oder Fürst würde auch nicht anders empfangen werden, denkt er sich zufrieden. Mit einem Seufzer lehnt er sich in seinen Sitz, zieht die Decke über seine Beine und fällt in einen unruhigen Schlaf. Als er aufwacht, ist es dunkel. Der Stadtknecht rüttelt unsanft an seiner Schulter. »Hans, wir sind da. Wir sind in Sulz.«

Anfang April 1768

Hans liebt den Markttag in Oberkirch. Auf einer kleinen Mauer sitzt er neben Jakob. Sie genießen die ersten wärmenden Sonnenstrahlen des Frühjahrs. Die Zeit vertreiben sie sich mit dem Täschelspiel. Beide haben einen Haufen Kiesel vor sich. Hans wirft einen seiner Kiesel in die Höhe. Solange der eine Stein in der Luft ist, greift er sich einen Kiesel von Jakobs Haufen und legt ihn zu sich, ohne den Kiesel in der Luft aus den Augen zu lassen. Mit einer ruckartigen Bewegung versucht er dann, diesen Stein aufzufangen – ohne Erfolg. Der Kiesel plumpst neben die Füße von Hans auf den staubigen Boden. Jakob grinst: »So wird das nichts. Du musst schneller sein. Pass auf.« Jakob wirft einen seiner Kiesel in die Luft, klaut einen anderen von Hans' Haufen und fängt ohne Anstrengung den ersten Kiesel wieder auf.

Hans' Gefährte heißt eigentlich Jakobus, aber alle nennen ihn Jakob. Jakobs Vater ist Kesselflicker und zieht von Hof zu Hof, seine Mutter flicht Körbe. Jakob ist acht Jahre alt wie Hans, aber er wirkt älter. Seine Eltern sind froh, wenn er nicht bei ihnen auftaucht, sagt Jakob. Warum, das will er nicht sagen. Hans fragt auch nicht.

Hans' Vater arbeitet heute auf dem Bartholomäushof. Sein Lohn reicht nicht, um die Familie zu ernähren. Deswegen hat er Hans zum Betteln geschickt. Wie so oft in den letzten Monaten. Hans hasst es zu betteln. An die Türen der Höfe zu klopfen, sich zu verbeugen. Manchmal trägt er ein Lied vor, ab und zu ein Gebet. Er versucht, immer dann zu kommen, wenn der Bauer auf dem Feld ist. Die Bauern geben am wenigsten. Am besten ist es noch, wenn die Magd öffnet. Sie schaut nicht so herab auf ihn wie die Bauersleute. Manchmal bekommt er ein paar Kreuzer. Meistens wird er fortgeschickt. Fast immer muss er sich anhören, dass er besser arbeiten solle, als zu betteln. Fleißige Knechte oder Hirtenbuben würden immer gesucht. Und warum sein Vater sich nicht um ihn kümmere. Schnell schließen sie die Türen. Die Bauern wissen, dass mancher Bettler nur einen Vorwand sucht, um ins Haus zu kommen und auszukundschaften, wo es etwas zu holen gibt, nachts und mit Gewalt.

Hans' Vater hat keine Ahnung, dass Hans hier sitzt, und von Jakob weiß er auch nichts. Er hätte es nicht erlaubt. Aber das ist egal. Jetzt ist Markttag und Jakob sitzt neben ihm. Die Bauern haben schon im Morgengrauen ihre Stände aufgebaut. Zur siebten Stunde hat der Gerichtsbote das Marktfähnlein aufgestellt als Zeichen für den offiziellen Beginn des Markttags. Danach zieht er bei den fremden Händlern die Zollgebühren ein.

Schweigend betrachtet Hans das Treiben des Markttags. Krämer haben ihre Waren auf großen Tischen ausgebreitet: Seile, Nägel, Tücher, Riemen, Heidelbeerraffeln,

Pfeifen. Schwäbische Bauern von jenseits des Kniebis bieten Käse und Habermehl an. Der Geruch von frischem Brot liegt in der Luft. Ein Bauer streitet mit einer Magd um den Preis eines Huhns. Ein verschwitzter Korbmacher sitzt gebeugt auf einem Stuhl und flicht. Vor ihm stehen Körbe in allen Größen und Formen. Ohne von seiner Arbeit aufzuschauen, vertreibt er mit einem Fußtritt einen streunenden Köter, der ihn unermüdlich ankläfft. Kartoffeln gibt es an einem Stand nebenan und Rüben an einem anderen. Mit einer Holzkelle schöpft eine Frau singend Schmalz aus einem großen Topf.

Eine Bäuerin kann nur schwankend gehen, so voll sind ihre Körbe mit Gemüse und Obst. Einige Männer scharen sich um den Tisch eines Küfers. Sie klopfen auf den Holzboden eines Fasses und befühlen die eisernen Ringe. In die Fässer werden ihre Frauen im Herbst wieder das Kraut einlegen, das die Familien über den Winter bringt. Am meisten liebt Hans den Tisch des Wachsziehers, der seine Bienenwachskerzen feilbietet, die einen intensiven Honiggeruch verbreiten.

Hans malt mit dem großen Zeh Kreise in den staubigen Boden, als Jakob aufspringt. »Bin gleich wieder da«, ruft er zurück. Die Blicke von Hans folgen ihm, wie er zur dicken Bäckersfrau geht und auf sie einredet. Die Bäckersfrau schüttelt den Kopf, wendet sich ab, aber Jakob redet einfach weiter. Jetzt faltet er seine beiden

Hände, neigt seinen Kopf. Die Bäckersfrau nimmt ein großes Messer, schneidet eine dicke Scheibe Brot aus einem dunklen Laib und reicht sie dem Jungen. Dann schickt sie Jakob mit einer barschen Handbewegung weg. Der deutet noch einen Knicks an und schlendert lächelnd zu Hans zurück. Darum beneidet Hans seinen Freund. Ihm macht es nichts aus zu schnorren, und er bekommt, was er will. Seinem kindlichen Charme kann sich nicht einmal die derbe Bäckersfrau entziehen.

»Was hast du ihr erzählt?«, fragt Hans. »Dasselbe wie immer: Meine Mutter hat die Schwindsucht, meine Schwester ist gelähmt und wo mein Vater ist – keine Ahnung.« Mit einem breiten Grinsen reißt Jakob das Brot in zwei Stücke und reicht eines davon seinem Freund. Hans weiß nicht, ob er empört oder fröhlich sein soll. Sein Hunger ist zu groß und das Brot sieht zu lecker aus. Er nimmt das Stück und beißt hinein. Der erste Happen, den er heute isst. »Du musst dich mehr trauen«, sagt Jakob schmatzend. »Wir müssen uns holen, was wir nicht bekommen. Nur wer wagt, gewinnt.« Hans seufzt. Jakob zieht ihn oft damit auf. »Schau, siehst du da vorne den Krämer?« Hans schaut in die Richtung, in die Jakob mit einer fast unmerklichen Kopfbewegung weist. Ein älterer Mann mit lichtem Haar sortiert seine Waren. Er trägt eine Weste, wie sie sich die meisten Oberkircher nicht leisten können, dazu silberne Schnallen an den

Schuhen. »Unter dem Tisch hat er seine Tabakspfeife liegen. Ein schönes Teil. Ich kenne jemanden, der gibt uns einen halben Gulden für so was«, erklärt Jakob seinem Freund und reibt Daumen und Zeigefinger aneinander. Hans muss schlucken. Ein halber Gulden. Mit dem Geld müsste er eine ganze Woche oder länger nicht betteln. Er würde es nach Hause bringen und sein Vater würde ihn vielleicht sogar loben. Aber von einem Diebstahl dürfte er nichts erfahren. Sein Vater würde ihn grün und blau schlagen.

Jakob spürt, dass Hans den Köder geschluckt hat. »Pass auf, Hans, das wird ein Kinderspiel. Wir schlendern über den Markt. Wenn wir beim Krämer sind, fange ich mit ihm zu reden an, frage nach seinen Waren. Du bückst dich und nimmst die Pfeife mit dem Tabak. Und wir sind schneller weg, als der alte Herr schauen kann.« Hans zögert. Er versucht abzuwägen. Die Gefahr, erwischt zu werden, gegen den Lohn des Diebstahls. Er hat schon mal geklaut. Äpfel von einem Obstbaum, als er Hunger hatte. Aber das hier ist etwas anderes. Das ist kein Jungenstreich mehr. Und hat der Pfarrer nicht gesagt, wer stiehlt, der ruft den Zorn des Herrn hervor? Aber Hans will nicht immer der Bremsklotz sein. Jakob hat ja Recht. Er steht auf, als Jakob ihn auffordernd anblickt. Aber seine Beine zittern. Der letzte Klumpen Brot im Mund fühlt sich trocken wie ein Stockfisch an. Sein Herz schlägt bis zum Hals.

Beide nähern sich dem Krämer, bleiben am Stand stehen und schauen sich die Waren an. Jakob grüßt den Krämer freundlich. Der betrachtet Jakob zurückhaltend, mit zusammengekniffenen Augen. Hans sieht, wie er schielt. Nur das linke Auge betrachtet wechselweise Hans und Jakob. Der Krämer weiß nicht recht einzuschätzen, was die beiden Jungen wollen.

Jakob lächelt und redet in einem fort, aber Hans hört nicht zu. Er blickt nur auf die Tabakspfeife. Sie sieht wirklich edel aus. Der lange Pfeifenstiel ist kunstvoll mit einem Hirsch verziert, der Kopf ganz weiß und glatt poliert. Die Pfeifen, die sein Vater raucht, sind einfach und aus Ton. Wenn sie auf den Boden fallen, zerbrechen sie in hundert Teile. Neben der Pfeife des Krämers liegt ein brauner Lederbeutel. Das muss der Tabak sein. Jakob fragt nach den Holzlöffeln, die auf dem Tisch ausgebreitet sind. Was sie kosten, aus welchem Holz sie sind. Der Krämer murmelt etwas vom besten Holz des Schwarzwalds. »Die halten ein Leben lang. 30 Kreuzer der kleine Löffel, 50 der große. So billig findet ihr die nirgends.« Jakob kräuselt die Nase und wiegt den Kopf, wie er es von Bauern kennt, die den Preis drücken wollen. Hans steht nur da und starrt auf die Pfeife. Jakob stupst ihn mit dem Fuß an, so dass es der Krämer nicht bemerkt. Hans muss nicht zu ihm hinüberschauen, um zu wissen, was er von ihm will. Plötzlich kommt ihm die Morgensonne unglaublich heiß vor.

Jetzt oder nie – das ist alles, was er denkt.

Mit einer plötzlichen Bewegung bückt sich Hans unter den Tisch und greift die Pfeife. Den Sack mit Tabak verpasst er. Der Krämer dreht sich ruckartig zu Hans und versucht, die Situation zu erfassen. Einen Augenblick später sieht Hans den Ausdruck von Überraschung und Wut in seinem Gesicht. Hans drückt die Pfeife an seinen Körper und fängt an zu rennen. Er spürt, dass Jakob dicht hinter ihm ist. »Verflixte Bengel, bleibt stehen!«, schreit der Krämer, und seine Stimme überschlägt sich.

Hans kommt nach wenigen Metern ins Straucheln. Wo kommen all die Menschen plötzlich her?, fragt er sich. Alle drehen sich um zu dem schreienden Krämer und den rennenden Kindern. Hans läuft geduckt, die Pfeife an sich gepresst. Er stolpert fast über einen Handwagen, der vor einem Stand steht. Er weicht der Bäckersfrau, die plötzlich vor ihm auftaucht, gerade noch aus. Kurz hebt er seinen Kopf und prüft in Bruchteilen von Sekunden, welchen Abzweig er nehmen soll. Im letzten Moment erkennt er das Hindernis, das plötzlich vor ihm auftaucht. Ein großer, stämmiger Bauer stellt sich in seinen Weg, in gebückter Haltung mit breiten Beinen und ausgestreckten Armen.

Weder rechts noch links gibt es ein Vorbeikommen. Hans schlägt einen Haken. Er rutscht aus. Da spürt er eine kräftige Hand in seinem Nacken. Eine Welle von Schmerz und Angst durchflutet seinen Körper.

»Da haben wir ja das Bürschchen. Ganz schön jung für einen Marktdieb.« Die Stimme des Mannes dröhnt wie grollender Donner. Hans windet sich, tritt nach dem Mann. Sein Kopf ist gebeugt. Er sieht nur die lederne Hose und die roten Strümpfe. Jetzt hat der Mann Hans' Bauch umfasst. Hans kann sich drehen und winden, wie er will, es gibt kein Entkommen mehr. Seine Tritte und Hiebe gehen ins Leere. Der Mann hält Hans wie mit einer eisernen Kralle fest und beugt sich zu ihm herunter. Hans riecht den Schnaps aus seinem offenen Mund. Die Augen des Manns sind blutunterlaufen. Hans spürt Übelkeit aufsteigen.

In diesem Moment kommt der Krämer keuchend angelaufen. Jetzt erst sieht Hans, dass er humpelt. Sein Gesicht ist rot und sein Blick voller Zorn. Er reißt Hans die Pfeife aus den Händen. Dann schlägt er ihn mit der flachen Hand ins Gesicht: »Du kleiner Mistkerl.« Hans spürt das Brennen auf seiner Wange. Noch stärker spürt er die Scham. Das ganze Marktvolk umringt ihn. Schaut ihn an mit Blicken der Verachtung. »Den kenn' ich!«, ruft eine Frau mit grober Schürze und strähnigen Haaren. »Das ist der Sohn vom alten Konstanzer. Der arbeitet doch im Sommer immer im Kloster Allerheiligen.«

»Ich habe gestern erst mit ihm gesprochen«, mischt sich ein Bauer ein. »Da hat er auf dem Bartholomäushof Schuhe gestopft. Im Lierbachtal.«

»Ganz schön weit von hier«, bemerkt der Krämer trocken und wendet sich wieder Hans zu: »Na dann, dann wollen wir mal schauen, was dein alter Herr dazu sagt, dass sein Sohn herumstiehlt, während er malocht.«

Der Krämer packt Hans am Kragen. Trotz seines lahmen Beins und seines Alters hat er erstaunliche Kraft. Von irgendwoher bekommt er ein Seil, das er um die Handgelenke von Hans windet. Der Strick schneidet in sein Fleisch und Hans stöhnt kurz auf. Bevor er irgendetwas sagen kann, setzt sich der Krämer in Bewegung und zieht am losen Ende des Seils, so dass Hans fast hinfällt.

»Der alte Konstanzer ist leicht zu finden. Du erkennst ihn an seiner wüsten Nase«, ruft der Bauer ihnen nach. Der Krämer hebt seine Hand zum Abschied und dreht sich noch einmal zu der Menschentraube um, die sich gerade auflöst: »Passt auf meinen Stand auf, bis ich wiederkomme.« Mit stumpfem Blick trottet Hans hinter dem Händler her, den Blick auf den Boden gerichtet. Er sieht nur die Füße des Krämers. Jedes Mal, wenn der Mann sein rechtes Bein hinter sich herzieht, gibt es eine kleine Staubwolke.

Der Weg zum Bartholomäushof kommt Hans unendlich weit vor. Nach den letzten Häusern von Oberkirch wird der Weg steiniger, aber der Krämer ist zäh. Hans sieht, wie sich große Schweißflecken auf seinem Rücken bilden. Von Oberkirch aus geht es durch ein kleines waldiges Nebental. Der Krämer flucht und keucht, aber sein Tempo lässt nicht nach. Er spricht mit sich selbst, zischende Laute der Empörung. Hans versteht kein Wort. Die Bauern auf den Feldern schauen von ihrer Arbeit auf, als Hans und der Krämer vorbeiziehen. Hans möchte in den Boden versinken, so schämt er sich. Der Durst macht ihm zu schaffen. Hans merkt, wie seine Kräfte schwinden, aber der Krämer macht keine Anstalten, eine Rast einzulegen.

»Ich habe Durst. Könnt Ihr bitte kurz anhalten?«, traut sich Hans, als sie eine kleine Quelle passieren. Der Krämer blickt ihn kurz an, immer noch ist der Ärger in sein Gesicht geschrieben. Aber er kommt zum Stehen und lockert den Strick an Hans' Händen. Hans sinkt erschöpft auf die Knie und benetzt Kopf und Hemd mit dem kühlen Wasser. Dann schöpft er mit beiden Händen aus der Quelle und trinkt gierig. Auch der Krämer erfrischt sich. Sie sprechen kein Wort. Als Hans sich kurz hinsetzen will, zieht der Mann sofort am Strick, und Hans trottet wieder hinter ihm her.

Der Bartholomäushof ist Hans' Zuhause in diesen Tagen. Schon nächste Woche kann es anders sein. Sein Vater ist Flickschuster. Die Familie zieht mit ihm durch das Renchtal. Wo es Arbeit für den Vater gibt, bleiben sie. Der alte Konstanzer arbeitet für die Bauern der umliegenden Höfe und die Familie erhält Unterkunft, bis die

Arbeit getan ist. Während sein Vater Schuhe flickt, wandert seine Mutter mit ihm und seiner Schwester durch die benachbarten Weiler und bietet ihre Handarbeiten an. Mal gibt es eine Scheibe Brot, mal ein Stück Speck, bestenfalls eine Schüssel Milch.

Abends kehren sie zum Vater auf den Bartholomäushof zurück. Manchmal hat der Vater gute Laune und erzählt den Kindern abends Geschichten aus seinem Leben. Sie handeln von seiner Kindheit am Bodensee, wo es mehr Wasser gibt, als das Auge erblicken kann. Oder von seiner Zeit als Soldat in holländischen Diensten. Am meisten liebt Hans die Geschichten, die von den Pilgerreisen nach Rom und nach St. Jago in Spanien handeln. Dann hängt Hans an den Lippen seines Vaters.

Selten – und Hans giert nach diesen Tagen – zeigt sein Vater ihm die Welt der Buchstaben. Der Vater kann lesen und schreiben, was gar nicht so häufig vorkommt im Renchtal. Und wenn sie bei den Bauersleuten eine Bibel in die Hand bekommen, dann zeigt er seinem Sohn die Wörter und spricht sie langsam vor. Hans wiederholt sie und versucht, sich alle Buchstaben einzuprägen. Wenn er alleine ist, greift er selbst zur Bibel, und manchmal gelingt es ihm, sich zu erinnern an den Laut der Wörter. Ab und an gibt sein Vater sogar Unterricht für die Kinder in den Dörfern, wo er gerade arbeitet. Das ist meistens schnell wieder vorbei, wenn die Arbeitskraft der Kinder auf den Höfen benötigt wird, beim Mähen, beim Ernten oder Dreschen.

Aber die guten Tage seines Vaters sind rar, und die Stimmung kann schnell umschlagen. Einmal hatte Hans Vogelgarn aus einem Feld gerissen, und der Bauer beschwerte sich bei seinem Vater. Der prügelte ihn so sehr, dass er drei Wochen nicht richtig gehen konnte. Es reicht schon für eine Portion Stockschläge aus, wenn Hans beim Grüßen der Bauern seine Mütze nicht abnimmt. Aber am allermeisten hasst sein Vater den Diebstahl. Das bläut er seinem Sohn ein. Das unstete Leben, das ständige Umherwandern und Betteln, das stört den Vater nicht. Aber er will niemals zu denen gehören, die stehlen und betrügen. Auf diese Leute blickt er herab. Gesindel sei das und Abschaum. Und solange er seinen Sohn züchtigen könne, wiederholt er gebetsmühlenhaft, werde er dafür sorgen, dass der nicht zu diesem Pack gehöre.

Hans wird aus seinen Gedanken gerissen. In der Ferne sieht er schon den Bartholomäushof, wie er sich stolz an einen sanften Hügel schmiegt. Unermüdlich schreitet der Krämer voran. Wenn Hans daran denkt, was ihn erwartet, muss er wieder gegen die aufsteigende Übelkeit ankämpfen. Der Strick zieht an und Hans' Körper spannt sich. Von Weitem schon sieht er seinen Vater beim großen Bauernhaus sitzen, vor sich sein Handwerkszeug und ein Paar Schuhe, über die er sich beugt. Jetzt hat er die beiden entdeckt und geht auf sie zu. Seine buschigen Augenbrauen sind zusammengezogen.

»Was machst du mit meinem Sohn?«, spricht er den Krämer grußlos an. An seinem Dialekt ist immer noch zu erkennen, dass der Vater nicht aus dem Schwarzwald stammt. Wie alle Fremden, die seinem Vater zum ersten Mal begegnen, braucht der Krämer einige Momente, um sich an seinen Anblick zu gewöhnen. Die Nase des alten Konstanzer ist vom Tabakschnupfen dunkelrot verfärbt und aufgequollen. Unter den Nasenlöchern sind wunde Stellen, die nie ganz abheilen. An seinem Hals ragt ein Kropf hervor, groß wie ein Hühnerei.

Dann erzählt der Krämer die Geschichte des Diebstahls. Er erregt sich immer mehr. Hans sieht, wie kleine Speicheltropfen aus seinem Mund durch die Luft geschleudert werden. Sein Vater sagt nichts, er blickt starr in die Ferne. Aber Hans bemerkt ein Zucken um seinen Mundwinkel, und er kennt dieses Zucken. Es zeigt an, dass es in seinem Vater brodelt. Hans öffnet den Mund und will etwas sagen, irgendetwas Besänftigendes, aber es fällt ihm nichts ein. Wortlos bindet sein Vater den Strick von seinen Händen. Hans schöpft Hoffnung, dass er ohne Schläge davonkommt. Da packt sein Vater ihn am Kragen und schüttelt ihn. Plötzlich lässt er los, und Hans fliegt nach hinten auf die Erde. Ein stechender Schmerz fährt ihm in die Schulter. Als er seine Augen wieder öffnet, beugt sich sein Vater über ihn. Seine Stimme klingt jetzt kühl und überlegt: »Dieses Mal kommst du mir so nicht davon, undankbarer Bengel. Ich werd' dir zeigen, wohin das führt. Du sollst mit eigenen Augen sehen, wo du landest, wenn du nicht aufhörst – am Galgen nämlich. Damit du dir das ein Leben lang merkst.«

16. April 1768

Müde öffnet Hans seine Augen und versucht, sich in dem trüben Licht zu orientieren, das ein Kienspan in der Stube verbreitet. Neben sich spürt er seine Schwester im Bett, die sich gerade seufzend auf die andere Seite dreht. Über ihn hat sich sein Vater gebeugt. Das ist ungewöhnlich. Sonst weckt ihn immer seine Mutter. »Hörst du schlecht? Aufstehen, Hans!«, bellt sein Vater ihn an.

»Wir haben einen weiten Weg vor uns.« Verschlafen schaut Hans zum Fenster. Es ist noch stockdunkel. »Aber wohin, Vater?«, fragt er und reibt sich benommen die Augen. »Das wirst du sehen«, antwortet sein Vater kurz angebunden. Hans steht von seinem Strohsack auf und klopft den Staub von den Kleidern. Sein Vater steht bereits in der Tür und wartet auf ihn, ein gepacktes Bündel auf den Schultern. Hans sputet sich. Ein weiteres Mal will er den Zorn des Vaters nicht auf sich ziehen.

Als sie das Haus verlassen, ist es Hans unheimlich zumute. Er weiß nicht, wohin es geht, aber er spürt, dass sein Vater nicht zum Reden aufgelegt ist. Weitere Fragen kann er sich sparen. Er starrt auf den Weg vor sich und versucht, mit dem Tempo seines Vaters Schritt zu halten. Die kalte Morgenluft lässt Hans frösteln. Neidisch blickt er auf die Füße seines Vaters, der – anders als Hans – ein paar abgetragene Stiefel trägt. Kein Wort kommt über die Lippen seines Vaters. So laufen sie eine lange Zeit, unterbrochen nur durch eine kurze Rast, bei der beide ein Stück Brot essen und sich an einer Quelle erfrischen. Neben ihnen plätschert der Lierbach. Hans kennt den Weg vom Betteln. Sie marschieren auf Oppenau zu. Aber was will der Vater dort? Will er Hans als Knecht zu einem Bauer geben? Alleine bei dem Gedanken schaudert es Hans.

Inzwischen ist die Sonne aufgegangen. Als sie die ersten Häuser des Städtchens sehen, wird es lebendiger auf den Straßen. Von überall her kommen kleine und größere Gruppen von Menschen, Bauern und Knechte, ganze Familien mit Kindern in jedem Alter. Am Straßenrand stehen Verkäufer. Ein Wirt trägt Weinkrüge auf die Straße und bietet sie den Vorbeiziehenden an. Die Stimmung ist fröhlich. Hans überlegt, was der Anlass sein könnte. Ist heute ein Fest in Oppenau? Aber das wüsste er doch. Zeit für Kirchweih ist noch lange nicht, und ein anderer Anlass fällt Hans nicht ein. Sie passieren das obere Stadttor von Oppenau, das heute weit offen steht, um die vielen Menschen einzulassen. Die Torwächter grüßen freundlich. Hans mag die Stadt. Ihm gefällt die »Sonne«, das beste Gasthaus am Platz, aus dem oft der Lärm der zechenden Männer nach außen dringt. Und das Kapuzinerkloster mit den streng blickenden Mönchen, die dienstfertig durch die Stadt laufen. Hans blickt nach oben, wo die Ruine der Burg Friedberg, die über Oppenau thront, im Morgengrauen schemenhaft zu erkennen ist. Hans hat in den Gemäuern manche Stunde verbracht, wenn er das Betteln satt hatte. Die Menschen streben zum Allmendplatz, der direkt vor dem Kloster der Kapuziner liegt. Als Hans mit seinem Vater dort eintrifft, ist bereits eine große Menge versammelt.

In der Mitte des Platzes ist eine Art Gerüst aufgebaut, bestehend aus zwei aufrechten Balken und einem Querbalken darüber. Von der Mitte des Querbalkens hängt ein dicker Strick mit einer Schlinge am Ende. Ein Dutzend Soldaten hat einen Kreis um das Gerüst gebildet und lässt keinen Menschen an den Aufbau herankommen. Sie tragen ein Gewehr auf der Schulter und einen Säbel an der Seite. Ungerührt schauen sie auf die Menschenmenge, die sich inzwischen eingefunden hat.

Hans wagt es, nochmals das Wort an seinen Vater zu richten: »Vater, was wollen all die Menschen hier?« Sein Vater bleibt kurz stehen und schaut ihn an: »Hans, heute wird ein Dieb gehängt in Oppenau, ein Zigeuner. Er hat gestohlen, zuerst kleine Sachen wie du, dann ist er eingebrochen, hat Geld geklaut und am Ende sogar einen Menschen umgebracht. Ich will, dass du das ansiehst. Ich will, dass du lernst, wohin dein Weg dich führt, wenn du weiter klaust. Alle Diebe enden irgendwann am Galgen.«

Die Ungewissheit ist verschwunden, aber Hans ist immer noch bang zumute. Doch neben der Angst spürt er auch eine seltsame Neugier. Eine Hinrichtung hat er noch nie gesehen. Er hat noch nie gesehen, wie ein Mensch stirbt. Hans wundert sich über die anderen Menschen. Ihre Stimmung ist aufgekratzt. Die Menschen scherzen, klopfen sich auf den Rücken. Eine Frau mit einem Bauchladen bietet lautstark Gebäck feil. Hans hat keinen Hunger. Er spürt auch keine Müdigkeit, obwohl sie lange marschiert sind.

Hans und sein Vater haben ihren Platz gegenüber dem Kloster im hinteren Teil der Menge eingenommen. Sein Vater hat eine Kiste gefunden, auf die sich Hans stellt, um den Platz besser überblicken zu können. Ganz vorne stehen einige unbesetzte Stühle mit Blickrichtung zum Galgen. Dahinter warten dicht gedrängt hunderte Zuschauer auf den Beginn der Hinrichtung. Vor Hans öffnet sich kurz die Menge, als sich ein junger Mann durchdrängelt, kaum älter als Hans, mit einem Stapel Flugschriften in der Hand. Ein Exemplar hält er mit der anderen Hand in die Höhe und ruft marktschreierisch: »Lest von den Taten des Bayerischen Hiesel, dem Räuber und Wilderer aus Bayern! Schaut euch die Bilder an, wie er am Galgen von Dillingen gerichtet wurde.«

Hans' Vater reicht seinem Sohn den Rest des Brotes, den er als Wegzehrung bei sich trägt. Hans kaut das harte

Stück, mehr um das flaue Gefühl in seinem Magen zu bekämpfen, als um seinen Hunger zu stillen. Derweil blickt er zum Galgen, wo sich ein kräftiger Mann breitbeinig und starr hinter den Soldaten aufgestellt hat und mit seinen Augen einen Punkt irgendwo in der Ferne des Horizonts fixiert. Der Mann trägt ein grünes Wams, das Hans an einen Jäger erinnert. Der Vater bemerkt den Blick seines Sohnes. »Das ist der Scharfrichter. Er befördert die Sünder vom Leben zum Tod.« Dann fügt er hinzu: »Halt dich von ihm fern. Wer von ihm berührt wird, hat seine Ehre verloren.«

Jetzt geht ein Raunen durch die Menge. Einige Menschen zeigen zum gegenüberliegenden Ende des Platzes. Hans reckt seinen Kopf, um die Ursache der Aufregung ausfindig zu machen. »Schau, da kommt der Armesünderzug«, tuschelt eine Frau neben Hans. Hans muss sich anstrengen, um in der Ferne etwas erkennen zu können. Vorab reiten fünf Männer in roten Röcken gekleidet. Bereits an ihrer Körperhaltung erkennt Hans, dass es sich um vornehme Herren handeln muss. Dahinter kommt der Verurteilte, ganz in Weiß gekleidet und barfuß. Der Mann taumelt mehr, als dass er läuft, und Hans fragt sich, ob er betrunken ist. Er ist klein gewachsen, und sein Kopf wurde kahlgeschoren. Die Hände sind gefesselt, und ein dunkel gekleideter Mann führt ihn an einem langen Strick. Daneben läuft ein Geistlicher in seiner Soutane. Er redet immer wieder auf den Verurteilten ein, dann streckt er seine Arme aus, als wolle er irgendetwas empfangen, was von oben kommt. Am Ende des Zuges marschieren Menschen aus dem Volk. Eine Frau fällt Hans auf, die dem Verurteilten immer wieder etwas zuruft. Sie scheint sehr verzweifelt und fällt jammernd und wehklagend zu Boden, woraufhin andere ihr sofort helfen, wieder auf die Beine zu kommen. Der Zug bewegt sich langsam und gleichmäßig bis zur Richtstätte. Dort halten die fünf roten Reiter an und der vorderste von ihnen – ein stolz blickender Hüne mit einem dichten Bart – hebt seine Hand. Die anderen Reiter steigen von ihren Pferden und nehmen die Plätze auf den Stühlen in der ersten Reihe ein.

Der Scharfrichter beginnt zu dem Mann im roten Rock zu sprechen, aber Hans kann nichts verstehen. Die Menschenmenge ist nervös. Aus den vorderen Reihen gibt es immer wieder Zwischenrufe, dann Gelächter oder empörtes Murmeln. Einmal sieht Hans sogar, wie ein Ei in Richtung des Verurteilten fliegt. Die Soldaten um den Galgen wirken jetzt merklich angespannt und halten ihr Gewehr im Anschlag. Jetzt ist der Dialog mit dem Scharfrichter beendet, und der Verurteilte tritt einige Schritte näher zu den Menschen. Die Soldaten vor ihm bilden eine kleine Lücke, so dass jedermann freie Sicht hat. »Hört mir zu!«, ruft der Mann mit überraschend kräftiger Stimme.

Überall sind zischende Laute zu hören, einige Zuschauer schreien »Ruhe!«. Die letzten Worte des Mannes will keiner verpassen. »Ich habe gesündigt und stehe zu Recht an diesem Ort. Verzeiht mir alle, denen ich Unrecht angetan habe.« Seine Stimme wird jetzt brüchiger: »Ich flehe euch an: Betet für mich. Wenn ich bei Gott sein darf, werde ich für euch beten.« Eine kurze Pause tritt ein und niemand weiß so recht, ob die Ansprache zu Ende ist. Sofort wird es lauter im Publikum. Einige tun ihren Unwillen kund. »Hättest dir früher überlegen sollen!«, brüllt ein Mann mit rotem Gesicht nach vorne. Eine Frau schreit zurück: »Siehst du nicht, dass er bereut?« Die Menschenmasse nähert sich bedenklich den Soldaten, die wieder eine feste Kette vor dem Verurteilten bilden.

Der Mann kniet jetzt auf dem Boden, und der Pfarrer legt beide Hände auf seinen gesenkten Kopf und richtet den Blick gen Himmel. Seine Lippen formen Worte, die Hans nicht verstehen kann. Die Frau neben Hans bekreuzigt sich. Mit einer Handbewegung mahnt der Hüne auf dem Pferd den Scharfrichter, dass der zügig fortfahren soll. Offensichtlich hat er Angst, dass das unruhige Volk die Hinrichtung platzen lassen könnte. In übereiltem Gehorsam zieht der Wächter so stark am Strick, dass der schmächtige Verurteilte beim Aufstehen ins Straucheln gerät und fast vor die Füße des Scharfrichters stolpert.

Der Scharfrichter wartet, bis der Mann wieder aufrecht steht, und reicht ihm dann einen großen Krug. Der Mann trinkt aus, ohne einmal abzusetzen. Sofort gibt es wieder Unruhe in der Menge:

»Da hat aber einer Durst ... er wird's brauchen können«, ruft der rotgesichtige Mann wieder nach vorne. »Halt endlich dein Maul!«, schallt es von weiter vorne zurück. Der Scharfrichter führt den Verurteilten zu einer Leiter, die in wenigen Tritten zum Strick nach oben führt. Der Verurteilte steigt langsam hoch. Hans kann nicht wegschauen, obwohl er ahnt, dass diese Bilder ihn ein Leben lang verfolgen werden. Der Mann erreicht den obersten Tritt der Leiter, der breiter ist, so dass er ohne Probleme stehen kann. Er greift die Schlinge und will sie um den Hals streifen. Dabei sind seine Hände so zittrig, dass er mehrere Versuche benötigt. Fast gerät er aus dem Gleichgewicht und droht, von der Leiter zu fallen. Eine Frau in der Menge schreit kurz auf. Hans kann die Angst des Mannes fast riechen. Der blickt mit der Schlinge um den Hals und gefalteten Händen ausdruckslos zu Boden. In diesem Moment stößt der Scharfrichter die Leiter zur Seite und mit einem Ruck fällt der Verurteilte nach unten, bis der Strick ihn auffängt. Hans schließt im letzten Moment die Augen. Er vernimmt leise murmelnde Gebete aus vielen Mündern. Ansonsten ist fast kein Geräusch zu hören.

Der Pfarrer nutzt die Stille. Er tritt entschlossen vor die Menge und spricht mit lauter, klarer Stimme: »Ihr wart Zeugen des gottgefälligen Gerichts über diesen armen Sünder. Geht nicht nach Hause, ohne eure eigenen Sünden zu bedenken.« Kaum einer, der von dem Pfarrer angeschaut wird, hält diesem Blick stand. »Haltet euch fern von Mord, Lüge, Wollust und Geiz, von Spielsucht und Müßigkeit, denn der Weg der Sünde endigt an diesem Ort.« Sein erhobener Zeigefinger saust immer wieder wie ein Beil nach unten. »Schaffet und machet, dass ihr fröhlich, sanft und stille auf eurem Bette oder Stroh aus dieser Welt fahren könnt, als dass ihr auf einem solch schauerlichen Richtplatz mit Furcht und Herzensleid euer Leben endigen müsst. Schaffet und machet, dass eure entseelten Leiber auf den Schultern ehrlicher Christen zu Grabe getragen werden können, als dass solche durch die Henkersknechte dahin gebracht werden müssen. Schaffet und machet, dass eure erkalteten Gebeine ein Räumlein bei den heiligen Gräbern frommer Christen auf dem Gottesacker bekommen, als dass solche zur Schmach und Schande unter dem Galgen verscharrt werden und daselbst verwesen müssen.« Der Pfarrer tritt wieder zurück und wischt sich mit einem Taschentuch die Schweißtropfen von seiner Stirn. Hans fühlt sich erschöpft. Die Bilder der Hinrichtung haben sich tief eingebrannt. Er will weg von diesem Ort.

Langsam löst sich die Menge auf und die aufgekratzte Stimmung vom Morgen ist verschwunden. Die Händler am Straßenrand packen die Waren ein, die sie nicht verkaufen konnten. Die meisten Leute schweigen, und auch Hans und sein Vater treten den langen Rückweg ohne Worte an. Hans ist überrascht, als sein Vater kurz anhält. Er blickt Hans ins Gesicht und fragt: »Hast du verstanden?« Seine Stimme klingt wärmer als am Morgen. Hans mustert ihn fragend. Er will jetzt nichts Falsches sagen, um seinen Zorn nicht wieder zu wecken. »Hast du verstanden, warum ich dich hierher gebracht habe?«, fragt sein Vater nochmals. Hans schaut ihn an und sagt leise: »Ja.«

Herbst 1773

Der schwere Geruch von Weihrauch liegt in der Luft des Münsters im Kloster Allerheiligen. Er überdeckt all die menschlichen Ausdünstungen, die zuvor noch die Kirche gefüllt haben. Hans kniet neben seinem Vater auf einer der grob geschnitzten Fußbänke der Kirche. Am Altar steht Pater Fidelius in seinem weißen Habit. Seine Stimme hallt durch das Gotteshaus: »Gloria in excelsis Deo et in terra pax hominibus bonae voluntatis.« Hans mag den Singsang der sonoren Stimme.

»Laudamus te, benedicimus te, adoramus te, glorificamus te.« Jeden Sonntag ist er hier. Hans ist jetzt vierzehn Jahre alt. Er darf mit seinem Vater auf der Seite der Männer sitzen. Seine Mutter und Schwester haben ihren Platz auf der anderen Seite. Die Familie wohnt hier im Kloster, aber viele der Gläubigen um ihn herum sind schon bei Sonnenaufgang aus ihren Dörfern aufgebrochen, um zum Gottesdienst zu kommen. Sein Vater stützt den Kopf auf seine betenden Hände, seine Augen sind geschlossen. Die Lippen formen die Worte des Gebets. »Gratias agimus tibi propter magnam gloriam tuam, Domine Deus, Rex caelestis, Deus Pater omnipotens.« Hans fragt sich, ob sein Vater diese Worte versteht. Hans versteht nichts, aber es klingt festlich und würdevoll.

»Cum sancto spiritu in gloria Dei patris, Amen.« Der Pater gibt ein Zeichen und die Besucher der Kirche erheben sich. Der Blick von Hans schweift durch das Gotteshaus und trifft auf seine Schwester. Franzelen lächelt herüber und zwinkert mit einem Auge. Wenn Hans im Stillen ein Gebet spricht, dann kommt immer seine Schwester darin vor.

Franzelen ist zwei Jahre jünger als er. Während Hans betteln geht oder im Kloster arbeitet, muss Franzelen der Mutter bei den Näharbeiten helfen, mit denen die Mutter etwas hinzuverdient.

Wann immer Hans eine freie Stunde hat, verbringt er sie mit Franzelen. An den Sonntagen nach der Messe fangen sie Frösche im Teich des Klosters oder stopfen sich im Wald den Bauch mit Heidelbeeren voll. Am meisten lieben sie aber die Zeit um Johanni. Dann ziehen beide in die Allmendwälder[2] um Oppenau. Nur in den 14 Tagen vor und nach Johanni ist es den Harzern erlaubt, dort Fichten anzuritzen, um den wertvollen Saft aus ihren Stämmen zu gewinnen. In dieser Zeit sind deswegen Hunderte von Talbewohnern in den Wäldern unterwegs. Viele übernachten dort. Hans und Franzelen dürfen für ein paar Kreuzer mithelfen und mit dem Harzbickel den Saft der Fichten abkratzen. Die Arbeit ist mühsam, aber

---

[2] Waldgebiete, die von der Bevölkerung genutzt werden dürfen

eine willkommene Abwechslung für die beiden und allemal besser als nähen oder betteln.

Hans fühlte sich schon immer als Beschützer seiner Schwester. Als sie einmal erst nach Einbruch der Dunkelheit nach Hause kam, hatte der Vater schon seinen Stock gegen sie erhoben. Hans ging dazwischen und hat die Schläge an ihrer statt bekommen.

Manchmal, wenn Hans morgens in der Früh zum Betteln gegangen ist, wollte sie ihn festhalten. So viel Angst hatte sie, dass ihm etwas zustößt. Eines Morgens hat er ihr ein kleines Holzschächtelchen zugesteckt mit einer Strähne seines Haares darin. »Damit immer etwas von mir bei dir ist, wenn du Sorge hast«, hat er dazu gesagt. Sie hat ihn mit großen Augen angesehen und die Schachtel unter ihrem Kissen versteckt.

Hans weiß, dass er Franzelen genauso braucht wie umgekehrt. Ihr kann er alles sagen. Sie ist immer auf seiner Seite, auch dann, wenn er Mist gebaut hat. Anders als seine Eltern hat sie ihn noch nie enttäuscht.

Hans blickt wieder zu Pater Fidelius, der sich jetzt mit schlurfenden Schritten auf den Weg vom Altar zur Kanzel macht. Er steigt die wenigen Stufen langsam nach oben und ordnet die Blätter, die er aus den Tiefen seiner Kutte zieht. Dann räuspert er sich und blickt in die wartenden Gesichter der Gläubigen. »Herr unser Gott, vor dir ist nichts verborgen, deiner Allwissenheit ist die ferneste

Zukunft wohlbekannt, wie das Vergangene und Gegenwärtige.« Die Stimme erfüllt die kühle Luft der Kirche. Fidelius beugt sich weit nach vorne, einen Moment lang hat Hans Angst, dass er von der Kanzel stürzt. »Es ist ein schöner Rat, den der weiße Syrach gibt, Kapitel 7, Vers 25: ›Hast du Kinder, so ziehe sie und beuge ihren Hals, gewöhne sie zum Guten, von Jugend auf.‹ Wenn doch alle Eltern diesem Rat folgen wollten.«

Fidelius macht eine Pause und blickt auf die Besucher der Kirche herab. »Vor allen Dingen muss man Kinder zur Folgsamkeit, zum willigen Gehorsam erziehen. Dies ist der Grund von der ganzen Kinderzucht. Alles Lehren und Ermahnen ist vergeblich, wenn sie nicht zuvörderst an Gehorsam gewöhnt sind. Darum muss man gleich in der zartesten Jugend den Anfang machen und darf keinen Ungehorsam einreißen lassen. Gehorchen müssen sie, solange sie leben. So ist nun einmal Gottes Einrichtung und Ordnung.« Fidelius hält inne. Er wühlt in seinen Blättern, hat den Faden verloren. Ein Blatt segelt von der Kanzel herab. Fidelius hebt den Zeigefinger und blickt streng in die Gesichter der Gläubigen. »Sobald es das Alter der Kinder erlaubt, so müssen sie zur Arbeitsamkeit und zum Fleiß gewöhnt werden. Das kann aber schon sehr früh geschehen. Denn es gibt im Hause manche leichte Arbeit, die schon von kleinsten Kindern verrichtet werden kann. Wenn sie erst das Herumlaufen und Müßiggehen liebgewonnen haben, so ist es sehr schwer, sie zur Arbeitsamkeit zu bewegen. Sie sollen nämlich mit Aufmerksamkeit und mit Lust arbeiten, denn ein leichtsinniger und unwilliger Arbeiter ist ein schlechter Arbeiter.«

Hans scheint es so, als ob Fidelius seinem Vater besonders oft in die Augen blickt. Er weiß, dass der Pater ihn unterstützt. Hans will im Kloster bleiben. Am liebsten für immer. Er will nicht weiterziehen mit seinem Vater. Nicht nach Konstanz und auch nicht anderswohin. Der Pater hat Hans gefragt, ob er in Allerheiligen bleiben will. Er sei fleißig, sein Geist lebhaft und seine Hände flink. Er könne in der Küche arbeiten oder vielleicht sogar als Schreiber, wenn er sich geschickt anstelle, sagte er zu Hans. Der wusste gar nicht, was er sagen sollte, so stolz war er, und nickte nur stumm. Er werde mit seinem Vater reden, sagte der Pater daraufhin. Fidelius weiß, dass der alte Konstanzer lieber heute als morgen das Kloster verlassen will. Oppenau gehört zu dem bischöflich-straßburgischen Gebiet, wo mit besonders harter Hand gegen Diebe und Vaganten vorgegangen wird. Jeder, der hier nicht beheimatet ist, soll dorthin zurückkehren, wo er herkam. Die Statthalter des Bischofs stellen Hatschiere ab, um alle wegzuschicken, die ihre Herkunft nicht belegen können. Hans' Vater stammt aus Konstanz. Die Familie lebt schon viele Jahre im Renchtal, aber das reicht nicht aus, um ein Bleiberecht zu haben. Und sein Vater ist stolz. »Wenn ich nicht mehr willkommen bin, dann werde ich nicht darum bitten, hierzubleiben«, sagt er, wenn seine Frau ihn fragt, wie es weitergeht.

Solche Worte schmerzen Hans. Es gibt so vieles, was ihm im Kloster gefällt. Die Geschichte, wie das Kloster an diesem abgelegenen Ort gegründet wurde, hat ihn schon fasziniert, als ein Mönch sie ihm kurz nach seiner ersten Ankunft in Allerheiligen erzählte. Ein Esel war losgeschickt worden, der mit einem Geldsack beladen war. Dort wo er den Geldsack abwirft, da sollte der zukünftige Ort des Klosters sein. Vom Anstieg ermüdet hatte der Esel den Geldsack auf den Anhöhen des Lierbachtals abgeworfen und der Geldsack rollte genau dorthin, wo heute das Kloster steht. Hans hatte sich oft lächelnd vorgestellt, wie die Mönche all die Steine hierher schleppen mussten, nur um dem Willen eines Esels gerecht zu werden.

Am meisten aber beeindruckt ihn die Klosterbibliothek. Pater Norbert hatte ihn einmal mitgenommen. Schon als Hans den Raum betrat, hat es ihm die Sprache verschlagen: Das prachtvolle Deckengemälde, die üppigen Stuckverzierungen am Geländer der Treppe, der polierte Boden im Schachbrettmuster. Es erschien ihm wie eine andere Welt, das Gegenstück zu der Armut und dem

Überlebenskampf, den Hans jeden Tag am eigenen Leib erfährt. Pater Norbert ist als Bibliothekar damit beschäftigt, alle Bücher des Klosters zu erfassen. Hans hatte zuvor nur ein Buch gesehen, die Bibel. Er hatte keine Ahnung, wie viele Bücher es gab. Unzählige Schränke der Klosterbibliothek, doppelt so hoch wie der Pater selbst, sind gefüllt mit schweren, in braunem oder schwarzem Leder eingefassten Bänden. »Da sind Bücher dabei, die sind über zweihundert Jahre alt«, sagte Pater Norbert zu Hans und reichte ihm einen Band, der so schwer war, dass Hans Mühe hatte, ihn auf den Tisch zu legen. Hans schlug ihn vorsichtig auf, fuhr mit den Fingerspitzen langsam über die Seiten und spürte die leicht erhabenen Druckbuchstaben. »Würdest du gerne lesen können?«, fragte der Pater ihn, und die Antwort fiel Hans nicht schwer.

Einmal war Hans dabei, als die neuen Schüler für das Gymnasium des Klosters eintrafen. Während die Eltern mit den Lehrern das Nötigste besprachen, wurde ein riesiges Feuer aus Tannenreisig entzündet. Die Schüler brieten Kartoffeln und unterhielten sich laut und aufgeregt über das, was ihnen hier bevorstehen würde. Hans hörte aus weiter Entfernung das Knistern des Feuers, und der würzige Rauch stieg ihm in die Nase. Er hätte sich gerne zu ihnen ans Feuer gesetzt.

Hans wird aus seinen Gedanken gerissen, als Pater Fidelius zur finalen Passage seiner Predigt ansetzt. Sein

Bass hallt jetzt durch die Kirche: »Gib doch, o Gott, dass alle Eltern erkennen lernen, wie wichtig ihre Kinder in deinen Augen geachtet seien. Wie schwer die Rechenschaft sei, die sie dereinst ihretwegen ablegen müssen. Wie groß aber auch in Zeit und Ewigkeit das Glück und die Freude rechtschaffener Eltern sei, die ihre Kinder gut erzogen haben. Amen.« Fidelius hält einen Moment auf der Kanzel inne und wirkt so, als würde er über seine Worte nachdenken. Dann bekreuzigt er sich, steckt die verbliebenen Blätter wieder in seine Kutte und steigt gemächlichen Schrittes die gewundene Treppe der Kanzel hinunter.

Als Hans mit seiner Familie nach dem Gottesdienst vor der Kirche steht, kommt Fidelius auf seinen Vater zu: »Kann ich Euch kurz sprechen?«

Der Vater sieht ihn erstaunt an: »Selbstverständlich, Pater. Worum geht es?«

»Lasst uns ein paar Schritte vor das Kloster gehen. Vielleicht kann Hans uns begleiten?«, schlägt der Pater vor.

Hans' Vater blickt einen Moment irritiert, aber er will sich dem Pater nicht widersetzen. Die drei durchschreiten die Klosterpforte. Wie jeden Sonntag haben sich hier bereits Dutzende Menschen versammelt, um an der Speisung teilzunehmen, die bald an alle Bedürftigen ausgegeben wird.

Manche sitzen auf dem Boden und spielen Karten. Eine Frau wiegt ihren schreienden Säugling. Bei einem Mann, der nur noch in zerfetzten Lumpen gekleidet ist, sieht Hans eine große, schwarz umrandete Wunde, die sich über das ganze Bein erstreckt. Hans wendet seinen Blick ab. Das Kloster unterstützt jeden, der an seine Pforte tritt und um Hilfe bittet, egal woher er kommt und wohin er geht. Das zieht die Menschen an: entlassene Soldaten, Witwen, Bettler, Blinde und Lahme, umherziehende verarmte Handwerker. Die Brüder von Allerheiligen machen sich damit nicht beliebt in der Umgebung. Hans hat schon oft gehört, wie die Bauern hinter vorgehaltener Hand schimpfen: »Ihr zieht das ganze Pack an. Von überall her kommen sie nach Allerheiligen, die Zigeuner und Tagediebe. Bei euch werden sie tags gefüttert, bei uns stehlen sie nachts den Speck aus der Kammer.«

Nachdem sie sich von der Menge entfernt haben, passieren sie eine kleine Brücke über den Lierbach. Der Pater grüßt kurz zwei Mitbrüder, die durch den Klostergarten wandeln. Dann blickt er den alten Konstanzer an: »Ihr wollt uns bald verlassen, habe ich gehört?«

»Ja, Pater, Ihr wisst, wir haben keine Heimat hier und der Bischof von Straßburg schickt die Fremden fort.«

Fidelius bleibt einen Moment stehen. Nachdenklich reibt er sein Kinn. »Euch ist bekannt, dass wir Euch helfen können. Wir können für Euch eine obrigkeitliche Einwilligung einholen, damit Ihr im Kloster bleiben dürft.«

»Danke, Pater. Ich weiß das zu schätzen. Aber wir werden zurückgehen in meine Heimat. Dort bin ich willkommen. In Konstanz steht noch eine Erbschaft für mich offen. Und Hans, der kann bei meinem Vetter das Gärtnern lernen.«

Fidelius und der Vater laufen eine Weile schweigend nebeneinander her. Hans liebt die Umgebung des Klosters, besonders den Wasserfall, über dem das Kloster thront. Im Frühjahr, wenn der Schnee schmilzt und das tosende Wasser ins Tal rauscht, genießt Hans, wie der feine Sprühnebel sein Gesicht benetzt. Wenn es heiß ist, erfrischt sich Hans gerne in einem der vielen Becken, in denen das Wasser kurze Pausen einlegt. Dabei ist er immer auf der Hut. Denn in den Höhlen beim Wasserfall hausen die Bettler, die auf die Speisung an der Klosterpforte warten. Und von ihnen wird nicht viel Gutes erzählt.

Jetzt hat Hans keinen Blick für die Umgebung. Er schickt ein Gebet zum Himmel, dass der Pater nicht aufgibt, dass er seinem Vater die Stirn bietet.

»Euer Sohn macht sich sehr gut hier«, setzt Fidelius von Neuem an, »meine Brüder und ich sind sehr zufrieden mit ihm. Er ist fleißig, sein Geist ist rege. Hans ist jetzt 14 Jahre alt. Er könnte hier bleiben, auch ohne Euch.

Wir brauchen immer fleißige Diener hier: Müller und Bäcker, Konventsdiener, Hirten oder Knechte. Vielleicht kann er sogar Schreiber werden, wenn er sich geschickt anstellt. Wir haben eine gute Schule hier. Er kann Latein lernen und Mathematik.«

Hans spürt eine innere Wärme in seinem Bauch. Vielleicht, so hofft er, lässt sich sein Vater erweichen. Vielleicht ist er stolz auf ihn und hört auf Fidelius. Nervös fährt Hans mit der Hand über seinen stoppeligen Kopf. Er setzt ein zaghaftes Lächeln auf und blickt zu seinem Vater.

Aber das Gesicht seines Vaters ist hart und ohne Regung. Sein rechter Mundwinkel zuckt unregelmäßig, wie immer, wenn er sich ärgert: »Was soll der Hans denn Latein sprechen hier im Schwarzwald?« Er hebt die Schultern, als ob ihm beim besten Willen keine Antwort auf die von ihm gestellte Frage einfallen würde. »Ein Sohn gehört zu seinem Vater, Pater. Der Platz von Hans ist nicht bei Euch«, sagt er mit einem Blick, der dem Pater klarmacht, dass er nicht weiter diskutieren will.

Hans fühlt einen Stich in der Brust. Sein vorsichtiges Lächeln gefriert. Eine Welle von Wut durchströmt seinen Körper und er spürt den Impuls, seinen Vater einfach zu schütteln, ihn anzuschreien, dass er nicht nach Konstanz will, dass er hier im Kloster bleiben will, lernen und arbeiten. Er schaut Fidelius flehentlich an, der Priester soll jetzt nicht aufgeben. Fidelius wirkt nicht enttäuscht, nicht einmal überrascht. Es scheint, als hätte er die Antwort erwartet. Seine Stimme wird jetzt eindringlicher. »Habt Ihr bei meiner Predigt zugehört? Ihr werdet Euch dereinst vor dem Herrn verantworten müssen, wie Ihr Eure Kinder aufgezogen habt, ob Ihr alles getan habt, sie auf den rechten Weg zu führen.«

»Pater, verzeiht mir. Ich weiß, was der rechte Weg für meine Familie ist. Und der führt uns aus dem Kloster«, entgegnet der alte Konstanzer ungerührt.

Der Pater seufzt und wirkt auf einmal sehr erschöpft. Er hatte es fast geahnt, dass er mit seinen Worten nichts wird ausrichten können. Fidelius hat es schon oft erlebt. Wer in seiner Existenz gescheitert ist, der ist kaum in der Lage, seinen Kopf zu heben und zu sehen, wenn sich für seine Kinder Möglichkeiten bieten, die er selbst nie hatte. Bei Hans' Vater vermutet er sogar, dass er es gar nicht ertragen könnte, wenn sein Sohn ein besseres Leben führte als er selbst. Er wendet sich schweigend Hans zu und legt ihm die Hand auf die Schulter. Sein Blick ist voller Mitleid, und Hans sieht in seinen Augen, dass Fidelius alles weiß: In Konstanz wartet keine Erbschaft auf die Familie und auch kein Vetter, der Hans zum Gärtner ausbildet.

SCHWARZWALD GESCHICHTE

DER SCHWARZWALD IM 18. JAHRHUNDERT

Teil I: Armut

Der Kaufmann Franz Montfort – so kann vermutet werden – war ein wohlhabender und angesehener Bürger der Stadt Freiburg. Deswegen wurde er 1794 vom Freiburger Stadtmagistrat angegangen, um seinen Beitrag zur Freiburger Armenanstalt zu leisten, einer Einrichtung, welche die Versorgung der Armen mit dem Notwendigsten zum Gegenstand hatte. Damit war Montfort ganz und gar nicht einverstanden. Empört schrieb er zurück, er werde »die ganze Woche durch vom Überlauf jeder Gattung einheimischer sowohl als auswärtiger Bettler so ganz wider alle Sicherheit geplagt (...), dass er gewiss jede Woche, um diese lästigen und nicht zu duldenden Gäste loszuwerden, mehr als 1 fl. 30 xr. [1 Gulden und 30 Kreuzer – der Autor] verteilen muss.«

Ob Franz Montfort sich auf diese Weise den Unterstützungsleistungen für die Armenanstalt entziehen konnte, ist nicht bekannt. Die Erfahrungen, welche der Kaufmann machte, waren jedoch sicherlich kein Einzelfall. Das nicht nur in Freiburg beklagte ungestüme Betteln war nicht zuletzt eine Folge der wirtschaftlichen Not im 18. Jahrhundert. Während es in guten Jahren bei der Mehrheit der Bevölkerung für ein ordentliches Auskommen reichte, drohte in schlechten Jahren der Absturz in Armut und

Hunger. Und schlechte Jahre waren nicht selten. Gerade im südlichen Schwarzwald wuchs in der zweiten Hälfte des 18.Jahrhunderts die Bevölkerung in hohem Tempo. Die Lebensmittelproduktion konnte damit nicht Schritt halten. Das in vielen Gebieten vorherrschende Realteilungsprinzip bei Erbschaften sorgte dafür, dass landwirtschaftliche Grundstücke auf die Kinder aufgeteilt wurden. Dadurch wurden die bewirtschafteten Flächen immer kleiner und reichten für viele Familien nicht aus, um den notwendigen Lebensunterhalt zu erwirtschaften. Traten zusätzlich Kriege oder Missernten auf, so eskalierte die Versorgungssituation zu einer Hungersnot, wie z.B. in den Jahren 1770 bis 1772. Der Abt von St. Märgen schrieb in dieser Zeit in sein Tagebuch, die Not sei so groß, dass die Armen dazu übergingen, Brot aus Baumrinde zu backen. Die Staatsmacht reagierte hilflos. Im Frühjahr 1771 griff Herzog Carl Eugen von Württemberg zu seinem letzten Mittel: Er ordnete an, Fürbitte-Gebete in den Kirchen zu sprechen, um der Hungerkrise beizukommen.

Das Betteln wurde für große Teile der Bevölkerung die einzige Möglichkeit, den Unterhalt zu sichern. Im Jahre 1798 überschlug der Freiburger Reformer Heinrich Sautier, dass auf zweitausend Einwohner des österreichischen Breisgaus eintausend Personen kämen, die bettelten. Das Betteln trat dabei oft neben die eigentliche Erwerbsarbeit, mit der kein genügendes Auskommen für die

Familie erzielt werden konnte. So gab es nicht selten eine familiäre Arbeitsteilung, dass der Mann einer Arbeit nachging, während Frauen und Kinder das Einkommen durch Betteln aufzustocken versuchten. Für Menschen, die auf der Straße lebten und als Vaganten bezeichnet wurden, war Betteln unverzichtbar, um sich über Wasser zu halten. Schätzungen gehen davon aus, dass im 18. Jahrhundert bis zu einem Zehntel der Bevölkerung zumindest zeitweise auf der Straße lebte. Der zeitgenössische Autor Johann Ulrich Schöll schätzte die Zahl dieser Personengruppe im Schwarzwald auf sechs- bis achttausend Personen.

Die Schicht der Vaganten war außerordentlich vielfältig. Nicht wenige Vaganten versuchten, über die Runden zu kommen, indem sie Dienstleistungen anboten, z.B. Schuhe oder Kessel flickten. Andere verdingten sich als Mäuse- und Rattenfänger, Spielmann oder Verkäufer von alltäglichen Produkten wie Zündhölzern, Schachteln oder Bändeln. Wer nichts anzubieten hatte, versuchte als Bettler, das Notwendigste zum Leben zu beschaffen. Dies war angesichts der massenhaften Armut kaum zu erreichen. Die dramatische Situation, in der sich die Bettler des südlichen Schwarzwalds befanden, beschrieb Johann Heinrich Campe in einem Reisebericht von 1786:

»In meinem Leben habe ich in Bettlern die menschliche Natur nicht mehr erniedrigt gesehen als hier. Sie bitten und flehen nicht bloß. Sie werfen sich vor euch schon von Ferne haufenweise auf die Knie und beten euch an. Ein schändlicher Anblick!«

Neben der schwierigen wirtschaftlichen Lage führten häufig auch individuelle Gründe zu einem sozialen Abstieg. Ungewollte Schwangerschaften, Krankheiten oder eine Verurteilung als Straftäter sorgten dafür, dass ein geregeltes Leben in der Dorf- oder Stadtgemeinschaft nicht mehr möglich war. Insbesondere in den Städten fehlte jegliches soziale Netz, das alte, kranke oder behinderte Menschen auffing, die nicht mehr für sich selbst sorgen konnten. Dorfgemeinschaften waren schnell überfordert und versuchten, arbeitsunfähige Personen abzuschieben oder fernzuhalten.

Eine besondere Quelle für die steigende Zahl an Bettlern und Kleinkriminellen war das Militär. Während die Soldaten in Kriegszeiten ein mehr schlechtes als rechtes Auskommen in der Armee fanden, wurden sie in Friedenszeiten ohne weitere Unterstützung entlassen. Mit nichts in den Händen und ohne einen Lebensmittelpunkt, zu dem sie zurückkehren konnten, mussten sie einen Ersatz für den fehlenden Sold finden. Handwerkliche Fähigkeiten, die ihnen von Nutzen hätten sein können, haben sie in der Armee nicht erworben. Umso mehr waren sie geprägt von der alltäglichen Gewalt und Brutalität, der sie als Teil der kämpfenden Truppen ausgesetzt waren.

Für viele Soldaten bedeutete Frieden den Wegfall des einzigen Halts in ihrem Leben. Dies bekam auch die im Schwarzwald lebende Bevölkerung zu spüren. Frieden konnte eine noch größere Belastung als Krieg sein, wenn entlassene Söldner marodierend über die Dörfer zogen und die Bevölkerung ohne jegliche Beschränkung durch ihre Vorgesetzten erpressten und ausraubten.

Auf die Hilfe der Obrigkeit konnte sich jedenfalls kaum verlassen, wer in Armut geraten war. Die Monarchien waren mit der Unterstützung der Bedürftigen vollständig überfordert. Weil der Armut kaum etwas entgegengesetzt werden konnte, beschränkte sich die behördliche Tätigkeit weitgehend auf deren Verwaltung. So wurde im fürstenbergischen Gebiet 1786 eine Bettelordnung erlassen, nach der einheimische Arme blecherne Zeichen mit den Anfangsbuchstaben der Herrschaft tragen mussten. Städte und Gemeinden hatten einen Bettelvogt zu bestellen. Dessen Aufgabe war es, an bestimmten Wochentagen mit allen einheimischen Bettlern von Haus zu Haus zu ziehen und dabei laut den Rosenkranz zu beten. Am Ende der Sammlung wurde der Erlös unter den Bettlern verteilt.

Weil manche Dörfer mit der Versorgung von Armen gänzlich überfordert waren, wurden »Bettelfuhren« eingerichtet. Dabei wurden Arme ohne Wohnsitz auf einem Karren von Dorf zu Dorf gefahren. Mancherorts wurden sie eine Zeit lang verpflegte, andernorts wurde die Bettelfuhre einfach weitergeschickt. Es ist nicht verwunderlich, dass die Sterblichkeit der Menschen auf der Bettelfuhre außerordentlich hoch gewesen sein soll.

Noch im Mittelalter wurde armen Menschen mit Wohlwollen begegnet, gaben sie doch jedermann Gelegenheit zu gottgefälligen Almosen. Niemand wäre auf die Idee gekommen, nach der Verantwortlichkeit des Bettlers für seine Notlage zu fragen. In der Neuzeit hingegen wurden Tüchtigkeit und Fleiß zu Idealen. Im 18. Jahrhundert setzte sich mehr und mehr der Gedanke durch, dass Armut selbstverschuldet sei. So führte die vorderösterreichische Regierung und Kammer den Missstand, dass zahlreiche Kinder vor den Toren Freiburgs bettelten, darauf zurück, dass »deren Erziehung von Seiten ihrer Eltern gänzlich vernachlässigt wird«. Der Begriff »Müßiggang« wurde zum Sinnbild für die persönliche Verantwortung des Einzelnen für seine wirtschaftliche Not. Mit Fleiß und Tugendhaftigkeit könnte jeder arbeitsfähige Mensch seinen eigenen Unterhalt bestreiten. Konsequenterweise unternahm die Obrigkeit zahlreiche Anstrengungen, den Müßiggang zu bekämpfen und die Arbeitsamkeit zu fördern. Im Mittelpunkt standen dabei pädagogische Maßnahmen. Besonderes Ziel der Erziehungsbemühungen waren dabei Kinder aus der Unterschicht. Die österreichische Kaiserin Maria Theresia wollte 1761 von der vorderösterreichischen Regierung und Kammer wissen, in welchem Ausmaß Kinder von Vagabunden und Bettlern in Kinderhäusern untergebracht worden seien. Sie vergaß nicht, auf die Möglichkeit zu verweisen, Kinder in Manufakturen zu beschäftigen. Gerade Spinnereien würden »gerne arme Kinder annehmen (...), um sie zu dem Spinnen anzuwenden«. Ein Jahr darauf wurde in Freiburg auf ihren Vorschlag zurückgegriffen und ein Spinn- und Arbeitshaus gegründet. Ziel sei es, »diejenigen, welche auf keine andere Weise als durch Betteln sich zu nähren suchen (...) in einem solchen Haus über eine Arbeit zu setzen«. Es ging darum, dass »besonders die Jugend nach und nach statt des Müßiggangs der Arbeit sich angewöhnte und so sie erwachsen im Stand wäre, mit Arbeit ihr Brot zu verdienen«. 1771 arbeiteten in dem Haus immerhin 42 Männer, 15 Frauen, 17 Knaben und 55 Mädchen. Dem Projekt war jedoch kein langfristiger Erfolg beschieden. Bereits wenige Jahre später musste das Haus wieder seine Tore schließen. Die Erwartung, dass sich der Unterhalt des Hauses durch die Erzeugnisse seiner Insassen finanzieren ließe, hatte sich nicht erfüllt.

Auch Württemberg stellte zu dieser Zeit ehrgeizige Pläne zur Bekämpfung des Straßenbettelns auf. Neben dem Bau von Arbeitshäusern für Ortsarme und der Abschiebung fremder Bettler führte Herzog Carl Eugen 1776 Patrouillen ein, die Bettler festnehmen und im Armenhaus abliefern sollten. Bettelnde Kinder, die aufgegriffen wurden, sollten nach dem Willen des Herzogs dort mit der Rute gezüchtigt werden. Den Bürgern war es bei einer Geldstrafe von bis zu drei Gulden verboten, weiterhin Almosen an Bettler zu geben. Dieses Verbot sollte mit Hilfe bezahlter Denunzianten durchgesetzt werden. Wer einen Nachbarn wegen einer unerlaubten Gabe zur Anzeige brachte, konnte auf eine Belohnung in Höhe von einem Drittel der verhängten Strafe hoffen.

Für viele Arme, die auf der Straße lebten, waren die Klöster die einzigen Verbündeten in ihrem Überlebenskampf. Das Kloster St. Peter im südlichen Schwarzwald war bekannt für seine Almosengaben. Bis zu 700 Personen sollen sich an der Klosterpforte eingefunden haben, wenn Brot verteilt wurde. Die Klöster haben anders als die staatliche Armenfürsorge keine Nachforschungen zum Lebenswandel der Bedürftigen angestellt und auch nicht zwischen fremden und einheimischen Bettlern unterschieden. Auch das Kloster Allerheiligen, wo der Konstanzer Hans große Teile seiner Kindheit verbrachte, war ein überregional bekannter Ort, an dem Bedürftige unabhängig von ihrer Herkunft Hilfe fanden. Das stieß vielerorts auf Missfallen. Das benachbarte Herzogtum Württemberg beklagte lautstark, dass durch die zahlreichen Vaganten, die sich in der Nähe des Klosters einfanden, auch die Sicherheit der württembergischen Einwohner bedroht werde. Auf der Gengenbacher Konferenz, bei der 1773/74 die Herrschaften der Ortenau zum Zwecke der Kriminalitätsbekämpfung zusammenkamen, bestand deswegen bei aller Zwietracht Einigkeit in einem Punkt: Die »Bettelsuppen vor den Klosterpforten« sollten fortan bei Androhung von Zuchthaus verboten werden.

Ende Juli 1777

Der Vollmond erhellt den Weg. Mit zügigen Schritten eilt Hans durch den Wald. Seit Tagen ist er unterwegs. Immer noch drehen sich seine Gedanken um den Streit mit seinem Vater. Es war einen Tag vor Jakobi im Jahre 1777. Das Bild, wie sein Vater das Beil ergriff und auf ihn losging, erscheint wieder und wieder vor seinem inneren Auge. Das wird er büßen, hämmert es in seinem Kopf. Soll er sehen, wie er ohne mich zurechtkommt. Im Ohr hat Hans noch die Beleidigungen, die auf ihn einprasselten: erzliederlicher Kerl, undankbarer Faulpelz, Taugenichts. Und dann: »Geh zum Teufel.« Das waren die letzten Worte, die er aus dem Mund seines Vaters hörte. Daraufhin packte er seine wenigen Habseligkeiten und seine Warenkiste. Er umarmte seine Mutter und seine Schwester, die den Kampf zwischen Vater und Sohn ängstlich und schweigend mitangesehen hatten. Die Schwester tut ihm am meisten leid, weil sie es aushalten muss bei dem Tyrannen.

Der lange Marsch durch den Wald beruhigt ihn langsam. Es bricht ihm das Herz, dass er Franzelen zurücklassen musste. Wird sie zurechtkommen ohne seine schützende Hand? Wird er die Einsamkeit aushalten, wenn ihre vertraute Nähe fehlt? Hans nimmt seinen Mut zusammen: Er ist jetzt fast 18 Jahre alt und hat die Willkür seines Vaters endlich hinter sich. Er zieht die Luft der Freiheit tief in seine Lungen.

Die Trennung kam nicht überraschend. Der Konflikt mit seinem Vater hat sich seit Langem zugespitzt. Seit dem Zeitpunkt, als er begonnen hatte, geistliche Ware an den Türen der Bauernhöfe zu verkaufen. Seine Trage war gefüllt mit Bildern von Heiligen wie Sebastian oder Rochus, mit spanischen Kreuzen oder Heilige-Drei-Könige-Zetteln. Von all dem versprechen sich die Menschen Schutz vor Krankheiten, vor Missernten und der Macht des Teufels. Auf die Idee mit der geistlichen Ware hat seinen Vater der Sulzer-Jergle gebracht, der mit solchen Devotionalien schon länger erfolgreichen Handel betreibt. Sein Vater und er machten den Weg zur Abtei Weingarten, wo ein Blutstropfen Jesu als Reliquie aufbewahrt wird. Dort werden die Bilder und Zettel gedruckt, geweiht und dann verkauft. Ihre Wirkung sollen sie durch die Berührung der Reliquie erlangen.

Daran hat Hans seine Zweifel bei den Mengen an geweihten Erzeugnissen, welche die Abtei vertreibt. Auch hält er die angeblichen Wunderwirkungen, die von den Reliquien ausgehen, für übertrieben. Aber dennoch war für Hans der Verkauf der geistlichen Ware ein Schritt nach vorn. Endlich stand er nicht mehr als Bettler vor den Bauern, er hatte etwas anzubieten. Den anderen Bettlern versuchte Hans aus dem Weg zu gehen, wenn sie in Rotten durch die Dörfer zogen. Hans fürchtete die abgerissenen Gestalten, die an langen Stricken kläffende Hunde mit sich führten. Die Buben unter ihnen zogen den Karren mit Hausrat. Die Mädchen hatten Strickstrümpfe im Arm. Die Männer klopften aufdringlich an die Türen und Fenster: »Unserer sind so viele Köpfe, gebt uns Brot, Eier und Schmalz.« Sie mochten es nicht, wenn Hans vor ihnen da war. Einmal haben sie Hans festgehalten und ihm die Einnahmen eines ganzen Tages weggenommen.

Am Anfang lief Hans' Geschäft an den Haustüren schleppend. An manchen Tagen verkaufte er kaum ein einziges Bildchen. Aber mit der Zeit verstand er immer besser, seine Ware an den Mann zu bringen. Die Menschen wollten von Wundern hören, und Hans erfand sie. Er machte es sich zur Regel, nicht von Hof zu Hof zu eilen, sondern erst die Familie des Bauern vor seinem Besuch zu beobachten. Manchmal sah er, wie der Bauer nur mühsam hinkend die Milchkanne schleppen konnte. Ein anderes Mal hörte er einen schlimmen Husten aus dem Haus. Oder er sah im Gesicht der dickbauchigen Bäuerin die Angst vor der anstehenden Geburt. Hans verwob diese Beobachtungen in seine Botschaften. »Euch wird das Bild des Antonius helfen«, sagte er dann. »Er hilft allen Frauen bei einer schweren Geburt. Ich hörte von einer Frau, deren Blutungen nicht mehr enden wollten, bis sie das geweihte Bild des Antonius auf ihren

Bauch legte, und die Blutung hörte im nächsten Moment auf.« Er wusste, dass nach dieser Geschichte kaum ein Bauer den Kauf des Bildes ablehnen konnte. Schlechtes Gewissen hatte er keines. Schließlich verdiente die Kirche selbst nicht schlecht an dem umtriebigen Handel mit der geistlichen Ware. Je besser seine Geschichten wurden, desto höher stiegen seine Preise. Er brachte manchmal an einem Tag mehr Geld nach Hause, als sein Vater in einer Woche verdiente.

Und nichts hätte er sich mehr gewünscht als Anerkennung. Aber die gab es nicht. Im Gegenteil. Je mehr er nach Hause brachte, desto mürrischer wurde sein Vater. Nichts von dem Ersparten durfte Hans behalten. Er bat um bessere Kleidung, ein neues Hemd, ein rotes Brusttuch. Vergeblich.

Heimlich musste er sich unterwegs ein Stück Brot zu kaufen, weil er mit leerem Magen von zuhause losgeschickt worden war. Sein Vater wies ihn an, wo er jeden Tag hinzugehen hatte, welcher Markt Erfolg versprach. Aber er kannte das Geschäft nicht. Hans wusste, wo die besten Verkäufe warteten. Nur sein Vater wollte es nicht hören.

Das war der Anlass für ihren Streit. Er hatte in der vergangenen Woche weniger Geld nach Hause gebracht, als sein Vater erwartete. Wäre er nicht zu den Orten gegangen, die sein Vater ausgewählt hatte, hätte er mehr verdienen können. Hans versuchte, es seinem Vater zu erklären. Der Markt, zu dem sein Vater ihn schickte, sei nur von Tagelöhnern und Knechten besucht worden, die kein Geld für heilige Ware hatten.

»Du bist einfach nur faul gewesen«, antwortete sein Vater. »Wahrscheinlich hast du wieder geklaut und das Geld versoffen.«

»Schau dich doch selbst an«, hatte Hans in seinem Zorn geantwortet. »Was hast du denn geschafft? Ziehst als Flickschuster durch die Gegend, hast kein Zuhause. Mutter muss noch betteln, dass es reicht. Wären wir im Kloster geblieben, hätte wir wenigstens ein festes Auskommen.«

Sein Vater stand wortlos auf. Hans sah noch seinen Mundwinkel zucken. Dann griff sich sein Vater das Beil in der Stube und ging auf Hans los. Hans – von Panik ergriffen – stürzte seinem Vater entgegen und umfasste seine beiden Arme.

»So?«, presste sein Vater keuchend hervor. »Du willst dich also noch an mir vergreifen? Ich werde dich zum Vogt bringen. Du musst mir Soldat werden.«

Hans spürte, dass es jetzt kein Zurück mehr gab: »Dann muss ich Euch verlassen, Ihr treibt mich mit Gewalt fort.« Dieses Mal wollte er nicht klein beigeben. Das Blut pochte in seinen Schläfen. Ohne den Arm seines Vaters loszulassen, blickte er ihm in die Augen.

Der schaute ihn mit zugekniffenen Augen an und zischte: »So geh zum Teufel!« Hans ließ seinen Vater los. Das war das Signal zum Aufbruch, der Beginn seines neuen Lebens.

Je weiter Hans läuft, desto besser fühlt er sich. Es ist ihm, als ob er die Ketten, die ihn jahrelang gefesselt hatten, zuhause zurückgelassen hätte. Auf einer Lichtung macht er eine kurze Rast. Es ist Mittag und die Sonne brennt heiß auf ihn nieder. Er zieht seine Warenkiste ab und findet noch das Stück Speck, das ihm ein dankbarer Bauer kürzlich zugesteckt hat. An einer Quelle kann er seinen Durst stillen. Er spannt seine Schultern. Die Zukunft liegt vor ihm. Und das fühlt sich gut an für Hans. Jetzt beginnt sein eigenes Leben. Lange genug hat er das Leben gelebt, wie es sein Vater für ihn bestimmte. Es ist Zeit, erwachsen zu werden.

Noch in derselben Nacht erreicht Hans die Rottweiler Gegend. Der Himmel ist wolkenlos in dieser Nacht und er kann den Weg gut erkennen. Der führt vorbei an Bauernhöfen, aus deren Fenstern das flackernde Licht von Kienspänen leuchtet. Ab und zu bellt ein Hund zur Warnung. Am Rande des Waldes, den er passiert, sitzt eine Gruppe zerlumpter Gestalten schweigend um ein Lagerfeuer. Sie schauen Hans nur misstrauisch an, als er im Vorübergehen seinen Hut hebt. Seine Schritte sind sicher und er weiß, wohin er will: zum Schul-Toni. Hans kennt ihn seit seiner Kindheit. Jeder in der Gegend kennt den Schul-Toni. Alle wissen, dass er ein Gauner ist. Aber der Schul-Toni ist anders als die vielen anderen kleinen Räuber und Betrüger, die auf der Straße leben.

Er ist groß gewachsen, aber seine Bewegungen sind geschmeidig, fast wie bei einer Katze. Das Gesicht ist glatt rasiert, die dunklen Haare sind stets gepflegt. Seine Kleidung ist immer von ausgesuchter Eleganz: Er trägt einen blauen Rock aus feinem Tuch, eine braune Lederhose und auf dem Kopf einen grünen Hut mit Feder. Von den Menschen auf der Straße wird der Schul-Toni bewundert und gefürchtet. Verheiratet ist er seit Kurzem mit einer Witwe, die zwei Töchter in die Ehe mitbrachte. Eine davon, die Magdalena, ist einige Jahre älter als Hans, und Hans wird verlegen, wenn sie ihn mit ihrem frechen Blick anlächelt.

In den letzten Wochen ist Hans dem Toni öfters begegnet. Hans hatte sogar den Eindruck, der Toni suche seine Gesellschaft. Das hat Hans stolz gemacht. Er hat ihm sein Leid geklagt: die Streitigkeiten mit seinem Vater, wie er sein Geld abliefern muss und knapp gehalten wird. Toni hat ihm zugehört und manchmal den Kopf geschüttelt: »Warum machst du das? Du bist ein Tor, Hans« und »Mir hätte mein Vater nicht so mitspielen dürfen. In deinem Alter habe ich schon ein Weib gehabt. Was bekümmert dich dein Vater?« Hans zuckte ratlos mit den Schultern, aber es tat gut, dass ihn einer verstand. Ein anderes Mal wurde Toni konkreter: »Schau, Hans, lass uns gemeinsam Handel führen. Ich habe 300 Gulden Bargeld, dafür wollen wir Waren einkaufen. Ich gebe dir, wenn du willst, meine Stieftochter. Mich dünkt, du kannst viel glücklicher werden, als du es jetzt bist.« Hans war hin- und hergerissen. Sein Herz schlug schneller bei dem Gedanken, an der Seite des Schul-Toni zu arbeiten. Aber er zögerte. Seinen Vater, seine Familie verlassen, das wollte er nicht. Noch nicht. Toni ahnte seine Gedanken: »Du wirst es nicht mehr lange bei deinem alten Herrn aushalten, glaube mir. Du weißt, wo du mich finden kannst.«

Jetzt ist Hans bereit. Toni lebt mit seiner Familie im Hirschen, einem Gasthaus kurz vor Rottweil, das bekannt dafür ist, auch Leute ohne einwandfreien Leumund zu beherbergen. Hans sieht das hell beleuchtete Gasthaus schon von Weitem und beschleunigt seinen Schritt. Er kann es kaum erwarten, dem Toni seinen Entschluss mitzuteilen. Schon von außen hört er lautes Gelächter und Musik. Als er die Tür des Wirtshauses öffnet, steht er in einem Gastraum, gefüllt von der ausgelassenen Fröhlichkeit der anwesenden Frauen und Männer. Dicke Schwaden von Tabakrauch hängen in der Luft und der Geruch von verschüttetem Wein und Bier. Hans' Blicke suchen nach Toni. Er entdeckt ihn, wie er an einem Tisch steht und einen Amtmann imitiert. Seine Augenbrauen sind nach oben gezogen, die Arme vor dem Bauch gefaltet. »Er möge diesen Ort schleunigst verlassen«, spricht er mit näselnder Stimme, macht dabei mit der rechten Hand zwei kurze, zur Tür weisende Bewegungen und wendet seinen Kopf angewidert ab. Die Tischgesellschaft bricht in schallendes Gelächter aus. Toni genießt sichtlich den Erfolg seiner Darbietung und deutet eine kleine Verbeugung an. In diesem Moment entdeckt er Hans.

Mit ausgestreckten Armen geht er auf ihn zu und drückt ihn kurz darauf an seine Brust. »Hans! Es ist wunderbar, dich hier zu sehen.« Im selben Moment dreht er sich zum Tisch um und unterbricht die Gespräche mit einem lauten Räuspern: »Darf ich vorstellen: Das ist Hans aus Oberkirch, ein Kamerad und Freund. Er ist heute mein persönlicher Gast. Behandelt ihn wie einen von uns, denn er ist jetzt einer von uns.«

»So so, aus Oberkirch«, raunzt ein dicker Mann am Tisch. »Man hört, die Weiber dort haben dem Schultheißen die Leviten gelesen.[3] Haben die Männer keinen Mumm bei euch?« Die Tischgesellschaft lacht prustend los, während Hans rot anläuft. Der dicke Mann steht auf, stellt einen Schemel für Hans an den Tisch und klopft

[3] Im März 1777 rotteten sich über 300 mit Äxten und Eisengabeln bewaffnete Frauen in Oberkirch zusammen und befreiten einen Wilderer aus dem Stadtgefängnis.

ihm versöhnlich auf die Schulter: »Erzähl uns von den mutigen Weibern aus deiner Stadt.« Kaum sitzt Hans, da reicht ihm der Schul-Toni einen randvoll gefüllten Becher mit Wein, und ein Dritter schiebt einen Teller mit gebratenen Hühnerbeinen an seinen Platz. Von allen Seiten prasseln Fragen auf ihn ein:

»Was ist dein Gewerbe, was machst du in Oberkirch?«

»Ich kenn' dich doch, warst du nicht auf der Kirchweih in Oppenau?« Hans erzählt in einem fort. Er kommt kaum dazu, in einen Hühnerschlegel zu beißen oder einen Schluck Wein zu trinken.

Toni hält seinen Becher hoch und alle stoßen mit ihren Bechern dagegen, bis der Wein auf den Tisch schwappt. »Auf die Freiheit!«, ruft er. »Auf das Räuberleben!«, erwidert ein Mann mit langem schwarzem Bart. Hans trinkt, und bald spürt er die Wirkung des Weins. Er ist es nicht gewöhnt, Wein zu trinken, und er hat den ganzen Tag noch nichts gegessen.

In diesem Moment besteigt ein Bursche, nicht viel älter als Hans, mit einem Satz einen der Tische und beginnt, den Dudelsack zu spielen. Sofort scharren die Stühle auf dem Boden. Männer und Frauen springen auf, greifen sich bei den Händen und beginnen einen wilden Tanz, den Hans noch nie gesehen hat. Alle wirbeln durcheinander, bis sich wie von Geisterhand Pärchen finden, die sich jauchzend umeinander drehen.

Während Hans noch staunt, spürt er eine warme Hand in seinem Nacken und blickt sich um. Es ist Magdalena, die ihn unwiderstehlich anlächelt. Er hatte noch nicht einmal bemerkt, dass sie auch im Gasthaus ist. »Komm schon, Hans! Oder kannst du nicht tanzen?« Noch bevor er antworten kann, hat sie ihn zu sich gezogen. Sie funkelt ihn mit ihren blauen Augen an und wirft den Kopf lachend nach hinten. Sie trägt einen Rock und eine bis zur Brust aufgeknöpfte Jacke, unter der die Schnüre ihres Mieders sichtbar werden. Auf dem Tanzboden kann Hans anfangs kaum Schritt halten. Er bewegt sich hölzern und stößt an Tische, Stühle und andere Tänzer. Magdalena lacht nur. Sie zieht ihn an sich, stößt ihn kurz darauf weg und dreht sich unter seinem ausgestreckten Arm. Ihr blonder Zopf wirbelt in der Luft. Hans hört ihr helles Lachen und riecht ihren süßlichen Duft. Als die Musik kurz aufhört und Hans sich von Magdalena lösen will, drückt sie ihn an sich: »Du tanzt gut für einen Wanderburschen«, flüstert sie ihm ins Ohr. »Ich wüsste gerne, was du sonst noch kannst.« Hans denkt noch über eine Antwort nach, als er Magdalenas Lippen auf den seinen spürt. Mühelos sucht sich ihre Zunge ihren Weg, und Hans ist überrascht, wie einfach alles geht. Aus den Augenwinkeln bemerkt er, dass Toni ihn die ganze Zeit beobachtet. Toni lacht ihn an und zwinkert ihm kurz zu. Da setzt der Dudelsack schon wieder ein, und Magdalena nimmt den ungestümen Rhythmus der Musik auf und schiebt Hans spielerisch weg von sich, um ihn gleich darauf wieder an sich heranzuziehen. Sie wechseln die Tanzpartner, aber Hans wartet nur darauf, bis die Reihe wieder an Magdalena ist. Als die Musik erneut eine Pause macht und die schwitzende Menge jauchzt, ergreift Magdalena wieder seine Hand und zieht ihn weg. Hans weiß nicht, was sie will, aber in diesem Moment würde er ihr überallhin folgen.

Sie eilen die Treppe des Wirtshauses hoch und Magdalena öffnet die Tür zu einer kleinen Kammer mit einem aus grobem Holz geschnitzten Bett. Magdalena drückt ihn nochmals an sich, küsst ihn und öffnet fingerfertig sein Hemd. Dann schubst sie ihn auf das Bett. Mit einer eleganten Bewegung knöpft sie ihre Jacke auf und streift sie ab. Ihr Rock fällt auf den Boden. Sie öffnet die Schnüre ihres Mieders, ohne Hans' verlangendem Blick auszuweichen. Als es neben den Rock auf die Holzdielen gleitet, grinst sie Hans an. Hans kann die Augen nicht von ihr lassen. Er hat noch nie gesehen, dass eine Frau sich so ohne Scham bewegt. Langsam und ohne den Blick abzuwenden, schreitet sie auf Hans zu, der immer noch mit offenem Mund auf dem Bett sitzt. Hans will sagen, wie schön er sie findet, aber sie legt ihren Zeigefinger auf seinen Mund. Hans umfasst ihre Hüften und zieht sie an sich. Eine warme Welle brandet durch seinen Körper. Hans schließt seine Augen, und in diesem Moment erinnert er sich daran, wie er den Pater im Kloster vom Paradies predigen hörte, dem Ort, an dem alle Sorgen vergessen sind. Das muss es sein, denkt er. Ich habe das Paradies gefunden.

August 1777

»Es ist Zeit, dass wir wieder etwas tun. Ich habe gehört, der Huggesepp, der hat einen Speicher voller Speck und Würste. Wenn wir Glück haben, finden wir auch noch ein paar schöne Schuhe.« Der Schul-Toni blickt ernst in die Runde. Das Lagerfeuer knistert. Hans sitzt mit Tonis Kameraden auf einer Lichtung am Rande von Harmerspach. Tonis Bruder ist gerade zu ihnen gestoßen. Er wurde Hans als der buckelte Xaveri vorgestellt, ein ohnehin nicht großer Mann, der aufgrund seiner gebückten Haltung noch kleiner erscheint. Seine schütteren Haare trägt er zu einem Zopf gebunden und darunter einen silbernen Ohrring. Seine grauen Augen schauen misstrauisch in die Runde. Neben dem Schul-Toni und Hans sitzen noch Mathes, der sich als Kessler ausgibt, sowie ein Mann mit kohlschwarzen Zähnen, der sich Wälder-Jerg nennt. Sie trinken Wein und essen Reste von Brot und Kartoffeln, die sie über dem Feuer braten. Von seinem letzten Einbruch hat Toni noch etwas Speck mitgebracht, aber der ist jetzt aufgebraucht.

Der buckelte Xaveri spuckt seinen Kautabak in das Feuer und stimmt ihm zu: »Ich bin dabei.« Die anderen Kameraden nicken schweigend. »Was ist mit dir, Hans?«, fragt Toni und blickt ihn an. Hans hat befürchtet, dass diese Frage kommen wird. Toni hatte sie schon vor der letzten Unternehmung gestellt. Hans spürt, dass Toni langsam ungeduldig wird. Er schaut schweigend ins Feuer, als hoffte er, Toni würde seine Frage wieder vergessen, wenn er nicht antwortete.

Seine Beziehung zu Toni ist schwierig. Wenn er die Sprache auf Magdalena brachte, wurde Toni dünnlippig. Hans hatte sie nach jener Nacht im Gasthaus nicht mehr gesehen. Er dachte oft an sie und fragte Toni, wo er sie wieder treffen könne. Der murmelte dann etwas vom strengen Regiment ihrer Mutter und klopfte Hans aufmunternd auf den Rücken: »Wirst schon noch andere Mädels kennen lernen.«

Ansonsten war Toni großzügig zu ihm gewesen in den letzten Tagen. Sein Anzug sei nicht gut genug, sagte er zu Hans, schenkte ihm schöne Strümpfe, ein Hemd, eine Weste und neue Beinkleider. Hans fühlte sich wie ein anderer Mensch, als er alles angezogen hatte. In unbeobachteten Momenten strich Hans über den feinen Stoff seiner Weste. Wie oft hatte er sich so etwas gewünscht? Toni hatte ihm zu essen gegeben, ihn seinen Kameraden vorgestellt. Dennoch fühlte sich Hans jeden Tag ein bisschen unwohler. Wie sollte er sich erkenntlich zeigen? Er könnte wieder von Tür zu Tür ziehen und Heiligenbilder verkaufen. Aber seine Warenkiste war fast leer. Und Hans wusste, dass Toni etwas ganz anderes von ihm erwartete. Hinter seinem Rücken wurde bereits getuschelt. Keiner der Kameraden hatte Lust, einen jungen dahergelaufenen Burschen durchzufüttern, auch wenn sie wussten, dass er unter Tonis Schutz stand.

»Du bist diesmal dabei – oder?« Toni schaut Hans jetzt direkt an.

Hans blickt auf seine Schuhe. Er spürt, dass auch die Blicke von Tonis Kameraden auf ihn gerichtet sind: »Ich kenne den Huggesepp. Mein Vater hat schon bei ihm gearbeitet.« Hans ärgert sich, dass seine Stimme nicht klar und laut ist wie die von Toni, sondern leise und stockend. »Wenn der Huggesepp mich sieht und es meinem Vater sagt, dann schlägt der mich tot.« Er blickt in die Runde, aber er findet kein Verständnis in den Gesichtern der Männer.

»Es gibt immer einen anderen Grund, Hans.« Tonis Stimme ist jetzt scharf: »Gestern hattest du einen schlimmen Bauch, heute kennst du den Huggesepp und morgen ist es dir zu kalt.« Der Wälder-Jerg lacht kurz auf und zeigt seine schwarzen Zähne. Toni nimmt einen großen Schluck aus seinem Kelch und wendet sich dann wieder Hans zu: »Du bist jetzt dabei. Es ist Zeit.« Dann schweigt er kurz und wendet sich in Jenisch, der Sprache der Räuber, an die ganze Runde: »Dean Socht weand m'r maloche!«[4]

---

[4] »Den Laden wollen wir plündern!«

In derselben Nacht brechen sie auf. Der Mond erhellt den Weg, und die Männer laufen den steilen Pfad hinunter ins Tal, wo der Hof des Huggesepp liegt. Keiner spricht ein Wort. Hans steht der Schweiß auf der Stirn, obwohl die lauen Sommernächte der Kühle des heranziehenden Herbstes gewichen sind. Seine Brust ist zugeschnürt. Als sie die Umrisse des Hofes erkennen, weist Toni jedem der Männer seinen Posten zu. Worte sind dabei nicht nötig. Die Truppe funktioniert wie eine geölte Maschine. Nur Hans bekommt eine kurze Erklärung seines Auftrags: »Hans, du stehst vor dem Kammerladen. Wenn der Bauer kommt, schlägst du zu.« Toni drückt ihm einen Knüppel in die Hand. Dann verteilt er alle anderen Aufgaben. Am Ende fragt er in die Runde: »Wer holcht en'nr könig?«[5] Keine Stimme regt sich. Dann antwortet Toni selbst: »Der G'wand'ste.«[6] Hans blickt fragend in die Runde. Alle anderen außer ihm wissen, dass Toni sich selbst meint.

Hans nimmt seinen Platz ein, die anderen verteilen sich um den Hof. Vom Stall kann er das gleichmäßige Schnaufen der Kühe hören. Ein paar Meter entfernt sieht Hans die Umrisse des Backhauses. Daneben steht der Brunnentrog mit einem kleinen Milchhäuschen. Hans würde gerne nachschauen, ob es dort vielleicht etwas

---

[5] Jenisch: »Wer steigt hinein?«

[6] Jenisch: »Der Geschickteste.«

Milch oder Käse gibt, um seinen knurrenden Magen zu besänftigen. Aber er wagt nicht, seinen angewiesenen Platz zu verlassen.

Niemand verursacht ein unnötiges Geräusch. Kein Wort ist nötig. Toni selbst macht sich daran, die Tür des Speichers aufzubrechen. Bei jedem Geräusch, das er verursacht, spannen sich Hans' Muskeln an. Er lauscht angestrengt in die Nacht. Ungeduldig wartet er auf das erlösende Quietschen der sich öffnenden Türe. Stattdessen hört er, wie das Brecheisen am hölzernen Rahmen der Tür entlangscharrt. Dann ein leises Fluchen von Toni. Hans versucht, durch die Dunkelheit in die Fenster des Bauernhauses zu sehen. Gibt es ein Anzeichen, dass der Bauer erwacht? Flammt irgendwo ein Licht auf? Huscht ein Schatten durch die Dunkelheit? Hans macht sich bereit, jederzeit das Weite zu suchen. Seine Augen tasten die Umgebung ab, um herauszufinden, welcher Fluchtweg am erfolgversprechendsten erscheint.

Dann hört Hans, dass Holz splittert. Er zuckt zusammen. Am erleichterten Seufzer des Schul-Toni erkennt er, dass die Tür zum Speicher jetzt offen ist. Der Fußboden des Speichers knarzt leise, als Toni und sein Bruder die Regale durchsuchen. Die Zeit scheint für Hans stehenzubleiben. Er lauscht angestrengt, hört aber keinen Laut. Endlich sieht er Toni und den buckelten Xaveri an der Ecke des Hauses. Sie müssen aus einem der Fenster auf der gegenüberliegenden Seite des Hauses ausgestiegen sein. Beide sind schwer beladen. Vier prall gefüllte Säcke zählt Hans. Ohne dass es ein Signal zum Aufbruch gibt, tauchen auch Mathes und der Wälder-Jerg aus der Dunkelheit auf.

Schnellen Schrittes bewegt sich die Gruppe auf demselben Weg wieder zurück, den sie gekommen sind. Hans schaut sich um. Der Bauernhof scheint genauso friedlich und unbelebt wie vor ihrem Einbruch. Toni stellt Hans einen Sack vor die Füße. Er fühlt, dass der Sack voller Nüsse ist. Hans spürt, wie seine Anspannung langsam einer erschöpften Müdigkeit weicht. Der steil bergan führende Pfad kommt ihm viel länger vor als auf dem Hinweg, und die Nüsse drücken schmerzhaft in seinen Rücken.

Als sie ihren Lagerplatz erreicht haben, wird der Inhalt der Säcke ausgeleert, neben den Nüssen vor allem getrocknete Obstschnitze. In den Gesichtern der Gruppe ist Enttäuschung zu sehen. Die Ausbeute ist schmal. Der Aufwand hat sich nicht gelohnt. Nicht einmal eine Speckseite haben sie ergattert. Toni teilt alles in fünf gleich große Häufchen auf. Hans spürt die Müdigkeit in seinen Gliedern. Gierig stopft er sich eine Handvoll Apfelschnitze von seinem Anteil in den Mund. Als sein Hunger gestillt ist, legt er sich an den Rand der verbliebenen Glut des Lagerfeuers, die noch ein wenig wärmt. Hans weiß, dass ein neues Feuer jetzt nicht mehr angezündet werden kann. Das Risiko ist zu groß, dass der Einbruch inzwischen entdeckt wurde und die Bauern sich auf die Suche nach den Tätern machen. Aufsteigender Rauch in der Morgendämmerung wäre dann allzu verräterisch. Hans fühlt sich einsam. Hier will er nicht bleiben, nicht beim Schul-Toni, nicht beim buckelten Xaveri und auch nicht bei den anderen. Zum ersten Mal seit langer Zeit denkt er an seine Mutter und vor allem an seine Schwester. Ihm kommen die unbeschwerten Zeiten in den Sinn, als sie beide im Kloster Versteck spielten oder als sie an heißen Sommertagen im Wasserfall badeten. Hans muss lächeln, wenn er zurückdenkt. Was Franzelen jetzt wohl macht? Vermisst sie ihn genauso wie er sie? Hat er sie im Stich gelassen, als er seine Sachen packte? Das schlechte Gewissen nagt an seinem Herzen. Wenn sein Vater nicht wäre, wüsste er, wo sein Zuhause ist.

Kurz nach Weihnachten 1777

Jede Bewegung fällt Hans schwer. Seine Hände und Füße sind an eiserne Ketten geschlossen, jeweils verbunden mit der Mauer seiner Zelle im Blockhaus von Harmerspach. Das Blockhaus ist das örtliche Gefängnis, in das ihn der Vogt gesperrt hat. Das Blockhaus ist kalt und feucht. Hans zieht seine Knie an die Brust und umfasst sie mit beiden Armen, damit ihm wärmer wird. Zweimal am Tag kommt ein Hatschier und stellt ihm eine dünne Suppe und etwas Brot auf den Boden. Wenn Hans sich nicht bewegt, hört er bald Mäuse durch den Raum huschen.

Hans versucht, die Wellen der Angst niederzukämpfen, die ihn quälen, seit er im Blockhaus sitzt. Am schlimmsten ist die Ungewissheit, was mit ihm passieren wird. Die Bilder der Hinrichtung, die er vor vielen Jahren in Oppenau sah, tauchen immer wieder vor seinen Augen auf. Dazu kommt der Ärger über sich selbst. Hans hätte die Festnahme verhindern können. Er hätte gewarnt sein müssen. Schon seit Tagen hat er geahnt, dass der Vogt von Harmerspach ihm nachstellt. Nach Harmerspach war Hans gekommen, um seine Familie wiederzusehen. Er hätte rechtzeitig weiterziehen sollen.

Dass der Vogt ein Auge auf ihn hat, ist kein Zufall. Hans verdient sich seinen Lebensunterhalt inzwischen mit Einbrüchen. Vom Schul-Toni hat er sich getrennt, nachdem dieser versucht hatte, ihn bei der Aufteilung der Beute zu betrügen. Außerdem ist sich Hans inzwischen sicher, dass Toni seine Stieftochter Magdalena nur als Köder für Hans eingesetzt hatte. Darauf hereingefallen zu sein, schmerzt Hans jedes Mal, wenn er daran denkt. An Tonis Stelle ist der Brentemer-Sepp getreten.

Der Brentemer-Sepp ist eine große Nummer unter den schwäbischen Dieben. Er war Hans schon vom Hörensagen bekannt gewesen, lange bevor er ihn zum ersten Mal sah. Seit dieser ersten Begegnung wusste Hans, dass der Brentemer-Sepp ein anderes Kaliber war als die vielen kleinen Gauner, mit denen er bisher zu tun gehabt hatte. Selbst der Schul-Toni konnte ihm nicht das Wasser reichen. Mit Nüssen und Dörrobst gab sich der Brentemer-Sepp nicht zufrieden. Er war zwar nur klein gewachsen, aber das glich er durch sein Auftreten aus. Er trug einen Anzug und zwei Uhren. Er war gebildet und vornehm, seine Sprache gewählt. Auch der Brentemer-Sepp wusste, was er an Hans hatte. Die beiden bildeten ein Duo, und ihre Einbrüche waren gut geplante Unternehmungen.

Nach einigen erfolgreichen Diebestouren kehrte Hans immer wieder zu seiner Familie zurück. Die erste Rückkehr war seltsam, aber sein Vater hat ihn nicht mit Vorwürfen überhäuft. Vielleicht hat er ja eingesehen, wie schlecht er Hans behandelt hatte. Vor allem hat Hans das Wiedersehen mit seiner Schwester genossen. Ihre Augen leuchteten, als er plötzlich vor ihr stand. Er konnte ihr nicht alles erzählen, was er zwischenzeitlich gemacht hatte. Von Schul-Toni erzählte er und vom Brentemer-Sepp, aber die Diebstähle sparte er aus. Seine Schwester wird sich ohnehin ihren Reim darauf gemacht haben. Dass sie ahnte, wie er seinen Lebensunterhalt bestritt, spürte er, als er die Sorgenfalten auf ihrer Stirn sah, die tiefer wurden, je länger sie miteinander redeten. Es beruhigte ihn fast, dass er ihr nichts vormachen konnte. Es war schon immer so: Sie war die Einzige, die in sein Herz blicken konnte.

Die Besuche bei seiner Familie hatten auch einen praktischen Zweck. Hier war ein unverdächtiger Rückzugsort, wenn Hans das Gefühl hatte, dass ihm Häscher auf der Spur waren.

Als er in der Weihnachtszeit des Jahres 1777 wieder zu seiner Familie stieß, war etwas anders. Hans spürte, dass er beobachtet wurde. Der Vogt und seine Leute hatten ihn im Visier. Zu oft war er in der Gegend von Harmerspach in der Gesellschaft von Gaunern gesehen worden. Es war bekannt, dass er mit dem Schul-Toni und dem Brentemer-Sepp umherzog. Der Vogt vermutete, dass Hans an den zahlreichen Einbrüchen in Bauernhöfe der Umgebung beteiligt war. Als Hans die Weihnachtsgottesdienste besuchte, wurde das Gefühl, unter der Beobachtung des Vogts zu stehen, immer stärker. Hans' Verdacht sollte sich als berechtigt erweisen. Als er sich auf dem Weg von einem Gottesdienst nach Hause befand, stellte der Vogt seinen Vater und ihn. Hans protestierte, aber es nutzte nichts.

Seit fast einer Woche liegt er jetzt bereits in der Zelle, und nichts passiert. Hans weiß, dass sein Leben in Gefahr ist. Vor einem Jahr war einem Dieb, der nichts weiter als einen Hammel und ein Stück Tuch gestohlen hatte, in Harmerspach der Kopf abgeschlagen worden. Hans denkt an die Mahnungen des Schul-Toni, der ihm eingeschärft hatte, bei Verhören nur das zu gestehen, was zweifelsfrei nachzuweisen war. Nur wegen der Taten, die er gestehe, könne er verurteilt werden. Drohend setzte Toni hinzu: »Und wenn du irgendetwas von mir und meinen Einbrüchen verrätst, dann jage ich dir bei nächster Gelegenheit eine Kugel durch den Kopf.« An manchen Tagen ist Hans zuversichtlich, dass er mit dem Leben davonkommen wird. Aber nachts kriecht die Angst in seine Zelle. Dann muss er an die verzweifelten Worte des Hingerichteten in Oppenau denken: »Ich habe gesündigt und stehe zu Recht an diesem Ort. Betet für mich!« Was würden seine letzten Worte sein, wenn er zum Galgen geführt würde? Aber noch ist er nicht überführt, sagt sich Hans immer wieder. Der Vogt weiß vielleicht viel weniger, als Hans befürchtet. Sie müssen erst einmal etwas aus ihm herausbekommen! Er nimmt sich vor, dem Vogt die Stirn zu bieten. Nur die

Folter erfüllt ihn mit Schrecken. Wie würde er reagieren, wenn sie ihm mit Stockschlägen drohen? Wie viele Streiche auf seinen Rücken kann er aushalten? In diesen Momenten überfällt ihn eine tiefe Reue. Warum nur hat er sich mit dem Schul-Toni und dem Brentemer-Sepp eingelassen? Ist es das wert gewesen?

Am achten Tag seiner Haft steht der Hatschier in der Zelle. Durch die offene Türe fällt das helle Tageslicht auf Hans, der in einer Ecke der Zelle kauert. Hans muss blinzeln, wenn er den Wächter ansieht, weil er das Licht nicht mehr gewöhnt ist. »Auf geht's, Hans«, sagt der Mann. »Der Vogt wartet auf dich.« Der Hatschier öffnet die Schlösser, mit denen Hans an die Wand gekettet ist. Hans versucht aufzustehen, aber seine Gelenke sind ganz steif. Nur mit Mühe gelingt es ihm, sich aufzurichten. Der Hatschier zieht an der Kette, und Hans stolpert ihm nach. Draußen saugt er die frische, kalte Luft tief in seine Lunge ein. Es hat geschneit in den letzten Tagen, und bei jedem seiner Schritte knirscht es unter Hans' Füßen.

Der Vogt empfängt ihn in einer karg eingerichteten Stube. Das Haar des Stadtobersten ist akkurat gestutzt, der Bart gepflegt. Er sitzt auf dem einzigen Stuhl im Raum, vor ihm ein einfacher hölzerner Tisch und darauf ein sauber gestapelter Haufen von eng beschriebenen Papierblättern. Hans bleibt vor dem Vogt stehen, der Hatschier entfernt sich. Neben der Türe steht der Stockwart von Harmerspach und blickt Hans ausdruckslos an. Der Vogt scheint Hans nicht zu bemerken. Er blättert in den Akten auf dem Tisch. Es dauert mehrere Minuten, bis er aufblickt. Hans fällt das Stehen schwer. Sein Muskeln und Sehnen sind nach dem tagelangen Sitzen in der Zelle die Anspannung nicht mehr gewöhnt.

Der Vogt schaut Hans mit trüben Augen an: »Johann Baptista Herrenberger, hattest du Gelegenheit zum Nachdenken?«

Hans weicht dem Blick nicht aus: »Das hatte ich hinreichend.«

»Mit welchem Ergebnis?«

»Dass ich Euch alles sage, was in meiner Kenntnis liegt.«

Der Vogt zieht umständlich ein Taschentuch aus seiner Rocktasche und schnäuzt sich lautstark. »Ich höre.«

Hans zieht die Augenbrauen zusammen, als ob er nicht verstanden habe, was er tun solle.

Der Vogt wird jetzt ungeduldiger, seine Stimme schärfer: »Wir hatten seit Sommer einige Einbrüche in Harmerspach. Was weißt du davon?«

»Ich habe davon gehört, so wie alle hier.«

»Mehr nicht?«

»Ich habe nichts damit zu tun, wenn Ihr das meint.«

»Aber du kennst doch Antoni Durner, vulgo Schul-Toni. Ich habe dich selbst gesehen, wie du mit ihm gezecht hast an der Kirchweih.«

»Den Toni kenn' ich wohl. Unrechtes getan habe ich nicht mit ihm. Gezecht haben wir und gemeinsam gebettelt.«

»Dass er ein Erzgauner und Halunke ist, davon hast du keine Ahnung?«

»Auch das habe ich gehört. Es steht mir aber nicht an zu beurteilen, ob das richtig ist.«

Der Vogt erhebt sich jetzt, geht einige Schritte zum Fenster, dreht sich wieder um: »Wie du willst, dann machen wir es anders. Ich möchte von jeder Woche, von jedem Tag und jeder Nacht wissen, wo und mit wem du sie verbracht hast. Dein Vater hat uns erzählt, er hat dich über Wochen nicht gesehen. Was hast du getan?« Jetzt macht der Vogt eine kleine Pause und blickt zum Stockwart.

»Und wenn du dich gar nicht mehr erinnern kannst, habe ich einen Helfer hier. Der konnte schon bei ganz anderen Halunken die Wahrheit zutage fördern.«

Hans beginnt zu erzählen, gibt eifrig zu Protokoll, wie er seine Tage verbracht hat. Er lässt nichts von den Tatsachen aus, die keinen Verdacht auf ihn lenken. Mit zunehmender Dauer des Verhörs fühlt er sich sicherer. Er spürt, dass der Vogt nichts gegen ihn in der Hand hat als einen vagen Verdacht.

Der Vogt kommt auf den Diebstahl auf dem Hof des Huggesepp zu sprechen. Sofort erscheinen die Bilder aus jener Nacht vor Hans' innerem Auge. Seine Angst, die Wache vor dem Hof, der Sack voller Nüsse. Hans weiß, dass er jetzt keinen Fehler machen, keine Nervosität zeigen darf. Jeder Versprecher kann ihn Kopf und Kragen kosten. Hans bereitet gedanklich schon seine Aussage vor, als der Vogt in den Akten blättert und beiläufig murmelt: »Das war ... hier steht es … genau zwei Wochen nach dem Johannistag. Beim Huggesepp wurde der ganze Speicher leergeräumt, Speck, Wurst, Nüsse, der Vorrat eines ganzes Jahres.«

Einen kurzen Moment ist Hans versucht zu protestieren. Speck und Würste gab es nicht im Speicher. Aber er ist schlau genug, nicht in die Falle zu tappen. Und im selben Moment fällt ihm auf, dass irgendetwas an dem Datum nicht stimmt. Das war nicht nach dem Johannistag, wo sie beim Huggesepp eingestiegen sind, das war nach dem Jakobitag – genau einen Monat später. Ist das ein Fehler in den Akten? Oder ein Trick des Vogts? Hans wittert seine Chance. Er darf sich jetzt nichts anmerken lassen.

Mit ruhiger Stimme erwidert Hans: »In den Wochen nach Johanni war ich nicht hier. Ich war am Bodensee.« Hans kramt in seiner Tasche und zieht ein mehrfach gefaltetes Papier mit zahlreichen Stempeln aus seiner Tasche. Er legt es auf den Tisch des Vogts und zeigt auf einen großen Stempel mit der Aufschrift »Zollamt Sipplingen 4 Juli 1777«. Der Vogt schaut sich das Dokument genau an, wendet es hin und her in seiner Hand, fährt mit der Kuppe seines Zeigefingers über den Stempelabdruck. Dann holt er eine Lupe aus der Schublade seines Tisches und betrachtet den Stempel.

»Ich werde das prüfen, Hans, sei dir sicher. Und wenn das eine Fälschung ist, dann gnade dir Gott!« Mit einem kaum merklichen Kopfnicken signalisiert er dem Stockwart, dass er Hans zurück in seine Zelle bringen kann. Dort angekommen, kann Hans sein Glück nicht fassen. Der Vogt wird in Sipplingen nachfragen, ob der Stempel echt ist. Das dauert einige Tage, vielleicht eine Woche.

Aber dort wird man bestätigen, dass Hans am besagten Tag in Sipplingen war. Und dann hat der Vogt keine andere Möglichkeit, als ihn freizulassen.

Einige Tage später holt der Hatschier ihn wieder aus der Zelle. Diesmal wartet der Vogt vor dem Blockhaus. Neben ihm steht der Stockwart. Hans weiß, was das bedeutet. Die Freiheit ist zum Greifen nahe. Der Vogt erwartet ihn mit saurer Miene: »Diesmal muss ich dich ziehen lassen, Hans. Ich tu's nicht gern, aber ich muss es tun.« Hans unterdrückt den Ansatz eines breiten Grinsens auf seinem Gesicht. »Aber lass dir eines gesagt sein«, setzt der Vogt hinzu, »wenn ich dich nochmals hier erwische, kommst du mir nicht mehr davon. Und damit du dir das merkst, wird unser Stockwart dir eine kleine

Abreibung verabreichen.« Der Vogt dreht sich um und verschwindet.

Der Stockwart geht auf Hans zu und gibt ihm ein Zeichen, seinen Oberkörper auf einen hölzernen Bock zu legen. Er schiebt das Hemd auf seinem Rücken nach oben. Kurz darauf hört Hans das Sausen des Stocks in der Luft und den Bruchteil einer Sekunde später das peitschende Geräusch, als der Stock auf seinen Rücken trifft. Eine Welle des Schmerzes brandet durch seinen Körper. Hans beißt die Zähne aufeinander. Jeder Schlag brennt wie Feuer. Die eisige Kälte der Luft bemerkt Hans nicht. Er spürt, wie die Haut an seinem Rücken aufplatzt, aber er weiß, dass er das aushält. Hans zählt die Schläge. Als er bei zwanzig angekommen ist, hält der Stockknecht inne. Der Hatschier schließt die Ketten auf und schubst Hans weg. Hans fällt auf den Boden, rappelt sich auf und klopft sich ab. Der Rücken fühlt sich wund an, und das Hemd scheuert schmerzhaft auf den frischen Striemen, die der Stockknecht hinterlassen hat. Aber stärker als den Schmerz spürt er das prickelnde Gefühl des Glücks auf seiner Haut, das sich mit jedem Schritt verstärkt, mit dem er sich vom Blockhaus entfernt. Sie haben ihn nicht gekriegt. Und sie werden ihn niemals kriegen.

DER SCHWARZWALD IM 18. JAHRHUNDERT

Teil II: Strafe

»Die blassen aufgedunsenen Gesichter der Züchtlinge, der unerträgliche Gestank, welcher beim Eintritt in die Zimmer entgegenkommt, die Unreinlichkeit in dem Zimmer selbst.« Das sind die ersten Eindrücke des Hofrates und Leibarztes Dr. Rebmann bei einer amtlichen Visitation des Zucht- und Arbeitshauses in Hüfingen im Jahre 1791. »So lang sie [die Züchtlinge] arbeiten, wenn sie essen und schlafen, leben sie beständig in einem mit dem scharfen Staube der Wolle geschwängerten Luftkreise (…) und in der Nacht müssen sie den Nachtstuhl in der Stube dulden, der den unerträglichen Gestank verbreiten und die Luft bei geschlossenen Fenstern ganz mit faulem Gestank ausfüllen muss (…). Sie erhalten nur alle 14 Tage ein neues Hemd.« Seine Schlussfolgerungen sind mehr als deutlich: »Ein Zuchthaus ist freilich kein Luftschloss, doch glaube ich, dass man zur Zuchthausstrafe Verurteilte nicht mehr quälen soll, als es die Absicht des Richters, Verbrecher zu strafen, fordert. Verlust der Freiheit ist ja schon Strafe genug; verlieren die Züchtlinge dabei ihre Gesundheit, werden sie untaugliche Krüppel, die am Ende dem Staate und sich selbst zur Last fallen. Verkürzt man ihre Lebenstage durch unmenschliche Behandlung, dann scheint mir eine solche Strafe schrecklicher als die Todesstrafe selbst zu sein. Es ist ja leichter, in einem Augenblick sein Leben zu verlieren, als sich durch so lange Jahre zu Tode martern lassen.«

Damit fällt der Arzt ein verheerendes Urteil über eine Einrichtung, die den Strafvollzug eigentlich in ganz neue Bahnen lenken sollte. 1759 war das Zucht- und Arbeitshaus in Hüfingen eröffnet worden. Ähnliche Anstalten gab es im Südwesten bereits in Pforzheim, Buchloe, Ravensburg und Ludwigsburg. Straffällige sollten durch Zucht und Arbeit wieder zu nützlichen Gliedern der Gesellschaft werden. Die Zuchthäuser waren nicht nur für Verbrecher, sondern auch für Müßiggänger, Bettler und Landstreicher gedacht. Fürst Joseph Wilhelm Ernst zu Fürstenberg schloss sich damit einem Gedanken an, der in Holland bereits seit dem 16. Jahrhundert praktiziert wurde. Den Strafanstalten lag ein Menschenbild zu Grunde, wonach der Mensch formbar ist und sein Schicksal wenden kann, wenn er richtig erzogen wird.

Der Fürst hoffte, mit dem Zucht- und Arbeitshaus des Kriminalitätsproblems Herr zu werden. Durch das Zuchthaus sollte »das Publikum von diesen üblen Leuten mehrers gereinigt und die Delinquenten statt dem liederlichen zu dem arbeitsamen Leben angehalten werden«. Zudem war das Ziel, Bettler und Gauner aus anderen Ländern vom Eintritt in das fürstenbergische Gebiet abzuschrecken. Die Mittel dazu waren Zucht und Ordnung.

Die Anwendung von Gewalt wurde nicht gescheut. So erhielten alle Insassen des Zuchthauses den sogenannten »Willkomm« zu Beginn und den »Abschied« zum Ende der Haftzeit. Diese Rituale bestanden aus jeweils 12 bis 15 Ochsenziemerstreichen, welche der Zuchtknecht vor den versammelten Sträflingen verabreichte. Zusätzlich hatten die Insassen immer am Freitag die »Kollation« zu ertragen, eine Tracht Prügel von 10 Streichen.

Das tägliche Arbeitspensum der Sträflinge in Hüfingen betrug zwölf Stunden. In diesem Zeitraum mussten zum Beispiel sieben Pfund Späne aus Hirschhorn geraspelt werden, die an Apotheken weiterverkauft wurden. Weitere Tätigkeiten waren Tuchmachen und - färben, Spinnen und Korbflechten. Die Ernährung der Häftlinge folgte einem Speiseplan, der im Wesentlichen aus Knöpfle, Haferbrei sowie Erbsensuppe bestand. Der Anspruch des Zuchthauses, die Menschen zu nützlichen Mitgliedern der Gesellschaft umzuformen, war mit der Praxis des Zuchthauses kaum in Einklang zu bringen. Nicht erst seit dem Bericht des Dr. Rebmann wusste man, dass die Sterblichkeit im Gefängnis außerordentlich hoch war und langjährige Insassen nach ihrer Haftstrafe kaum mehr in der Lage waren, einer Arbeit nachzugehen.

Die Vorboten einer neuen Zeit waren jedoch nicht mehr zu übersehen. Neben dem Erziehungsgedanken gewann auch ein anderer Wert mehr und mehr Gewicht im Strafvollzug: die Humanität. Als im Jahre 1781 verschiedene Züchtlinge versuchten, aus Hüfingen auszubrechen, wurden sie nicht einfach gezüchtigt, wie das zu früheren Zeiten geschehen wäre. Sie wurden nach dem Grunde ihres Ausbruchs gefragt. Als sie die schlechte Kost beschrieben, schwarzes, schimmliges Brot, stinkendes Sauerkraut und ungeschmälztes Hafermus, da wollten die fürstenbergischen Behörden der Beschwerde auf den Grund gehen. Alle Insassen des Zuchthauses wurden vernommen. Der verantwortliche Zuchtmeister als Leiter der Anstalt hatte zwar verschiedene Entschuldigungen parat, die aber alle den federführenden Geheimrat von Laßberg nicht überzeugten.

Der Zuchtmeister wurde zur Verantwortung gezogen. Von Laßberg legte ihm nichts Geringeres als einen Verstoß gegen die Menschenrechte der Insassen zur Last: »Die große Schuld falle nach allen Umständen auf den Zuchtmeister. Gegen die Rechte der Menschheit würde einer handeln, wenn man einen armen Züchtling, dem die Freiheit als das erste Geschenk der Natur benommen ist, zum beständigen Arbeiten anhalten, selben mit der vorschriftsgemäßen Kollation belegen und ihm die nötige Kost und Unterhalt nicht ordentlich reichen lassen wollte.« Nicht nur beim Essen änderte sich die Sichtweise der Obrigkeit. Schon im nächsten Jahr hob der Fürst persönlich die Kollation – also die freitägliche Prügelstrafe für die Insassen – auf, weil es eine unmenschliche Züchtigung sei.

Bis die Freiheitsstrafe, wie sie in Hüfingen praktiziert wurde, sich als gängige Strafform durchsetzte, sollte aber noch einige Zeit vergehen. Das 18. Jahrhundert blieb geprägt von dem Repertoire an Strafformen, wie sie bereits im Mittelalter praktiziert wurden. Die gängigste Strafe, denen Gauner auf der Straße ausgesetzt waren, war die Landes- oder Stadtverweisung. Dabei wurde der Straftäter an die Grenze des jeweiligen Herrschaftsgebiets gebracht und musste in einer Urfehde geloben, das Gebiet, aus dem er abgeschoben wurde, für eine gewisse Zeit nicht mehr zu betreten. Die Popularität der Landesverweisung rührte insbesondere daher, dass sie ohne weitere Kosten verhängt werden konnte. Während der Straftäter in seiner Haft verköstigt und bewacht werden musste, konnte sich eine Herrschaft mit dieser Maßnahme weitere Ausgaben ersparen. Die Landesverweisung wurde häufig mit dem »Staupenschlag« verbunden, bei dem der Verurteilte mit dem Stock oder der Rute ausgepeitscht wurde. Mitunter wurde der Täter vor der Ausweisung auch gebrandmarkt. Dabei wurde ein Zeichen meistens auf den Rücken, manchmal auch auf die Stirn oder die Wange eingebrannt. Solche Zeichen waren z. B. Galgen, Räder oder Buchstaben, die auf den Urheber der Brandmarkung rückschließen ließen. Dadurch sollte eine Rückkehr des Täters in das Gebiet, aus dem er ausgewiesen wurde, verhindert werden. Zudem waren die Brandmale eine Art Führungszeugnis. Bei jeder Kontrolle oder Festnahme des Gebrandmarkten konnte sofort erkannt werden, dass es sich bei der jeweiligen Person um jemanden handelte, der bereits in Konflikt mit dem Gesetz geraten war. Für den Bestraften bedeuteten die Brandmale, dass sie lebenslang aus der sesshaften Bevölkerung ausgeschlossen waren. Von der Magdalena Hillebrandin, welche als alte Hennenflüglin bekannt war, wusste der Konstanzer Hans bei einem seiner Verhöre anzugeben, dass sie im Alter von 60 Jahren »den Galgen so oft auf ihrem Buckel hat, dass man keinen 6er[7] mehr hinlegen könne, der nicht ein Brandmale berühre.«

Ebenfalls gang und gäbe war die Bestrafung am Pranger oder Lasterstein. Auch diese Strafe konnte mit der Landesverweisung oder mit Stockschlägen verbunden werden. Am Pranger, der sich auf einem zentralen Platz in einem Ort befand, wurde der Straftäter für eine gewisse Zeit ausgestellt, mitunter versehen mit einem Schild, das auf die verübte Straftat verwies. Wer beim Klauen erwischt wurde, musste zum Beispiel eine Diebstafel mit der Aufschrift »Du sollst nicht stehlen!« tragen. Die Bevölkerung hatte Gelegenheit, ihren Unmut über den Verurteilten

---

[7] Sechs-Kreuzer-Stück

und seine Tat zum Ausdruck zu bringen, indem sie ihn mit Abfällen oder Dreck bewarf. Für einen sesshaften Täter war die Prangerstrafe, die als ehrschädigend galt, mit gravierenderen Folgen verbunden als für einen Vaganten. Der konnte sich nach der Vollziehung der Strafe wenigstens in eine andere Region begeben.

Am meisten gefürchtet unter Dieben und Räubern war die Todesstrafe. In jeder größeren Stadt gab es eine Richtstätte, die Hochgericht oder Galgen genannt wurde. Der Galgen bestand aus mehreren gemauerten Säulen, über denen ein waagrechter Balken lag. Oft befand sich das Hochgericht an der Grenze einer Herrschaft auf einer Anhöhe. Die Leichname wurden nach dem Vollzug der Strafe am Galgen hängen gelassen, um eine abschreckende Wirkung auf diejenigen zu erzielen, die in die Stadt einreisten.

Für männliche Täter war bei schwereren Delikten – und hierzu zählte auch der Diebstahl – der Tod durch Erhängen eine gängige Strafe. Als mildere Form hierzu galt das Enthaupten, das dem Verurteilten oftmals auf dem Gnadenweg gewährt wurde. Eine Strafverschärfung war indessen, dass der Verurteilte gerädert wurde. Im 18. Jahrhundert waren die Hinrichtungen sorgfältig inszenierte Schauspiele. Nach der öffentlichen Verkündung des Urteils bildete sich unter Glockenschlägen der sogenannte Armesünderzug vom Gefängnis zum Hochgericht.

Nicht selten wurde der Zug von örtlichen Schulkindern begleitet, die Sterbelieder sangen. Am Hochgericht hatten sich bereits oft Tausende von Menschen versammelt. Der Richter und andere städtische Beamte ritten voran. Der Verurteilte wurde von einem Geistlichen und dem Knecht des Scharfrichters begleitet. Er hatte auf dem Weg ein letztes Mal Gelegenheit zu beichten. Bis der Zug das Hochgericht erreichte, vergingen mitunter mehrere Stunden. Währenddessen wurden Speisen und Getränke an die Zuschauer verkauft. Das Volk beschränkte sich nicht auf eine passive Zuschauerrolle. Missfallen wurde genauso kundgetan wie Empörung oder Mitleid. Derartige Hinrichtungen waren immer ein Balanceakt. Die Obrigkeit fürchtete, dass die Stimmung zu Gunsten des Verurteilten kippen und so das Todesurteil nicht mehr vollstreckt werden könnte. Tatsächlich sind Fälle überliefert, bei denen es zu einer Rettung des Verurteilten kam, manchmal aus kuriosen Gründen. So hielt sich bis ins 19. Jahrhundert hinein die Vorstellung im Volk, dass ein zum Tode Verurteilter begnadigt werden musste, wenn sich am Hochgericht noch eine Jungfrau finden würde, die bereit war, ihn zu heiraten.

Auf dem Hochgericht angekommen sah die Inszenierung der Hinrichtung vor, dass der Verurteilte sich bei der Obrigkeit für das gerechte Urteil bedankte und bei allen Betroffenen um Vergebung für seine Verbrechen bat. Er versprach, für sie einzutreten, wenn er einst gereinigt von seinen Sünden vor dem Herrgott stehen würde. Besonders gern gesehen wurde, wenn der arme Sünder das versammelte Volk vor der Verderblichkeit des Verbrechens warnte und zu einem christlichen Lebenswandel aufforderte. Die meisten Verurteilten fügten sich diesen Erwartungen, denn es herrschte die allgemeine Auffassung, dass auf diesem Weg eine Vergebung der Sünden und der Eingang in das Himmelreich möglich wären. Gerne nutzten auch die begleitenden Pfarrer die Gunst der Stunde und richteten das Wort an die Menge, um am Beispiel des Verurteilten vor den Gefahren der Gottlosigkeit zu warnen.

Nicht immer aber entsprach die Vollstreckung der Todesstrafe der sorgsam geplanten Inszenierung. So kam es 1739 in Calw zu einem Eklat bei einer Hinrichtung. Andreas Jakob Roth war zum Tode durch das Schwert verurteilt worden, weil er als Verwalter des Hirsauer Pfleghofs Geld unterschlagen hatte. Der Calwer Vogt beauftragte einen jungen und unerfahrenen Scharfrichter, das Urteil zu vollstrecken. Die Hinrichtung endete im Desaster. Dem Scharfrichter gelang es auch in mehreren Versuchen nicht, den Kopf des Verurteilten vom Körper zu trennen. Noch während der Exekution trat er die Flucht vor dem wütenden Mob an, so dass ein anwesender erfahrener Henker die Vollstreckung zu Ende führen musste. Es entstand ein Tumult, Hunde sprangen auf die Richtstätte und es gelang nur mit Mühe, das schäumende Volk unter Kontrolle zu halten. Roths Witwe und seine Kinder beschwerten sich daraufhin beim Herzog von Württemberg, dass der Verurteilte vom Scharfrichter mit der Hand berührt worden sei. Dies hatte nach gängigen Vorstellungen den Verlust der Ehre zur Folge. Der Einsatz eines jungen, unerfahrenen Scharfrichters würde – so monierten die Angehörigen – »sonsten nur an den ärgsten Jaunern, Strassenräubern und Mördern« praktiziert. Bei einem Mann von Roths Stand sei dies unerhört.

Die Vorstellungen, die das Volk mit der Hinrichtung verband, waren oft mythischer Art. Man war davon überzeugt, dass die sterblichen Überreste eines Menschen, der gewaltsam starb, über Heilkräfte verfügten. Das Blut eines Enthaupteten wurde mitunter vom Henker aufgefangen, um es Kranken zu trinken zu geben. Der Handel mit Körperteilen des Leichnams war für viele Henker ein einträgliches Zusatzgeschäft. In Vöhrenbach nahe Furtwangen wurde 1746 ein Mann aufgegriffen, bei dem ein Stück Hirnschale gefunden wurde. Nach dessen Zweck befragt, erklärte der Mann verlegen, dass er das Teil von einem Scharfrichter aus Kappel erworben habe. Der habe ihm die Hirnschale, die von einem Hingerichteten stamme, gegen seine Kopfschmerzen empfohlen. Geholfen hat das Hausrezept jedoch offensichtlich nicht. Obwohl der Mann sich die Hirnschale auf den Kopf band, wurde er die Kopfschmerzen nicht los.

Die Zeit, in der Hinrichtungen den Charakter eines Volksschauspiels hatten, neigte sich im ausgehenden 18. Jahrhundert dem Ende zu. Es gewannen die Stimmen die Oberhand, die die Inszenierung als menschenunwürdig und die Rolle der Zuschauer als voyeuristisch verurteilten. Auch die Todesstrafe an sich wurde mehr und mehr in Frage gestellt. Führende Theologen rieten dem württembergischen Herzog Carl Eugen dazu, sie abzuschaffen. Der zeigte sich offen für ihre Argumente. Ab 1785 sah der Herzog von der Verhängung der Todesstrafe ab, »wenn [bei der Straftat] kein Menschenblut vergossen wird«. Der Aufbruch in eine neue Zeit war nicht mehr aufzuhalten.

August 1779

Hans blickt sich um. Alle Gespräche sind verstummt. Das Lagerfeuer ist erloschen. Ein Kamerad neben ihm spricht im Schlaf, einige andere schnarchen. Ansonsten hört Hans nur das auf- und abschwellende Zirpen, das von außen in die Scheune eindringt, in der Hans mit den anderen Soldaten des Regiments Bender der kaiserlich-habsburgischen Armee untergebracht ist. Das Regiment ist auf dem Weg von Wien zum Stammquartier in Freiburg. Jetzt liegen die Soldaten im Dreisamtal kurz vor der Stadt. Der Hauptmann der Kompanie hat verschiedene Scheunen beschlagnahmt, in denen die Soldaten die Nacht verbringen.

Für Hans soll es die letzte Nacht im Dienste des Kaisers sein. Seit sie Wien verlassen haben, schmiedet er Pläne, wie er am besten fliehen kann. In Freiburg wird eine Flucht kaum möglich sein. Zu viele Soldaten tummeln sich in der Stadt. Deswegen will er es jetzt wagen, in dieser Nacht.

Das Soldatenleben hat Hans schon lange satt. Anfangs hatte ihm noch der Schneid gefallen, wenn sie exerzierten und der Fähnrich des Regiments Bender mit seiner schmucken weißen Uniform und dem habsburgischen Doppeladler voranschritt. Aber schon mit dem Eid auf Kaiser Joseph II., den »Allerdurchlauchtigsten Fürsten und Herrn von Gottes Gnaden«, konnte Hans nichts anfangen. Ihm ist die Fahne des Regiments fremd geblieben, das Symbol für den Ruhm der Truppe, die immer und überall verteidigt werden muss. Er hat genug von den Stockschlägen, die der Leutnant auch schon für kleinste Verstöße bei der täglichen Musterung der Uniform verteilt. Hans will auch nicht mehr täglich um 12 Uhr mit einem Trommelwirbel daran erinnert werden, dass er das »Vaterunser« beten soll. Er hasst die kleinen und größeren Demütigungen der Soldaten. Am meisten widert ihn das Ritual an, das jeder Deserteur nach gescheiterter Fahnenflucht über sich ergehen lassen muss. Mit einem Hut zwischen den Zähnen hat er vor der versammelten Kompanie auf Knien zu rutschen und darum zu bitten, ihn wieder »ehrlich« zu machen, bis der Fähnrich die Fahne drei Mal über ihm schwenkt und ihn wieder in die Truppe aufnimmt.

Hans liegt auf einem provisorischen Strohlager in der Scheune und wartet auf den richtigen Moment. Er beobachtet den zur Wache eingeteilten Soldaten. Er kennt ihn und weiß, dass er ihm körperlich überlegen ist. Schwieriger wird es danach. Sobald seine Flucht bemerkt wird, wird die ganze Kompanie geweckt. In den angrenzenden Dörfern wird Alarm geschlagen und die Bauern werden gezwungen, nach dem Fahnenflüchtigen zu suchen. Vielleicht hat er Glück und die Bauern erfüllen diese ungeliebte Pflicht mit stillem Ungehorsam, den sie oft an den Tag legen, wenn sie ihr Tagwerk unterbrechen müssen, um Dienst für den Kaiser aus dem fernen Wien leisten zu müssen.

Es ist Hans' dritter Versuch, von der kaiserlichen Armee zu desertieren. Er ist nicht freiwillig Soldat geworden. Hans war in Spaichingen festgesetzt worden für einen Raub, den er nicht einmal begangen hatte. Zu dieser Zeit war gerade der Bayerische Erbfolgekrieg ausgebrochen und der Kaiser brauchte Soldaten. Hans hatte die Wahl, Soldat in österreichischen Diensten zu werden oder einer Bestrafung als Räuber entgegenzusehen. Er entschied sich für die Armee. Er hatte ohnehin schon öfters mit dem Gedanken gespielt, sich für ein paar Jahre als Soldat zu verdingen – immerhin erhielt er dabei tägliche Mahlzeiten und mit etwas Glück auch einen regelmäßigen Sold. Aber dann haben sie ihn hereingelegt. Die Werber hatten ihm 30 Gulden angeboten, wenn er einverstanden wäre, sich zum österreichischen Untertanen zu erklären. Das sei nur eine Formalität, behaupteten sie, und würde seine Stellung in der Armee verbessern. Hans schlug ein. Erst später erfuhr er, dass er sich damit verpflichtet hatte, Soldat auf Lebenszeit zu sein. Davon war nie die Rede gewesen.

Aber die Werber waren nicht mehr da, und als Hans seinen Vorgesetzten die Situation schilderte, zuckten sie nur mit den Schultern: »Du hast die 30 Gulden doch bekommen – oder?« Von diesem Moment an wusste Hans, dass er desertieren wollte.

In Wien sprang er von einer Kutsche und lief bis zur bayerischen Grenze, wo sie ihn schnappten und nach Böhmen schleppten. 30 Stockschläge waren die Strafe für den fehlgeschlagenen Versuch. Aber der Entschluss zu desertieren war stärker als je zuvor. An der sächsischen Grenze riss er zum zweiten Mal aus. Er lagerte schon im Angesicht der Preußen, zu denen er überlaufen wollte, als ihn die kroatischen Husaren entdeckten und zu seinem Regiment zurückführten. Dieses Mal kam er weniger glimpflich davon. »Gassenlaufen« ordnete das Kriegsgericht an. Hans musste durch ein Spalier von Soldaten gehen. Von jedem seiner Kameraden bekam er einen kräftigen Schlag ab. Er fiel mehrmals zu Boden, rappelte sich auf, fiel wieder, bis er seine Glieder nicht mehr spüren konnte.

Danach wurde Hans krank und kam zurück in ein Rekonvaleszentenlager in Wien. Das war kein schlechtes Leben. Sie tranken viel und spielten Karten. Sein Sold reichte aber nicht aus für die Vergnügungen, und so zog er mit Kameraden zu den umliegenden Wallfahrtsorten und lernte, wie man den Pilgern Geld, Uhren, Schnallen, Dosen, Schnupftücher und Tabakspfeifen aus den Beuteln zog. Viele Kameraden freundeten sich mit diesem Leben an, nicht aber Hans. Denn eines fehlte ihm: die

Freiheit, selbst über sein Leben entscheiden zu können. Er wollte wieder in den Schwarzwald, nicht als Soldat, sondern als ungebundener Mann.

Hans hört, wie sich die Schritte des Wachsoldaten vor der Scheune langsam entfernen. Er nimmt sein Untergewehr[8] an sich und spannt die Muskeln an. Geduckt läuft er zum Ausgang der Scheune, weicht den am Boden liegenden Körpern der schlafenden Soldaten aus, so gut es in der Dunkelheit geht. Am Körper trägt er nur ein Hemd und seine Beinkleider. Die Uniform wäre ohnehin nur hinderlich, wenn er sich verstecken müsste. Vorsichtig öffnet er die schwere Holztüre der Scheune und lugt nach draußen. Der Wachsoldat steht wenige Meter entfernt, lehnt am Zaun und starrt auf einen Punkt in der Finsternis des vor ihm liegenden Waldes. Mit langen, eiligen Schritten ist Hans bei ihm und gerade, als der Soldat sich umdreht, trifft Hans seinen Hals mit dem Griff seines Untergewehrs. Fast lautlos sackt der Soldat in sich zusammen. Hans hat freien Weg. Er weiß, dass er in den nächsten Stunden keine Zeit verlieren darf.

Hans schlägt sich in den nahe liegenden Wald. Er kennt diese Gegend nicht. Wichtig ist, sich weg von den Dörfern zu bewegen und nicht die Richtung nach Freiburg einzuschlagen, wo es von österreichischen Soldaten

---

[8] Mit Untergewehr wurden Waffen wie Degen oder Säbel bezeichnet.

nur so wimmelt. Hans ist schnell außer Atem. Er spürt noch die Folgen seiner Krankheit. Es geht fast ununterbrochen bergauf und Hans muss immer wieder anhalten, um zu verschnaufen. Er ist noch nicht einmal eine Stunde unterwegs, da hört er in der Ferne Glocken läuten. Hans weiß, was das bedeutet. Seine Flucht wurde entdeckt und die Bauern der Umgebung werden alarmiert, um ihn zu suchen. Die Soldaten seines Regiments werden schon auf seiner Spur sein. Einen Moment lang überfällt Hans Panik. Er ist noch nicht weit genug vom Lagerplatz entfernt. Aber Hans weiß, dass er jetzt einen klaren Kopf behalten muss. In weiter Entfernung hört er Hunde bellen. Hans eilt weiter den Berg hinauf. Er muss ein Versteck finden. Am besten eines, in dem ihn die Hunde nicht riechen können. Aber wo kann das sein? Hans schaut sich um. Eine tiefe Höhle wäre geeignet oder ein Erdloch.

Langsam beginnt es zu dämmern. Hans merkt, dass seine Kräfte schwinden. Er wird auf Dauer nicht der Meute entkommen können, die ihn verfolgt. An einer Weggabelung sieht er einen eingemauerten Brunnen. Er wäre fast vorbeigelaufen, denn der Brunnen ist mit Farnen zugewachsen. Er schöpft einige Hände voll Wasser und trinkt gierig. Das Hundegebell klingt jetzt etwas näher, oder täuscht er sich? Hans streicht die Farne von der Wasseroberfläche und blickt in die trübe Flüssigkeit. Er nimmt einen großen Stock und prüft, wie tief das

Wasser ist. Er muss fast seinen ganzen Arm ins Wasser strecken, um mit der Spitze des Stocks den Boden des Brunnens zu erreichen. Hans überlegt kurz, dann steht sein Entschluss fest. Er steigt in den Brunnen und gleitet vorsichtig bis auf den glitschigen Boden. Nase und Ohren sind gerade noch oberhalb der Wasseroberfläche. Das Wasser ist trotz des Sommers kühl, aber es lässt sich aushalten. Mit der Hand greift er nach den Farnen und versucht sie so über seinem Kopf zu verteilen, dass sein Versteck nicht zu erkennen ist.

Jetzt bleibt ihm nichts übrig, als zu warten. Als die Hunde näher kommen, beginnt Hans zu beten. Das hat er lange nicht mehr getan, aber jetzt ist es das Einzige, was ihm zu tun bleibt. Es ist hell geworden, aber der Farn hindert Hans daran, irgendetwas zu sehen. Um sich ein wenig aufzuwärmen, tritt Hans in dem Brunnen auf der Stelle. Dann hört er Stimmen in seiner Nähe.

Sofort hört er auf, sich im Wasser zu bewegen. Kein Plätschern soll ihn verraten. Nur seine Knie zittern leicht und Hans weiß nicht, ob dies wegen der Kälte oder seiner Angst so ist. Er kann die Worte der Herannahenden nicht verstehen. Wenn sie doch nur weitergehen, hofft Hans. Dann ist es eine Weile still. Hans weiß, dass die Suche nicht lange andauern wird. Die Soldaten wollen nach Freiburg weiterziehen und die Bauern wieder zurück auf ihre Felder. Hans hat Hunger, und das kühle Wasser wird ihm langsam unangenehm. Er bleibt im Brunnen, bis er es nicht mehr aushalten kann. Mit letzter Kraft stützt er sich auf den Brunnenrand und zieht seinen Körper mit der vollgesogenen Kleidung aus dem Wasser. Er ist so geschwächt, dass er für einen Moment fürchtet, es nicht heraus zu schaffen. Aber dann stützt er ein Knie auf die Mauer des Brunnens und wuchtet sich nach oben. Mit letzter Kraft rollt er sich auf den Waldboden. Dort verharrt er einige Minuten reglos, bis er sicher ist, dass niemand in der Nähe ist. Dann wringt Hans seine tropfnassen Kleider aus.

Die Sonne steht schon tief im Westen und er weiß, dass er jetzt Hilfe nötig hat. Er braucht trockene und unauffällige Kleider und etwas zu essen. Als er ein Stück weiter durch den Wald streift, sieht er ein einsames Gehöft. Hans tritt näher und klopft an die schwere Holztüre. Der Bauer, ein stämmiger Mann mit dichtem schwarzem Bart, schaut ihn misstrauisch an.

»Guter Mann, ich bin von den kaiserlichen Truppen geflohen. Ich brauche Hilfe«, stammelt Hans. Mühsam kramt er einige Münzen aus seiner Tasche und zeigt sie dem argwöhnischen Bauern. Die österreichische Herrschaft ist hier nicht sonderlich beliebt, und einen kleinen Zusatzverdienst kann jeder Bauer gebrauchen. Der Mann blickt sich um und lässt Hans wortlos in das Haus. In der kleinen Wohnstube kann Hans kaum etwas erkennen. Die einzige Lichtquelle ist eine flackernde Tranfunzel auf dem Esstisch. Es riecht nach altem Rauch und Stall. Eine verhärmte Frau betätigt einen Webstuhl. Hans ist nicht sicher, ob es die Frau oder die Mutter des Mannes ist, der die Tür geöffnet hat. An ihre Beine klammern sich zwei kleine Kinder, die Hans mit offenem Mund anstarren. Aus dem benachbarten Stall kann Hans die Schweine hören. An einem Geländer rund um den Ofen hängt die Wäsche zum Trocknen. Über der Tür auf einem Brett stehen eine Bibel und ein Gesangbuch.

»Setz dich«, sagt der Bauer und weist auf einen Schemel am Tischende. Er gibt Hans frische Kleider und seine Frau richtet Brot und Speck für ihn. Sie sprechen wenig und Hans spürt, dass der Bauer ihn so schnell wie möglich wieder loswerden will. Einen Fahnenflüchtigen zu beherbergen, das ist kein Kavaliersdelikt in Vorderösterreich. Hans tauscht seine nasse gegen die trockene Kleidung des Bauern, packt das Vesper, bedankt sich, lässt noch ein paar weitere Münzen auf dem Tisch und verschwindet in den Abend. In der Nähe findet Hans eine unbewohnte Waldhütte. Die Tür ist offen und Hans geht hinein. Er packt Brot und Speck aus und isst gierig, bis der ganze Hunger gestillt ist. Dann überfällt ihn eine bleierne Müdigkeit. Er legt sich auf den staubigen Boden und kann nur noch wenige Augenblicke darüber nachdenken, was er jetzt machen will. Dann sinkt er in einen tiefen, traumlosen Schlaf.

Sommer 1780

»Willst du nicht einem zarten Mädchen helfen und ihr den schweren Wassereimer nach Hause tragen?« Hans schnitzt lustlos an einer hölzernen Figur und ist in seine Gedanken versunken. Er blickt auf und sieht, wie Mariana mit zwei Kübeln in der Hand vor ihm steht und ihm zulächelt.

»Na, so zart sieht das Mädchen gar nicht aus«, erwidert er ein wenig lustlos und rappelt sich mit einem übertrieben lauten Seufzer auf. Ein hübsches Lächeln hat sie, denkt Hans. Mariana ist die Tochter des Bohrermachers, dessen Familie gerade mit den Herrenbergers durch die Lande zieht. Der Bohrermacher ist wie Hans' Vater ein umherziehender Handwerker. Hans hält sich gerade wieder bei seinen Eltern und seiner Schwester auf, und so hat er Mariana kennengelernt. Oder besser gesagt: Mariana hat ihn kennengelernt.

Schon bei ihrer ersten Begegnung hat Hans bemerkt, dass Mariana einen Blick auf ihn geworfen hat. Nicht, dass Hans dies gestört hätte. Sie ist ein schönes Weibsbild, dachte er. Er mag ihre schwarzen Locken und die vielen Sommersprossen um ihre Nase. Als die Eltern abends beisammen saßen, suchten sich Mariana und Hans ein ruhiges Plätzchen. Sie sprachen über das Leben auf der Straße. Mariana erzählte von ihrem strengen

Vater und Hans berichtete von seinem Leben als Soldat. Aber er merkte schnell: Von seinen Einbrüchen konnte er Mariana nichts erzählen. Sie ist hübsch und nett, aber auch naiv. Sie hofft, dass ihr mit fleißiger Arbeit und einem tüchtigen Ehemann eine Zukunft in bescheidenem Wohlstand offenstehen würde. Daran glaubt Hans schon länger nicht mehr.

Andererseits kann Hans nicht verhehlen, dass er sich mit jedem Tag mehr auf die Begegnungen mit ihr freut. Auf dem Weg zum Brunnen albern sie herum, und als Hans auf dem Rückweg über die schweren Kübel stöhnt, beugt sie sich herunter und spritzt ihn nass: »Besser jetzt?«, fragt sie grinsend und rennt davon. Hans nimmt die Verfolgung auf und packt sie nach wenigen schnellen Schritten an der Hüfte. Mariana will sich noch herauswinden, aber Hans' Griff ist zu fest. Sie dreht sich um und blickt ihm direkt in die Augen: »Willst du mich heiraten, Hans?«

Das Lächeln in Hans' Gesicht gefriert. Er weiß nicht, ob es ihr ernst ist. Sie blickt ihn nur an und wartet auf eine Antwort. Natürlich gefällt sie ihm. Aber heiraten? Wo sie sich doch erst wenige Tage kennen. Eines ist sicher: Eine Heirat würde sein Leben auf den Kopf stellen. Mit den Raubzügen hätte es ein Ende. Hans würde sich als Handwerker oder fliegender Händler mehr schlecht als recht verdingen, Kinder zeugen, ein bescheidenes Leben führen, vielleicht wie sein Vater enden. Er kann nicht Ja sagen, aber er will sie auch nicht verprellen. Bevor die Pause nach Marianas Frage zu lang wird, fällt Hans ein Ausweg ein: »Ich mag dich, Mariana. Das weißt du. Aber ich will nichts ohne die Zustimmung meines Vaters machen.« Mariana ist nicht zufrieden mit seiner Antwort. Aber er sieht im Funkeln ihrer Augen, dass dies nicht das Ende ihrer Ambitionen ist.

Am nächsten Morgen wird Hans von seinem Vater geweckt: »Die Tochter vom Bohrermacher hat mit mir gesprochen.« Hans, noch halb in seinen Träumen, versucht, sich an den gestrigen Tag zu erinnern. »Sie will dich heiraten, sagt sie. Und sie fragt um meine Erlaubnis.« Hans zögert eine Sekunde und versucht, seine Gedanken zu ordnen. »Und – was hast du gesagt?«, fragt er den Vater. »Dass ich darüber nachdenken werde.« Sein Vater wendet sich wieder ab und geht einige Schritte weiter, als er sich noch einmal umdreht: »Mach ihr nicht zu viele Hoffnungen, Hans.«

Widerstand von seinem Vater war schon immer ein Ansporn für Hans. Aber auch etwas anderes trägt dazu bei, dass Mariana ihn mehr und mehr für sich einnimmt: Sie gewinnt seinen Respekt. Den Vater auf die Heirat anzusprechen, das hätten sich die wenigsten Frauen getraut, die Hans kennt. Als er seine Schwester um Rat fragt, bestätigt sie Hans' Eindruck: »Die weiß, was sie will und sie hat ein großes Herz. Sie würde dir gut tun, Hans.« Und Mariana ist beharrlich. Sie wirbt um ihn. Sie redet von der Zukunft wie von einem unbekannten Land, das nur erobert werden will. Sie kennt noch nicht die Grenzen des Standes und die Mauern der Armut, die kaum jemand überwinden kann. Als sie eines Abend wieder den Kopf an seine Schulter lehnt, sagt er den Satz, auf den Mariana schon so lange wartet: »Ich will dich heiraten und wir werden das schaffen. Heute Abend noch spreche ich mit Vater.«

Der Vater hat düstere Stimmung an diesem Abend. Die Geschäfte laufen schlecht. Ein anderer Schuhmacher war schon vor wenigen Wochen in der Gegend und hat ihm die Arbeit weggenommen. Schweigend hört er zu, als Hans ihm seinen Entschluss mitteilt: »Ich will sie heiraten, Vater.« Keine Frage, keine Bitte, sondern eine Feststellung. »Gibst du mir mein Heiratsgut?«, fragt er unumwunden.

Hans weiß, dass eine Heirat ohne eigenes Vermögen kaum möglich sein wird. Er sieht seinen Vater direkt an. Er bemerkt, wie dessen Mundwinkel zuckt, als er zu Hans schaut. »Einen Teufel werd' ich tun und dir auch nur einen Gulden in den Rachen schmeißen. Lieber werf' ich alles in den Opferstock von Allerheiligen.«

Hans kennt seinen Vater. Der wird keinen Fußbreit von seiner Position abweichen. Kein Argument wird ihn umstimmen und keine Bitte erweichen. Das macht Hans noch zorniger: »Es ist doch im Grunde alles meins, was ihr habt. Ich hab's mit saurer Mühe zusammengebracht. Ich bin von Haus zu Haus gezogen bei Regen und Schnee. Von deiner Schuhmacherei würden wir nie und nimmer satt werden.«

Sein Vater kratzt sich umständlich am Kopf und betrachtet dann gedankenverloren seine Fingernägel. »Wissen denn die Leute hier im Dorf, was du für einer bist? Hast du der Bohrermacherin alles erzählt?«

Hans blickt ihn an, als ob er den Satz nicht verstanden hätte. »Wissen sie's?«, setzt der Vater nach. Er wartet kurz, dann gibt er selbst die Antwort: »Sie tun's nicht und deswegen sag' ich's ihnen jetzt.« Er stopft sein Hemd in die Hose und geht langsamen Schrittes aus der Stube. Hans hört ihn draußen brüllen. Er versteht nicht alles, aber seinen Namen und dazu »Deserteur«, »Erzgauner« und »liederlicher Bursche«. Den Rest kann er sich denken.

Schon am nächsten Tag macht Hans sich auf den Weg zu einem Kameraden namens Städele. Er hat den einen oder anderen kleineren Diebstahl mit ihm gemacht. Ihn will er fragen, ob er nicht das Geld für seine Heirat leihen kann. Unterwegs kehrt Hans in ein Gasthaus in Thalheim ein. In der Wirtsstube sitzen zwei junge Burschen, die Hans nicht kennt, die ihn aber wie einen alten Freund begrüßen: »Ah, ein junger T'schor![9] Schon lange hat sich

[9] T'schor (jenisch) = Dieb.

keiner mehr bei uns sehen lassen. Setz dich zu uns her!« Hans ist vorsichtig. Er weiß, dass er nicht jedem trauen kann, der kumpelhaft tut. Und nicht jeder, der ein Wörtchen im Jenischen sprechen kann, ist auch ein Gauner. Er setzt sich an den Tisch der Männer, bestellt ein Bier und hört ihnen zu. »Du hast nichts zu fürchten. Wir sind deinesgleichen.« Einer legt gleich einen Arm um die Schulter von Hans. Dann erzählen sie Geschichten von Gaunern, die Hans ebenfalls kennt, und erwähnen eigene Diebstähle. Hans fasst langsam Vertrauen. Dann schauen sich die beiden an. Der eine stammelt verlegen: »Wir haben etwas auf dem Herzen.« Hans' Misstrauen wird wieder geweckt. »Eine Base von uns will nächste Woche Hochzeit machen. Es fehlt ihr noch das Brautbett dazu. Wir wüssten schon, wo eins zu holen wäre. Wir aber können's nicht wagen, weil jedermann uns kennt in dieser Gegend. Willst du uns nicht diesen Gefallen tun? Es soll dein Schaden nicht sein. Wir bezahlen das Bett und nehmen dich dann auch zur Hochzeit mit.« Hans reibt sich das Kinn und nimmt ein Schluck aus seinem Krug.

Ein bisschen Zubrot könnte er gut gebrauchen, und die Hochzeit böte etwas Abwechslung von seinem tristen Alltag. Und was hat er schon zu befürchten? Hans streckt seine Hand aus: »Ich bin dabei.«

Die drei verlassen das Wirtshaus und Hans lässt sich den Ort zeigen, wo das Bett steht. Noch in derselben

Nacht bricht Hans dort ein und holt Bettdecke und Kissen. Da noch einige Tage Zeit bis zur Hochzeit verbleiben, steigt Hans auch bei einem Goldarbeiter in der Nachbarschaft ein und bei einem Wirt im selben Dorf.

Am Tag der Hochzeit der Base putzt sich Hans heraus und hängt sich einen Hirschfänger[10] um, den er bei dem Goldarbeiter gestohlen hat. Auf dem Fest selbst steht Hans schnell im Mittelpunkt. Er weiß seine Geschichten zu erzählen und macht auch beim Tanz eine gute Figur. Als er die Tochter des Wirts auf der Tanzfläche umherwirbelt, bemerkt er im Augenwinkel, dass der Schütz[11] mit vieren seiner Männer im Saal erscheint. Zielstrebig gehen sie auf Hans zu. Die anderen Paare hören auf zu tanzen, aber Hans lässt sich nicht stören. Der Schütz baut sich vor ihm auf.

»Geht's lustig zu?«, fragt er Hans frei heraus.

»Wie Ihr seht«, sagt Hans und lässt mit sichtlichem Missfallen von der Wirtstochter ab. Der Schütz fällt ihm in den Arm: »Ihr seid arretiert.«

»Geht mir vom Leibe!«, erwidert Hans unwirsch und weicht einen Schritt zurück. Mit einer Hand greift er nach seinem Hirschfänger.

Die Musik hört auf zu spielen. Die anderen Besucher der Hochzeit stellen sich bedrohlich um den Schütz und

---

[10] Eine insbesondere von Jägern verwendete Stichwaffe.

[11] Wald- und Feldschütze sorgten außerhalb von Städten und Dörfern für die Einhaltung von Sicherheit und Ordnung.

seine Leute auf. Der Schütz erkennt die Gefahr. Er will die Situation nicht eskalieren lassen und schlägt versöhnliche Töne an: »Ich habe Befehl vom Vogt. Kommt einfach mit und erklärt Euch, dann seid Ihr gleich wieder ein freier Mann.«

Hans folgt dem Schützen unwillig. Er trägt einige der gestohlenen Sachen bei sich und ist sich noch nicht sicher, wie er sich aus der Sache herauswinden kann. Aber das Schicksal war ihm noch immer gewogen. Warum sollte er dieses Mal nicht davonkommen?

Der Schütz führt ihm zum Vogt in ein Zimmer des Rathauses. Dort stehen zwei Männer, die vom Vogt als die Söhne des bestohlenen Wirts vorgestellt werden. Hans geht – wie er es vom Schul-Toni gelernt hat – in die Offensive: »Wie kommt Ihr dazu, einen Fremden, der in Eurem Ort ein paar fröhliche Stunden verbringen will, wie einen Halunken abzuführen und vor der ganzen Hochzeitsgesellschaft bloßzustellen?«

Der Vogt reibt die Hände: »Guter Freund. Ihr dürft's mir nicht übel nehmen. Die beiden Männer hier beschuldigen Euch des Raubs im Hause ihres Vaters. Beweist mir Eure Unschuld und Ihr seid wieder frei. Habt Ihr einen Pass?«

Hans greift in seine Tasche, um seine Papiere herauszuholen. Als er diese herauszieht, fällt ein Schnupftuch auf den Boden. Hans bemerkt sofort, dass es das Schnupftuch ist, das er aus dem Wirtshaus gestohlen hat.

Schnell bückt er sich, um das Tuch wieder aufzuheben. Aber einen Augenblick zuvor greift schon einer der beiden Wirtssöhne nach dem Tuch, hält es dem Vogt vor die Augen und ruft triumphierend: »Das ist der Beweis. Dieses Schnupftuch gehört meinem Vater.« Der Vogt schaut Hans ernst an. Der ist kurz verlegen, räuspert sich. Aber er ist auch für diesen Fall gerüstet. Demütig blickt er den Vogt an: »Ich sag' gleich die Wahrheit: Ich war's. Mein Name ist Johannes Schüle aus Harmerspach. Ich war Soldat in kaiserlichen Diensten.« Er faltet das Papier auf, das er eben aus seinem Rock gezogen hat. »Hier ist mein Abschied aus dem Freikorps.« Das Dokument hat er vorsorglich für derartige Fälle jenem Johannes Schüle aus Harmerspach abgekauft.

»Ich bin nach Thalheim gekommen, habe mir Kleider besorgt. Das Rauben ist beim Freikorps keine große Sache, und als ich jemanden traf, der mir sagte, was es beim Wirt zu holen gibt, da wollt' ich's ausprobieren.«

Der Vogt schaut zweifelnd. Der Wirtssohn steht mit verschränkten Armen neben ihm, immer noch das Taschentuch in der Hand.

»Ich weiß, es war ein Fehler. Jetzt bin ich froh, dass ich gleich beim ersten Mal erwischt wurde. Ich werd's mir zur Warnung dienen lassen.«

Der Vogt untersucht sorgsam das Entlassungspapier des Johannes Schüle, wendet es hin und her.

»Ich schreibe an das Amt nach Harmerspach. Seid Euch sicher: Wenn die Geschichte erlogen ist, werdet Ihr nicht viel zu lachen haben.«

Nach 24 Tagen kommt die Antwort aus Harmerspach. Johannes Schüle habe angesehene Eltern im Ort. Er sei vor langer Zeit mit den Soldaten gezogen. Er habe sich immer einwandfrei aufgeführt.

Der Vogt informiert Hans und nach einer Tracht Prügel als Strafe für den Diebstahl ist er wieder frei.

Hans eilt zurück zu seinen Eltern. Er ärgert sich, dass er sich auf den Diebstahl eingelassen hat, anstatt Mariana zu beweisen, wie ernst es ihm ist. Aber er hat Mariana noch nicht aufgegeben. Als er sie und die Familie des Bohrermachers antrifft, nimmt er Mariana nach einer kurzen Begrüßung gleich zur Seite. Sie wirkt bedrückt.

Hans denkt, es wäre wegen seiner langen Abwesenheit. Schnell will er sie beruhigen: »Wie sieht es aus, Mariana? Wollen wir jetzt heiraten?«

Mariana blickt niedergeschlagen auf den Boden, und noch ehe sie das Wort erhebt, ahnt Hans ihre Antwort.

»Es ist nicht wegen mir. Ich würd' dich lieber heut' als morgen nehmen.« Hans unterbricht sie ungeduldig: »Dann lass es uns tun.«

»Mein Vater hat von Geschichten über dich und deine Kameraden gehört.« Hans nimmt ihre Hand. »Was für

Geschichten? Nichts davon ist wahr.« Mariana blickt ihn nicht an. »Mein Vater sagt nein.«

Hans will sich nicht geschlagen geben. Noch nie hat er stärker für Mariana empfunden als jetzt:

»Aber du, was sagst du?«

Mariana schaut ihn an, ohne ein Wort zu sagen. Er sieht Tränen in ihren Augen.

Hans lässt ihre Hand los. Er steht auf und geht nach draußen. Vor der Tür spürt er die kühle abendliche Luft.

Wie kann ich denn zurück, wenn alle Wege versperrt sind? Wie kann ich entscheiden, wenn ich keine Wahl habe? Er ist wütend auf die beiden Burschen, die ihn zu dem neuen Diebstahl verleitet haben, und er ist wütend auf seinen Vater, der seinen Ruf ruiniert hat. Es fühlt sich an, als wäre die letzte Brücke zurück über den reißenden Fluss eingebrochen und ihm nur bleiben würde, den angefangenen Weg zu Ende zu gehen.

Frühjahr 1781

Der Markt im schweizerischen Schaffhausen ist eine feste Größe im Kalender der Gauner diesseits und jenseits des Rheins. Dort wird mehr geboten als nur der Handel mit nützlichen Alltagsgegenständen und Lebensmitteln, wie Hans das aus Oberkirch kennt. Der Markt ist eine große Vergnügung. Musikanten und Bärenführer, Bänkelsänger und Feuerkünstler sorgen für Unterhaltung. Kartenleger sagen die Zukunft voraus und Taschenspieler locken mit hohen Gewinnen. Verkauft werden Elefantenschmalz, Planetensteine und Krokodilzähne. Hier versprechen Zahnbrecher und Quacksalber, Bedürftige von ihrem Leiden zu befreien. Zum Schaffhauser Markt kommen die Menschen aus der Schweiz genauso wie vom Bodensee und dem Schwarzwald. Geld und Waren, die sie bei sich führen, sind ein lohnendes Ziel für Marktdiebe, Betrüger und Einbrecher. Aber auch die Gauner kommen nicht nur wegen des Geschäfts nach Schaffhausen. Im alteingesessenen Gasthof Engel ist der Treffpunkt, wo sie miteinander feiern und zanken, wo sie sich Geschichten erzählen, sich ihrer Freundschaft oder Abneigung versichern und wo die Stärksten unter ihnen um die Vorherrschaft streiten. Auch Hans zieht es hierhin, zusammen mit dem Julianen-Sepple.

Der Julianen-Sepple macht gerade gemeinsame Sache mit Hans. Er kommt aus der Schweiz, treibt sich aber auch im Schwarzwald herum. In seinem Gesicht finden sich Zeugnisse seiner Lust auf handgreifliche Auseinandersetzungen: Seine Nase sitzt schief und auf der Stirn trägt er eine große Narbe. Der Julianen-Sepple ist unter Gaunern bekannt für seine Brutalität und seinen Wagemut.

Man erzählt sich, er habe einen Juden wegen fünf Hellern, die dieser nicht herausgeben wollte, ermordet. Er habe sogar einmal aus purer Lust in einer Kirche den Heiligen die Köpfe abgeschlagen und mit ihnen gekegelt. Hans weiß nicht, ob diese Geschichten stimmen. Er will es auch nicht wissen. Er schätzt am Sepple seinen Mut und seine Entschlossenheit. Er mag keine Gefährten, die wie Blei an seinen Beinen hängen oder ihm immer nach dem Mund reden.

Als sie den Gasthof Engel betreten, werden sie aufs Herzlichste begrüßt. Die Gaststube ist brechend voll. Tabakrauch und lautes Stimmengewirr füllen den ganzen Raum. Hans erkennt gleich alte Bekannte und Kameraden. Der Schul-Toni ist da und der Schweizer-Victor, der Schulzer-Jerglen und der Schinder-Martin. Kaum in der Gaststube angekommen wird Hans umringt von einer Menschentraube. Derbe Hände klopfen auf seine Schultern. Jemand reicht ihm einen Krug. Hans setzt sich an einen Tisch, an dem die Gauner aus dem Schwarzwald sitzen, die sich selbst die Wälder nennen. An einem anderen Tisch in der Wirtsstube haben sich die Schweizer Ganoven versammelt. Der Schul-Toni sitzt ihm gegenüber, und an seinem Auftreten merkt Hans sofort, dass Toni beansprucht, der Anführer der Wälder zu sein. Die anderen begegnen ihm mit einer Mischung aus Unterwürfigkeit und Respekt. Hans gefällt nicht, wie Toni sich aufspielt. Er hält nicht mehr so viel vom Schul-Toni, seit sie getrennte Wege gehen. Während Hans sich gerade über ein gebratenes Huhn hermacht, das der Wirt ihm auf einen Wink des Schul-Toni auf den Tisch gestellt hat, hört er, wie seine beiden Tischnachbarn sich auf Jenisch unterhalten.

»Holden grandig G'schokinger uf der Beta, und Bemutter?«[12], fragt der eine, offensichtlich zum ersten Mal in Schaffhausen.

»T'schi alle Gschuk 40, 50. Kaffer und Gajerne«[13], antwortet sein Nachbar bereitwillig.

»Schefts schofel, wann m'r mohre b'stiebt und krank wurd?«[14], fragt der Erste besorgt. Hans mischt sich ein: »Lau m'bstiebt etliches Malokes und rodelt ein'n über Mejum.«[15]

---

12 »Kommen viele Marktdiebe auf diesen Markt und auch Beutelschneider?«

13 »Ja, immer 40 bis 50. Männer und Weiber.«

14 »Ist es schlimm, wenn man ertappt und gefangengenommen wird?«

15 »Nein. Man bekommt einige Stockschläge und wird über das Wasser geführt.«

In diesem Moment öffnet sich die Tür des Wirtshauses erneut. Die Schleifer-Bärbel tritt ein. Die Köpfe drehen sich zum Eingang, die Gespräche verstummen. Alle kennen die Schleifer-Bärbel hier, und Hans kennt sie besonders gut. Sie ist seine Liebschaft oder auch nicht. Das weiß Hans gar nicht so genau. Hans hat sie vor einigen Monaten in einem Wirtshaus kennengelernt. Da war er mit den Gedanken noch bei Mariana, der er lange nachgetrauert hat. Aber irgendwann war klar für ihn, dass das Leben auch ohne sie weitergeht. Jammern und Trübsal blasen sind seine Sache nicht. Die Schleifer-Bärbel ist 15 Jahre älter als Hans und keine Frau, die mit ihrem Aussehen zu gefallen weiß. Sie ist klein gewachsen, hat einen kräftigen Körper, schwarze lange Haare. Unter der Nase hat sie einen Flaum aus aschgrauen Härchen.

Verheiratet ist sie mit dem Schleifer-Toni. Vier gemeinsame Kinder haben sie. Der Schleifer-Toni verdingt sich als Scherenschleifer. Jeder weiß, dass seine Ehe mit der Schleifer-Bärbel unter einem schlechten Stern steht. Der Schleifer-Toni arbeitet nur unregelmäßig, versäuft das Wenige, das er verdient, und ist gewalttätig – auch gegen seine Frau. Mit seinem Einkommen kann er die Familie nicht ernähren. Die Schleifer-Bärbel hat es deswegen früh verstanden, auf eigenen Beinen zu stehen. Sie zieht ohne ihren Mann übers Land, kümmert sich um die Kinder und sorgt für alles, was sie brauchen. Sie bettelt, sie verkauft kleine Stickereien und sie hat zu stehlen gelernt. Darin entwickelte sie mit der Zeit geradezu meisterhafte Fähigkeiten. Ihr Talent, Hühner zu klauen, ohne dass sie einen Mucks von sich geben, ist geradezu legendär. Ihre Spezialität aber sind Marktdiebstähle. Ob Krämerstände oder Marktbesucher, niemand ist vor ihren flinken Händen sicher. Die Beute versteckt sie in den verborgenen Taschen ihres weiten Rocks. Wenn der Diebstahl bemerkt wird, ist sie meist schon lange wieder verschwunden. Festgesetzt war sie dennoch schon öfters. In Offenburg war es am schlimmsten. Sie hatte zwei Jahre Schanzarbeit zu leisten, und danach wurde ihr das Stadtzeichen auf den Rücken eingebrannt, um sie für immer als Gaunerin zu kennzeichnen. Danach hat sie weiter gestohlen – was blieb ihr anderes übrig?

Als sie den Konstanzer Hans getroffen hat, war ihr schnell klar, dass sie gerne mit ihm ziehen würde. Er ist jung und kräftig. Er trinkt, aber nicht so viel wie ihr Mann. Er ist mutig und kann sie verteidigen, wenn es nötig ist. Die Schleifer-Bärbel kann sich zwar selbst wehren. Immer trägt sie ein Messer bei sich und sie setzt es auch ein, wenn es nötig ist. Aber einen Mann an ihrer Seite zu wissen, ist dennoch ein beruhigendes Gefühl.

Hans war von Anfang an beeindruckt von der Schleifer-Bärbel. Nicht von ihrem Äußeren, aber von ihrem Willen, von ihrer Stärke. Aber ihm ist klar, dass sie verheiratet ist. Als unverheirateter Mann mit einer verheirateten Frau umherzuziehen, ist verpönt, selbst in Gaunerkreisen. Es gibt nicht viele Regeln, an die sich Vaganten halten. Das Sakrament der Ehe gehört dazu. Immer wieder stand die Beziehung von Hans und Bärbel auf der Kippe. Als sie eines Tages auf den Ehemann der Bärbel trafen, konnte Hans sie überreden, wieder zu ihm zurückzukehren. Aber sie kam zurück zu Hans.

Sie wirbt immer noch um ihn. Sie brachte Hans als Geschenk eine Taschenuhr, die sie für ihn geklaut hatte. Sie brät Hühner, serviert sie ihm und bessert seine Kleider aus. Hans kann sich nicht für sie entscheiden, aber auch nicht gegen sie. Kurz vor seiner Ankunft in Schaffhausen hat er sie wieder verlassen.

Jetzt steht sie in der Tür des »Engel« und Hans ist nicht erfreut. Er mag es nicht, wenn sie ihm hinterherläuft. Und er mag es noch weniger, wenn die anderen Gauner davon erfahren. Er möchte nicht als jemand dastehen, der unter ihrer Fuchtel steht, und er will nicht als Ehebrecher gelten. Im Gasthaus spürt er, dass die Blicke der anderen zwischen ihm und Bärbel hin- und herwandern.

Keiner hat ihn darauf angesprochen, aber jeder kennt die Geschichte von Bärbel und ihm. Bärbel steht da und niemand kümmert sich um sie, keine herzliche Umarmung, kein Schulterklopfen. Auch Hans macht keine Anstalten, sie zu begrüßen. Jetzt steht Toni auf und blickt zuerst in die Runde, um dann zu Hans zu sprechen: »Bruder, das Mensch wird dir immer nachlaufen. Das geht nicht an. Du musst sie lassen.« Toni spricht so laut, dass jeder ihn hören kann. Jetzt ist Hans gefordert. Soll er klein beigeben? Soll er den Schul-Toni als unangefochtenen Führer der Wälder akzeptieren und sich unterordnen?

Hans steigt das Blut in den Kopf. Seine Muskeln spannen sich an. Vom Schul-Toni will er sich nicht maßregeln lassen. Schon gar nicht vor den versammelten Räubern der ganzen Gegend. Wie immer vertraut er in solchen Situationen mehr seinem Instinkt als seinem Verstand. Er steht ebenfalls auf und legt seine geladene Pistole auf den Tisch. »Wer mit mir läuft, das bestimm' alleine ich, Toni. Kümmere du dich um deine Weibsbilder. Die Bärbel, die gehört zu mir. Und wer mir etwas anderes befehlen will, den schieß' ich auf der Stelle nieder.«

Jetzt erheben sich auch die anderen Wälder. Hans' Worte sind ein Angriff auf Toni, ihren Anführer. Wer sich jetzt nicht für ihn in die Bresche wirft, der wird es alsbald zu spüren bekommen.

»Entschuldig' dich beim Toni«, schreit ein Mann. Toni bleibt ungerührt stehen. Im Augenwinkel sieht er, wie sich der Julianen-Sepple am Tisch der Schweizer erhebt. Über die Tische hinweg ruft er: »Du hast recht, Hans. Die Wälder sollen nicht deine Meister sein. Du bist ein freier Mann wie wir alle.«

Ein wildes Gebrüll erhebt sich am Tisch der Wälder. Ein Bierkrug fliegt zu den Schweizern hinüber. Fäuste werden in die Luft gereckt, Beleidigungen und Flüche ausgetauscht. Im Nu ist das ganze Wirtshaus in eine üble Schlägerei verwickelt. Hans wird von hinten gepackt und zu Boden geschleudert. Er kann sich befreien und stößt mit dem Ellenbogen nach hinten. Auch neben ihm wälzen sich drei oder vier Männer in einem wilden Haufen. Ein Stuhl zersplittert auf dem Rücken vom Schul-Toni. Verzweifelt versucht der Wirt mit Hilfe der Schankmägde, seine Habseligkeiten in Sicherheit zu bringen. Hans, der sich inzwischen befreit hat, streckt mit einem gezielten Faustschlag einen Angreifer nieder. Er duckt sich weg und versucht in gebückter Haltung zum Ausgang zu kommen. Er steigt über einen Mann, der sich ein blutiges Taschentuch an seine Schläfe presst. An der Tür wartet immer noch die Schleifer-Bärbel. Im Vorübergehen packt er ihren Arm und zieht sie nach draußen. Vor dem Wirtshaus will sie ihn umarmen. Sie ist noch gerührt davon, wie er sich zu ihr bekannt hat, sogar nicht einmal davor zurückschreckte, sich mit anderen zu prügeln, die sie auseinanderbringen wollten. Aber Hans schiebt sie mit unwirscher Geste weg, so dass sie stolpert und auf den Boden fällt. Hans beugt sich über sie und zischt sie an: »Eins lass dir gesagt sein: Das hab' ich nicht für dich getan. Und wenn du mir noch einmal nachstellst, dann prügel' ich dich genauso durch wie jeden anderen, der sich in mein Leben einmischt.« Bärbel bleiben die Worte des Danks, die sie gerade noch sagen wollte, im Hals stecken. Hans wendet sich ab und verschwindet in der Dunkelheit.

Januar 1782

»Wir wollen vor Gott schwören, dass wir nie wieder stehlen. Wir werden alles unternehmen, um nach Amerika zu gelangen und ein neues Leben zu beginnen. Wir wollen einander nicht verlassen, Glück und Unglück miteinander teilen und wollen füreinander leben und sterben. Gott soll uns fallen lassen, wenn wir unser Gelübde brechen.« Hans spricht die Worte mit heiligem Ernst. Er sitzt mit dem Schinder-Peter in einer Zelle im Tuttlinger Gefängnis und hat seine rechte Hand auf die Hand Peters gelegt.

Die Gefangenschaft in Tuttlingen hat Hans zugesetzt. Durch einen unglaublichen Leichtsinn waren der Schinder-Peter und er hierher geraten. Peter, sein neuer Gefährte, hatte Kenntnis von einer Näherin in Thalheim, die neben schönen Betten und Kleidern angeblich eine Barschaft von mindestens tausend Gulden in ihrem Schrank haben sollte. Hans hatte kein gutes Gefühl. Er war in Tuttlingen bekannt und schon einmal verhaftet worden. Außerdem trug er seit einem Vorfall in Altenburg am Rhein eine große Narbe vom rechten Ohr bis zu seiner Oberlippe. Ein Begleiter von Hans, der schwarze Toni, hatte sie ihm im Suff beigebracht. Ein nichtiger Streit war der Anlass, als der schwarze Toni plötzlich seinen Säbel zog. Hans weiß, dass diese Spur im Gesicht nicht mehr zu tilgen sein wird und er an dieser Narbe für jedermann als Konstanzer Hans zu erkennen ist.

Auch die äußeren Umstände schienen Hans für einen Raub höchst ungünstig zu sein. Gerade war Schnee frisch gefallen. Er würde – so fürchtete Hans – ihre Spuren verraten und ihre Verfolgung erleichtern. Aber Peter und die anderen Gauner – auch die Schleifer-Bärbel war dabei – waren durch die Aussicht auf die beträchtliche Geldsumme nicht bereit, das Vorhaben aufzugeben. Dass die Schleifer-Bärbel auch hier anderer Meinung war als er, war kein Zufall und stärkte noch sein Unbehagen. Ihre Gemeinsamkeiten waren mehr und mehr aufgebraucht und Hans trug sich schon länger mit dem Gedanken, sich endgültig von ihr zu trennen.

Am Ende ließ sich Hans dennoch überreden und beteiligte sich widerwillig an der Unternehmung. Er selbst war es, der am Abend als Erster in das Haus der Näherin einstieg. Der besagte Schrank befand sich in der Kammer, die an die Wohnstube im Haus der Näherin anschloss. Die Näherin saß mit ihren Hausleuten an den rasselnden Spindeln in der Wohnstube. Die Tür zur Kammer war nur angelehnt und Hans musste mit größter Umsicht nach dem vermuteten Geld suchen. Finden konnte er nichts. Er ging zum Fenster und teilte flüsternd das Ergebnis seiner Suche mit. Er schlug vor, wieder zu verschwinden, da die Näherin offensichtlich eine arme

Frau war. Die anderen wollten wenigstens das haben, was in der Kammer lag – ein paar wenige Taschentücher, Bettzeug und Stoff. Hans raffte die Gegenstände zusammen und verließ die Kammer wieder durch das Fenster. Die Bande machte sich in das nächste Dorf davon, verteilte die schmale Beute und legte sich schlafen.

Was Hans befürchtet hatte, trat ein. Als die Näherin den Diebstahl bemerkte, wurden Streifer aufgeboten, welche die Fußstapfen von Hans und seinen Leuten bis zum Nachtlager verfolgten. Sie wurden widerstandslos festgenommen und nach Tuttlingen verbracht. Hans kannte das Procedere inzwischen gut genug: langes Warten in der Zelle, Kälte und Dreck, schlechtes Essen und Ungeziefer. Dazwischen immer wieder Verhöre.

Der Oberamtmann entschied schnell, die Sache abgeben zu wollen. Er schrieb an das Fürstenbergische Amt in Hüfingen und bat um Übernahme der Gefangenen. Das Fürstenbergische Land, so vermutete er, hätte ein starkes Interesse daran, die beiden berüchtigten Räuber in Haft zu bringen und ihnen den Prozess zu machen. Einzige Bedingung des Oberamtmanns war, dass Fürstenberg die Kosten der Unterbringung in Tuttlingen übernehmen müsste. Das waren keine guten Aussichten für Hans und Peter. Fürstenberg war für seine Härte gegenüber Straftätern bekannt. Das Zucht- und Arbeitshaus in Hüfingen war über die Landesgrenzen hinaus gefürchtet. Hans und Peter hatten dort nichts Gutes zu erwarten.

Jeden Tag litt Hans stärker unter der Ungewissheit. Der Schleifer-Bärbel gelang bald die Flucht aus dem Tuttlinger Gefängnis, aber Peter und Hans konnten der strengen Bewachung nicht entkommen. Sechs Wächter waren abgestellt worden, um die beiden im Auge zu behalten. Sie waren mit Händen und Füßen an die Wände der Zelle angeschlossen. Hans' Füße begannen, sich an den Ketten wund zu scheuern. Stunden konnten beide damit verbringen, auf ihre Wächter zu schimpfen und die Stadt und ihren Oberamtmann lauthals zu verfluchen. Dann wiederum führten Hans und Peter wilde Tänze vor ihren Bewachern auf, dass ihre Ketten nur so rasselten. Dabei wurden ihre Gelenke so aufgescheuert, dass sie in den Nächten wach lagen und über ihre Schmerzen jammerten. An anderen Tagen knieten sie auf dem Boden und beteten zu Gott, dass sie noch einmal Gelegenheit haben sollten, in Freiheit zu leben.

In ihrer Verzweiflung tauschten sie bei den Wärtern ihre Kleider gegen Bier und Branntwein. Aber der Alkohol konnte den Schmerz nur für wenige Stunden betäuben. Danach war er umso größer.

Dann verfluchte Hans die Chancen in seinem Leben, die er ungenutzt verstreichen ließ. Vor allem Mariana kam ihm in den Sinn. Warum war er so zögerlich gewesen? Wieso hatte er sich zu dem Diebstahl überreden lassen, für den er wochenlang in Harmerspach festgehalten wurde? Hätte er nicht einfach »Ja« zu ihr sagen und das verdammte Gaunerleben an den Nagel hängen können?

Hans wurde das Warten auf die Nachricht aus Hüfingen zur unerträglichen Qual. In seiner Not fasste er den Entschluss, sein Leben von Grund auf zu ändern. Wenn er dieses Gefängnis jemals verlassen sollte, so schwor er sich, dann wollte er sich so weit wie möglich aus der ganzen Gegend entfernen. Das am weitesten entfernte Land, das Hans kannte, war Amerika. Hier wollte er sich als Soldat verdingen und ein neues Leben beginnen. Er weihte Peter in seine Pläne ein und überzeugte ihn, das Vorhaben gemeinsam umzusetzen.

Nach wenigen Wochen traf die Nachricht aus Hüfingen ein: Die Fürstenbergischen sind nur bereit, für Kost und Logis der Gefangenen aufzukommen, nicht aber für ihre Bewachung. Das Oberamt in Tuttlingen war damit nicht zufrieden und setzte Hüfingen eine Frist. Wenn die Gefangenen nicht unter Bezahlung aller Kosten abgeholt werden sollten, so würden sie freigelassen. Peter und Hans fassten wieder Mut. Sie zählten jeden Tag bis zum Ablauf der Frist und am letzten Tag im Gefängnis schworen sie sich, den Plan der Auswanderung nach Amerika umzusetzen, komme, was wolle.

Am Morgen nach dem feierlichen Schwur ist es so weit. Nach einem Vierteljahr öffnen sich die Tore des Gefängnisses, und unter den Strahlen der wärmenden Frühlingssonne werden Peter und Hans in die Freiheit entlassen. Dem Tuttlinger Oberamtmann ist fast eine gewisse Befriedigung dabei anzumerken, den Fürstenbergischen auf diese Weise ihre fehlende Kooperationsbereitschaft heimzuzahlen. Der Stadtknecht verabreicht Hans und Peter noch jeweils fünfzig Stockschläge und sie müssen Urfehde[16] schwören. Gleich nach der Freilassung trennen sich Hans und Peter mit dem festen Versprechen, in Biren im Amt Blumenfeld wieder zusammenzutreffen, um sich dann zu den amerikanischen Werbern nach Rheinau zu begeben. In Rheinau legen die Schiffe in Richtung Holland ab, von wo die Auswanderer nach Amerika übersetzen.

Hans zieht alleine über die Straßen, aber nach der Haft in Tuttlingen ist er in elendem Zustand. Seine Füße sind von den Ketten so wund, dass er fast nicht laufen kann. Die Kleidungsstücke, die er trägt, sind nur noch Lumpen. Er hat Hunger, aber keinen Heller in der Tasche. In Hettingen, einem Dorf im Fürstenbergischen, weiß er keinen anderen Rat mehr, als bei dem örtlichen Pfarrer um ein Almosen zu betteln. Er klopft an die Tür

---

[16] Eid, mit dem ein Verurteilter auf Rache verzichtete.

des Pfarrhauses und wartet, bis der Geistliche an der Tür erscheint.

»Guter Mann«, sagt Hans, »Ihr seht mich in einem erbärmlichen Zustand. Ich bin in Tuttlingen in Haft gewesen. Jetzt will ich ein ehrliches Leben führen.«

Der Pfarrer hat die Tür nur halb geöffnet. In seinem Blick zeigen sich Angst und Abneigung. »Ich könnte Schuhe dringend gebrauchen. Ich bitte Euch, nehmt Euch meiner um Gottes willen an. Gebt mir ein Almosen.«

Als der Pfarrer nicht reagiert, setzt Hans hinzu: »Ansonsten bin ich gezwungen, wieder zu stehlen. Wollt Ihr das?«

Der Pfarrer kramt in seiner Tasche und zieht drei kleine Münzen hervor. Er gibt sie Hans in die Hand, ohne die Tür einen Spalt weiter zu öffnen.

»Mehr kann ich dir nicht helfen«, sagt er knapp. »Warum hast du dich in diese Lage gebracht?« Noch ehe Hans etwas entgegnen kann, ist die Türe wieder geschlossen.

So will er sich aber nicht abspeisen lassen. Er trommelt mit den Fäusten an die Türe. Er nimmt die drei Heller, schleudert sie gegen das Fenster der Stube und schreit dabei: »Wenn Ihr mir nicht mehr geben könnt, so will ich auch das nicht. Aber ich verspreche Euch: Eines Tages werde ich wieder kommen und mir nehmen, was ich kriegen kann.«

Den Weg nach Biren schafft Hans auch ohne die Hilfe des Pfarrers von Hettingen. Dort trifft er zwar nicht den Schinder-Peter, mit dem er verabredet ist, aber den Julianen-Sepple und mit ihm die Schleifer-Bärbel sowie andere Gauner, die er kennt. Bärbel und Sepple sind offenbar jetzt ein Paar, was Hans aber nicht stört, sondern in seiner Abneigung bestätigt. Es ist so einfacher für ihn, einen Schlussstrich zu ziehen. Er hat ohnehin genug von dem andauernden Streit mit ihr und ihren Einmischungen in sein Leben.

Hans erzählt ihnen von seinem Plan, nach Amerika auszuwandern. Bärbel und Sepple sind wenig begeistert.

»Welcher Werber wird dich in diesem Aufzug annehmen?«, fragt Sepple. »Du bist zerlumpt und kannst kaum gehen.«

»Schaff dir Kleider an, versuch', auf die Beine zu kommen. Es macht derzeit keinen Sinn, nach Rheinau aufzubrechen«, ergänzt Bärbel. Einer von Sepples Kameraden schlägt vor, bei einem Pfarrer einzubrechen, um sich das Notwendigste zu beschaffen. Hans will nicht mehr zurück in sein altes Leben. Er lehnt den Vorschlag ab.

Am Abend desselben Tages trifft auch Peter in Biren ein. Sein Wunsch, ein neues Leben zu beginnen, scheint ins Wanken geraten zu sein. Doch Hans bleibt entschlossen. Er spricht von den Werbern, die auf ihn und Peter warten würden, und mahnt ihn zum Aufbruch. Aber schon am nächsten Tag macht die Schleifer-Bärbel einen neuen Vorschlag. Sie habe einen Krämer im Fürstenbergischen ausgekundschaftet, bei dem gute Beute zu machen sei. Hans lehnt ab. Er sagt, im Fürstenbergischen sei ein solches Unternehmen am gefährlichsten. Peter schlägt sich auf die Seite Bärbels: »Die höchste Not zwingt uns doch dazu, Hans. Wie können wir uns anders helfen? Und dann ist's ja auch das letzte Mal.« Hans weiß nichts zu entgegnen, denn Peter hat nicht Unrecht. Sie tragen noch die gleichen Lumpen wie in Tuttlingen, und ihr Hunger ist noch größer, als er im Gefängnis war. Doch Hans schüttelt den Kopf. Sie müssten ohne ihn losziehen, sagt er leise.

Es dauert nicht lange, bis die Schleifer-Bärbel eine neue Idee hat. Es sei doch bald Fronleichnamsfest. Ob man denn nicht die Prozessionen nutzen wolle, um sich in den leeren Häusern etwas umzuschauen. Sie wüsste schon, wo es etwas zu holen gebe. Bärbel erntet allgemeine Zustimmung. Auch Peter ist dabei. Hans will ihn abhalten. Er eilt ihnen nach, als sie aufbrechen. Mit allen Mitteln versucht er, sie umzustimmen. Er stößt auf taube Ohren. Seine Entschlossenheit schwindet. Er weiß nicht, wie er es schaffen soll, ganz auf sich allein gestellt nach Amerika zu kommen. Schließlich ruft er den anderen hinterher: »Bleibt stehen! Wartet!« Als sie sich fragend zu ihm umdrehen, spricht er leise weiter: »Wenn ihr umkehrt, ziehe ich mit euch zum Krämer.« Schleifer-Bärbel, Schinder-Peter und Julianen-Sepple sehen sich an. Sie müssen nicht beraten. Hans soll dabei sein.

Am Fronleichnamsabend brechen sie ins Fürstenbergische auf. Hans hadert mit sich und den anderen. Er denkt an seinen Schwur in Tuttlingen. Er denkt an die Gefahr, die ihn erwartet, und dass sein Traum zu platzen droht. Noch einmal gibt es einen Aufschub. Dunkle Wolken ziehen heran und ein schweres Gewitter entlädt sich über den Kameraden, kurz bevor sie das Haus des Krämers erreicht haben. Blitze zucken durch die Luft. Schwere Donnerschläge lassen den Boden zittern. Das ganze Dorf ist in Bewegung. Mitternacht ist längst vorbei. Die Glocken werden geläutet, Gebete zum Himmel geschickt. Hans begreift das Gewitter als ein höheres Zeichen, ihn zum rechten Weg zurückzuführen. Mit flehentlicher Stimme schlägt er vor, wieder abzuziehen, sich einen besseren Tag für das Vorhaben auszusuchen. Aber keiner will ihn hören. Schweigend sitzt die Bande in einem Graben und wartet, bis das Gewitter vorbeigezogen ist, die Menschen in ihre Häuser zurückkehren und ihre Lichter löschen. Dann ist es Zeit loszuschlagen.

Sie steigen nacheinander von hinten in das Haus des Krämers ein. Tastend schleichen sie in die Wohnstube, greifen mit flinken Händen den großen Vorrat an Röcken, Schuhen, Strümpfen, Hüten, Halstüchern und Beinkleidern. Gleich in der Wohnstube ziehen sie die Kleider an. Als sie schon aufbrechen wollen, entdeckt Sepple eine Cremoner Geige an der Wand und nimmt sie herunter. Sie verlassen das Haus, als Sepple plötzlich stehen bleibt und beginnt, auf der Geige ein Lied zu spielen. Singend und tanzend ziehen sie durch das Dorf. Hans fühlt den Stoff der neuen Kleidung auf seiner Haut. Er hört die Fidel spielen und das Lachen von Peter. Es ist ein Gefühl wie neu geboren zu sein.

Ende August 1782

»Ich hab' alles ausbaldowert. Da sind nicht nur Kleider. In der Kammer des Müllers liegt eine Schachtel voller Gulden, so viel, dass man es gar nicht zählen kann.« Die Henneflügels-Sephe ist so aufgeregt, dass sich die Worte in ihrer oberschwäbischen Mundart fast überschlagen. Ihr Gesicht ist ganz rot, ihre grauen Augen funkeln vor Erregung.

Die Henneflügels-Sephe, das ist die neue Liebhaberin vom Schinder-Peter. Sie ist bekannt für ihre Schwatzhaftigkeit, und das macht sie nicht unbedingt beliebt in Gaunerkreisen. Sie sitzt mit dem Schweizer-Victor, dem Grind-Frieder, der Benkenmacher-Mariann sowie der Schleifer-Bärbel und Hans in einer Waldlichtung in der Nähe der Vierundzwanzig Höfe bei Lossburg. Der Schweizer-Victor mit seiner Konkubine, der Benkenmacher-Mariann, und der Grind-Frieder sind erst vor Kurzem zur Gruppe um den Konstanzer Hans gestoßen. Die unterschiedliche äußere Erscheinung der drei fällt sofort ins Auge. Mit seinen schwarzen Haaren, seinem dichten Bart und der Narbe an der rechten Wange wirkt der Schweizer-Victor furchteinflößend. Die bleiche und dürre Benkenmacher-Mariann wird von den anderen hinter ihrem Rücken »Eichhörnchen« genannt, weil ihre spitzen Zähne im Oberkiefer weit nach vorne stehen. Der Grind-Frieder ist klein und mager und hat nur noch wenige Haare auf dem Kopf. Seinen linken Arm kann er kaum mehr bewegen, seit er sich auf der Flucht in Oberndorf verletzt hat.

Hans fühlt sich nicht wohl in dieser Gruppe. Er hat sich von Peter breitschlagen lassen, mit dabei zu sein. Viel lieber würde er mit Peter alleine umherziehen. Seine Erfahrung sagt ihm, dass das Risiko aufzufliegen umso größer ist je mehr Gauner auf einem Haufen sind. Außerdem will er die Schleifer-Bärbel endlich loswerden. Zwar hat sie sich vom Julianen-Sepple wieder getrennt. Aber wieder an ihrer Seite zu stehen, ist für Hans undenkbar. In dunklen Stunden wünscht er sich, dass sie hinter Schloss und Riegel kommt.

Erwartungsfroh schaut die Henneflügels-Sephe in die Runde. Sie will Peter und den anderen beweisen, dass sie nützlich ist und wertvolle Informationen hat.

Hans kaut nachdenklich auf einem Halm: »Ich kenn' den Müller in Wenzeln. Das ist ein feiner Mann.«

»Fein oder nicht fein«, fällt Victor ihm ins Wort. »Wir können eine Handvoll Gulden gut gebrauchen. Vom Herumsitzen füllen sich unsere Taschen nicht.«

Hans' Blick bleibt skeptisch: »Es würde mich wundern, wenn der Müller große Reichtümer angehäuft hätte. Woher soll er das Geld haben?«

Die Henneflügels-Sephe will das Unterfangen nicht aufgeben. »Wir haben nichts zu verlieren. Wir steigen ein, leeren die Kammer und weg sind wir. Die Mühle liegt einsam. Es dauert Stunden, bis der Müller Hilfe holen kann.«

Peter kratzt sich am Kinn. Wie Hans hat auch er Bedenken: »Mir kam zu Ohren, der Müller versteht geheime Künste. Er kennt Zauber, gegen den es keine Mittel gibt.«

Victor verdreht die Augen: »Seid ihr Räuber? Oder seid ihr Waschweiber? Macht doch einen anderen Vorschlag. Ich jedenfalls will nicht um ein Stück Brotrinde betteln gehen.«

Victor weiß, dass er Hans an seiner Ehre packen kann. Hans will sich nicht sagen lassen, dass er verzagt ist und keinen Mut hat. Er hat einen Ruf zu verlieren.

Am frühen Morgen brechen sie auf. An der Mühle angekommen vergewissern sie sich, dass der Müller nicht da ist. Die Schleifer-Bärbel und die Henneflügels-Sephe postieren sich am Weg, der an der Mühle vorbei führt. Der Grind-Frieder behält den Eingang der Mühle im Blick. Die Mühle in Wenzeln ist nicht klein, die Fenster liegen hoch und der einzige erfolgversprechende Zugang liegt auf der Wasserseite. Hans und Peter lauern im fahlen Licht der Dämmerung hinter einem Busch und beratschlagen, wie der Einstieg am besten gelingen kann. Aus der Mühle dringt das beständige Scharren der Mühlsteine, das sich mit dem Rauschen des Bachs und dem Klappern des Mühlrads vermischt. Es ist so laut, dass

Hans und Peter sich kaum verständigen können. Sie wollen einen Versuch mittels der Leiter wagen, die sich in der nahen Scheune befindet. Hans steht bis über die Hüfte im kalten Wasser und lehnt die Leiter vorsichtig an den Rahmen des Kammerfensters an. Peter versucht, die Leiter vom Ufer aus festzuhalten. Victor – mit einem Knüppel in der Hand – hat einen Blick auf die Fenster der Mühle für den Fall, dass dort wider Erwarten jemand auftaucht. Das Kammerfenster, das Hans von der Leiter aus erreichen kann, ist durch ein eisernes Kreuz gesichert. Hans reißt und zerrt an der Verankerung des Kreuzes in der Wand. Aber die Verbindung ist zu fest. Das Kreuz bewegt sich nicht einmal. Fluchend steigt er die Leiter wieder hinab.

»Ich hab's euch ja gesagt. Es gibt keinen Weg hinein. Lasst uns wieder abhauen.«

Victor will noch nicht aufgeben. Er steigt jetzt selbst auf die Leiter und bearbeitet das eiserne Kreuz genauso erfolglos wie Hans.

»Reich mir mal das Brecheisen«, schreit er Hans am Fuße der Leiter zu. Widerwillig gibt Hans ihm das Werkzeug, und Victor fängt an, auf die Riegelwand der Kammer einzuschlagen. Es ist mühsam, aber Stück für Stück lösen sich Steine, die platschend ins Wasser fallen. Hans hat sich inzwischen ans Ufer gesetzt und betrachtet kopfschüttelnd das Treiben Victors. Über eine Stunde vergeht, bis Victor wieder nach unten steigt. Triumphierend blick er die anderen an.

»Das Loch ist groß genug. Lasst uns einsteigen.« Er greift sich einen der mitgebrachten Säcke und geht wieder auf die Leiter. Peter und Hans folgen ihm. Die Kammer ist schnell durchsucht. Es gibt einen Schrank und eine Truhe. Nicht mehr als ein paar Gulden und einige Kreuzer liegen in einem ledernen Beutel. Als Victor ihn öffnet, steht ihm die Enttäuschung ins Gesicht geschrieben.

Immerhin hängt eine große Seite Speck an der Wand. Peter schnappt sie sich, und wortlos verlassen die drei die Kammer wieder über die Leiter.

Gemeinsam begibt sich die Gruppe zu einer Lichtung in der Nähe von Rötenbach. Inzwischen ist es Nachmittag geworden. Hans ist noch der Ärger über das enttäuschende Ergebnis des Einbruchs anzusehen. Sie zünden ein Feuer an. Hans und Victor streifen ihre nassen Kleider ab, um sie am Feuer zu trocknen. Victor leert den Inhalt des Beutels auf einen flachen Stein. Er beansprucht das meiste, weil er den schwersten Teil der Arbeit geleistet habe. Hans will nicht streiten. Es lohnt sich nicht wegen der paar Kreuzer. Peter hat inzwischen dicke Scheiben des Specks abgeschnitten, und Bärbel verteilt das übrig gebliebene Brot. Müde verspeisen die Kameraden ihr Essen, als Peter plötzlich die Pistole, die er unter seinem Hemd bei sich trägt, hervorholt. Die anderen schrecken auf. Mit einer Kopfbewegung weist er in die Richtung eines kleinen Pfades, von wo sich ein Unbekannter nähert. Sofort herrscht angespannte Wachsamkeit.

Der Fremde steuert den Lagerplatz an. Er ist ärmlich gekleidet. Um seine Schulter hängt ein loser Umhang, der ganz zerschlissen ist. Die Anspannung löst sich, und Peter verstaut seine Pistole wieder unter seinem Hemd.

»Seid gegrüßt«, ruft der Mann schon von Weitem. »Ich bin ein Feldhirt hier und habe euer Feuer gesehen.«

Hans hebt seine Hand zum Gruß und weist auf einen freien Platz in ihrer Runde: »Setz dich zu uns. Wer bist du?«

Der Feldhirt folgt der Einladung. »Ich heiße Rupert und bin ein einfacher Hirte. Entschuldigt, aber ich habe seit gestern nichts mehr gegessen. Hättet ihr vielleicht ein wenig Speck und Brot für mich?«

Peter schneidet dem Feldhirten ein großes Stück Speck ab, und Bärbel reicht ihm Brot dazu. Gierig verschlingt der Feldhirt, was er bekommen hat. Als der erste Hunger gestillt ist, erzählt er von sich und seiner Schafherde, von seinem täglichen Kampf ums Überleben. Hans und die anderen fassen Vertrauen. Sie erzählen nichts von der Mühle in Wenzeln, aber sie verbergen auch nicht, dass sie Räuber sind. Vor den Augen des Feldhirten nimmt Hans sogar seine Pistole hervor und prüft, ob sie trotz der Nässe noch funktioniert. Er spannt den Abzug und krachend löst sich ein Schuss.

Zufrieden verstaut er die Pistole wieder.

Rupert wischt sich den Mund ab und erhebt sich von seinem Platz. Er bedankt sich mehrfach, nimmt seinen Beutel auf den Rücken und kehrt wieder auf den Weg zurück, vom dem er gekommen war. Kurz darauf brechen auch Victor, Mariann und Frieder auf, die hinab ins nahegelegene Rötenbach steigen wollen. Peter und Hans bleiben mit Bärbel und Sephe zurück am Feuer. Peter und Hans schließen die Augen und fallen in einen leichten Dämmerschlaf, während Bärbel und Sephe an ihren Stickereien weiterarbeiten. Nach einiger Zeit weckt Bärbel Hans auf. Sie zeigt auf Rötenbach hinab.

»Schau mal. Da ist irgendwas los.« Hans weiß, dass Bärbel aufgrund ihrer langen Erfahrung ein gutes Gefühl für heraufziehende Gefahren hat. Er ist sofort hellwach. In dem Dorf, auf das die beiden Paare von ihrem Lagerplatz herabschauen können, herrscht aufgeregtes Treiben. Hunde bellen, die Kirchenglocken läuten, laute Rufe dringen hinauf zu ihnen.

»Verdammt. Ich glaube, sie haben Victor geschnappt.« Hans beißt sich auf die Unterlippe. »Der Feldhirt muss uns verpfiffen haben. Wir müssen los.«

Sie wecken Peter auf, packen schnell ihr Bündel zusammen und machen sich von dannen. Die vier eilen hinab zum Weg und wollen gerade die Richtung einschlagen, die von Rötenbach wegführt, als sie in einiger Entfernung eine Streife entdecken. Eine Gruppe von ungefähr zehn Männern nähert sich ihnen mit eiligen Schritten. Sie haben die beiden fliehenden Paare offensichtlich entdeckt und setzen ihnen nach. Einer der Männer ruft laut und zeigt auf Hans und seine Gefährten. Hans beginnt zu rennen und die anderen tun es ihm gleich. Der Weg führt am Wald entlang. Hans dreht sich nach den Verfolgern um, die sich jetzt in mehrere kleine Gruppen aufgeteilt haben. Peter und Hans hetzen querfeldein in den Wald. Bärbel und Sephe können nicht Schritt halten. Erschöpft bleibt Sephe stehen und ruft den beiden Männern verzweifelt nach: »Wo wollt ihr hin? Verdammt noch mal, lasst uns nicht allein!«

Hans und Peter schauen sich kurz an, zögern einen Moment, dann kämpfen sie sich weiter durch das Dickicht. Atemlos stolpern sie über Baumwurzeln, bleiben im Dorngestrüpp hängen. Peter sieht einen Steinwurf entfernt einen Weg und weist dorthin. Dort angekommen entdecken sie zwei der Streifer. Sie können ihre angespannten Gesichter sehen, so nahe stehen sie ihnen gegenüber. Hans merkt, dass seine Kräfte nicht für eine ausdauernde Verfolgungsjagd reichen. Er nimmt seine Pistole, schießt in die Luft und schreit: »Macht uns Platz oder ich kann für nichts garantieren!«

Die Streifer suchen das Weite, und kurz darauf erreicht Hans mit Peter eine kleine Anhöhe, die ihnen einen Überblick über die weiteren Fluchtmöglichkeiten verschafft. Sie sprechen sich kurz ab und entscheiden sich dafür, nach Sterneck weiterzumarschieren, um dort Nachtquartier zu nehmen. Hans hat jetzt finstere Stimmung.

In Sterneck angekommen klopft er an die Türe des erstbesten Bauernhauses: »Aufmachen! Sofort!« Ein verschreckter Bauer öffnet zögerlich die Türe. Peter wirft sich sofort dagegen, während Hans mit der Pistole in der Hand in das Haus eindringt. Der Bauer weicht verängstigt zurück. In der Stube sitzt seine verschreckte Familie am Tisch.

»Wir werden hier heute Nacht bleiben. Dein Hund bleibt in unserer Nähe. Die Türe wird geschlossen. Und wenn irgendjemand die Türe öffnet, ohne mich zu fragen, dann werdet ihr meinen kleinen Kameraden hier kennen lernen.« Hans hält die Pistole in die Luft. Der Bauer tut wie ihm befohlen. Hans und Peter richten erschöpft ein Strohlager für die Nacht. Hans streckt sich aus, aber er kann nicht schlafen. Seine Gedanken kreisen um Bärbel. Er vermutet, dass die Streifer sie und die Henneflügels-Sephe erwischt haben.

Er erinnert sich an die gemeinsame Zeit mit ihr. Er ist ihrer überdrüssig geworden, zu viel Streit, zu viele Trennungen. Er hat sie bedroht und verprügelt, aber als sie krank wurde und zu schwach zum Gehen war, hat er sie auf seinem Rücken getragen. Sie hatte ihm nachgestellt und seinen Pass versteckt, damit er nicht weglief. Aber einmal hatte sie ihm auch das Leben gerettet, als sie ihn bei einem Einbruch davor warnte, durch ein Fenster zu steigen. Sie hatte ein Geräusch aus dem Haus gehört, das Hans entgangen war. Hans stieg nicht ein, sondern steckte vorsichtig einen Stock, an dessen Ende sein Hut hing, durch das offene Fenster. Ein Beil sauste auf den Hut nieder und schlug Hans den Stock aus der Hand. Hans schüttelt seinen Kopf, als ob er seine Erinnerungen damit vertreiben könnte.

Es fällt Hans schwer, einen klaren Gedanken zu fassen. War es richtig, Bärbel und Sephe im Stich zu lassen? Hätte er sie retten können? Oder konnte er nicht mehr tun, als sich selbst zu retten? Hans weiß es nicht.

Oktober 1782

Hans hat inzwischen so viele Erfahrungen gesammelt, dass er die Ziele seiner Raubzüge sorgfältig auswählt. Es sind jetzt weniger die Häuser der Bauern und Handwerker, die er heimsucht. Dort gibt es selten mehr zu holen als etwas Speck, getrocknete Früchte und vielleicht noch ein paar abgetragene Kleider. Bessere Beute versprechen die Wohnstätten von Beamten, Pfarrern und Krämern. Es mag sein, dass diese Häuser besser gesichert sind, mit vergitterten Fenstern oder abschließbaren Türen. Aber das hält Hans nicht ab. Im Gegenteil: Es ist ein weiterer Anreiz, dort einzubrechen.

Kürzlich hat er erfahren, dass bei einem Pfarrer in Bergfelden bei Rosenfeld im Württembergischen einiges zu holen ist. Seine Informanten haben ihm zugetragen, dass der Pfarrer einen Beutel mit Münzen und eine wertvolle Taschenuhr zu Hause hat. Ein lohnendes Ziel für Hans. Gemeinsam mit Peter macht er sich auf den Weg. Am Pfarrhaus angekommen, stellen die beiden eine Leiter an ein Fenster der Wohnstube. Hans steigt hinauf. Ein sanfter Druck reicht aus, und das Fenster springt auf. Hans steigt in die Wohnstube und zündet einen Kienspan an. Nur dessen knisterndes Aufflammen unterbricht die nächtliche Stille.

Hans blickt sich im fahlen Schein des flackernden Lichts um. Auf den ersten Blick erkennt er, dass er sich in einem wohlhabenden Haus befindet: Auf dem hölzernen Tisch liegt eine mit Blumen bestickte Tischdecke, auf dem Boden ein Teppich. Um den Tisch herum stehen nicht Schemel und eine Bank wie bei den Armen, sondern Stühle mit Kissen. An der Wand hängt eine reich verzierte Uhr. Auf einer Anrichte stehen Teller aus Porzellan, Gläser und Servietten für die nächste Mahlzeit bereit.

Plötzlich wird Hans von einem Geräusch aus seinen Gedanken gerissen. Ganz in seiner Nähe raschelt Stoff. Ein Bett knarzt. Hans hebt den Kienspan an und entdeckt zu seiner Überraschung, dass der Pfarrer in einer Nische der Wohnstube schläft. Hans nähert sich vorsichtig an. Der Pfarrer liegt mit geschlossenen Augen auf dem Rücken. Gleichmäßig hebt und senkt sich seine Brust. Auf der anderen Seite des Bettes auf einem Nachttisch sieht Hans die Taschenuhr des Pfarrers. Auf den ersten Blick realisiert er, dass sich diese Beute lohnt. Der Deckel der Taschenuhr schimmert golden. Hans kann schon aus der Entfernung erkennen, dass das Bild eines Heiligen in das Metall eingraviert ist. Eine lange Kette ist an der Öse der Taschenuhr angebracht und verbindet sie mit den Beinkleidern, die der Pfarrer für die Nacht ausgezogen hat. Hans weiß, dass er diese Uhr will. Aber er kann sie nicht erreichen, indem er sich über das Bett beugt. Es gibt nur eine Möglichkeit: Er muss auf das Bett des schlafenden Pfarrers steigen.

Zu früheren Zeiten hätte Hans nicht gewagt, so nahe an den schlafenden Pfarrer heranzutreten. Aber jetzt fühlt er sich unangreifbar. Wer soll ihm gefährlich werden? Er ist allen Gefahren entronnen, hat alle Verfolger in die Flucht geschlagen. Und wenn der Pfarrer aufwachen sollte, ihm würde schon etwas einfallen, um zu entkommen. Er ist der kühnste Räuber des Schwarzwalds. Hans löscht das Licht an seinem Kienspan. Als sich seine Augen an die Dunkelheit gewöhnt haben, steigt er mit einem Fuß vorsichtig auf die obere Bettkante. Der Atem des Pfarrers ist immer noch ruhig und gleichmäßig. Hans zieht das andere Bein nach und macht einen großen Schritt über den Körper des Pfarrers hinweg auf die andere Seite des Bettes. So mit dem Pfarrer unter ihm liegend verharrt Hans einen Moment lang und lauscht, ob dieser wach geworden ist, aber außer ruhigen, langsamen Atemzügen ist weiterhin nichts zu vernehmen. Jetzt beugt sich Hans hinüber zum Nachttisch. Das Bett knarzt, und der Pfarrer rollt ein wenig zur Seite, so dass er Hans' Bein berührt. Kurz räuspert er sich und murmelt einige unverständliche Worte. Hans hält inne, aber der Pfarrer beruhigt sich schnell wieder. Hans greift nach den Beinkleidern. Er achtet darauf, dass die angekettete Taschenuhr nicht auf das Bett fällt. Mit einem federnden Schritt erreicht er wieder den Boden. Ohne sich nochmals umzudrehen, eilt er fast geräuschlos zum Fenster und steigt die Leiter hinab.

Unten wartet Peter, der die Leiter festhält: »Wo warst du?«, zischt er ungeduldig.

Hans – inzwischen unten angekommen – sagt kein Wort. Peter sieht die Hose in den Händen seines Kameraden und verdreht die Augen: »Was willst du denn mit dem alten Tuch?« Schweigend und mit triumphierenden Gesicht hält Hans die Taschenuhr in die Höhe. Peter entzündet ein Licht und nimmt die Uhr in die Hand. Er lässt den Deckel der Uhr aufspringen, und beide blicken auf das Zifferblatt, das mit zahlreichen Ornamenten verziert ist. Peter pfeift leise durch die Zähne und grinst: »Da wird der Herr Pfarrer aber etwas vermissen morgen früh.«

Hans ist fortan regelmäßig zu Gast bei Pfarrern. Als er eines Abends ein katholisches Pfarrhaus aufsucht, wird er von einem außergewöhnlichen Anblick überrascht. In der Stube ist der Esstisch reich gedeckt. Es scheint fast so, als ob das Essen für Hans bereitet worden wäre: Käse in verschiedenen Sorten, Schinken, Hühnerkeulen, frisches Brot und dazu eine Karaffe Wein. Das Geschirr ist gebraucht. Offensichtlich hat der Pfarrer gerade seine abendliche Mahlzeit beendet. Hans bleibt kurz stehen und überlegt. Natürlich deutet der gedeckte Tisch darauf hin, dass der Pfarrer irgendwo im Haus ist, vielleicht auch noch seine Haushälterin, die den Tisch bald abdecken wird. Andererseits hat Hans Hunger. So viel Leckeres hat er schon lange nicht mehr auf einem Fleck gesehen. Eine Seite Speck und

Brot oder Getreidebrei ist meistens alles, auf das er zählen kann. Wie so oft gewinnt der pure Instinkt bei Hans die Oberhand. Er setzt sich auf den lederbeschlagenen Stuhl und bedient sich. Abwechselnd nimmt er große Bissen vom Fleisch und Käse. Er trinkt den Wein in vollen Zügen. Mit der Tischdecke wischt er Fett und Essensreste aus seinem Bart. Gleichzeitig blickt er sich in der Stube um, was sich später einzupacken lohnt. In diesem Moment fliegt der Umhang beiseite, der den Zugang in den nächsten Raum verdeckt. Der Pfarrer – ein kräftiger Mann mit entschlossenem Blick – tritt hindurch.

»Was hast du in meinem Haus zu suchen?«, schreit er Hans mit funkelnden Augen an.

Hans ist für einen Moment aus der Fassung gebracht. Dann entscheidet er sich zum Gegenangriff. Er springt auf und schleudert den Rest des Weins in der Karaffe dem herannahenden Pfarrer ins Gesicht.

»Ich bedien' mich hier, solange ich will. Das Essen haben die Bauern und Knechte bezahlt, nicht du. Und wenn du noch einen Schritt näher kommst, dann steck' ich dir das Brotmesser zwischen die Rippen.«

Der Pfarrer bleibt abrupt stehen. Die Konfrontation will er vermeiden. Hans spürt seine Angst und weiß, dass ihm keine Gefahr mehr droht. Er beißt ein letztes Mal in den Schinken und wischt seinen Mund am Tischtuch ab. Der Pfarrer schaut ihm mit offenem Mund zu. Ohne Eile steht Hans auf und verlässt das Haus durch die Eingangstüre, wie ein geladener Gast.

Wenig später kehrt Hans gemeinsam mit dem Schinder-Peter an den Ort zurück, an dem er einen großen Teil seiner Kindheit verbracht hat: das Kloster Allerheiligen. Er geht den Weg nicht als Wallfahrer, sondern als Dieb. Im Kloster wird der Feiertag Allerheiligen begangen, der zahlreiche Gläubige aus der näheren und ferneren Umgebung anzieht. Hans und Peter wissen, dass die Pilger nicht selten eine größere Menge Geld bei sich führen, weil ein solcher Feiertag mit einem Markt verbunden ist, auf dem die Pilger ihre Bedürfnisse befriedigen können. Die Beutelschneiderei hat Hans von seinen Kameraden in der österreichischen Armee gelernt. Er weiß, mit welchen Tricks und Kniffen er den Geldsäckel aus der Tasche herausziehen kann, ohne dass der Besitzer etwas bemerkt. Er kann im Gedränge ertasten, welcher Besucher des Klosters Geld bei sich führt. Und er weiß, wie er sich zügig vom Tatort entfernen kann, falls der Bestohlene wider Erwarten Alarm schlagen sollte.

Hans und Peter mischen sich unter die Gläubigen. Auf die richtige Gelegenheit muss Hans nicht lange warten. Direkt an der Pforte des Klosters, wo es ein großes Gedränge unter den Pilgern gibt, entdeckt er einen ledernen Beutel, der nur lose an dem Gürtel eines Pilgers befestigt ist. Hans pirscht sich an, simuliert ein Stolpern und hält sich entschuldigend an der Hüfte des verblüfften Manns fest. Dabei reißt er an dem Beutel, bringt ihn an sich und verstaut ihn, ohne Aufsehen zu erregen, unter seinem Hemd. Eine Entschuldigung stammelnd entfernt sich Hans aus dem Gedränge und wirft etwas abseits einen Blick in den Beutel: fünf Gulden und ein paar Kreuzer, keine schlechte Ausbeute.

Hans und Peter bleiben noch eine Weile im Kloster und versuchen ihr Glück. Weiterer Erfolg bleibt ihnen aber versagt, und so beschließen sie, in eine nahe Gaststätte zu gehen, um dort die Beute gleich für Speis und Trank zu verwenden.

Als Hans und Peter sich an einem der Tische unter die Pilger mischen, die sich hier für den Rückweg stärken, wendet sich ein kleiner Mann um, der mit betretener Miene vor einem Krug Bier sitzt. Hans erkennt ihn sofort. Es ist der Mann, dem er den Geldbeutel gestohlen hat. Hans will sich gleich wieder erheben und das Wirtshaus verlassen, aber Peter hat sich schon zu dem Mann gesetzt. Widerwillig bleibt Hans sitzen und wendet sein Gesicht vom Bauern ab. Der Bauer aber hat Hans offensichtlich nicht erkannt.

»Warum schaust du so verdrießlich?«, fragt Peter den Pilger.

Der Mann blickt Peter an: »Ach, Ihr wisst nicht, was mir passiert ist. Ich war eben im Kloster. Ich hatte einen Geldsack bei mir. Fünf Gulden. Das hat mir mein Weib mitgegeben, um neue Beinkleider zu kaufen. Jetzt ist es weg. Irgendwer muss mich bestohlen haben. Wie soll ich nun nach Hause kommen?«

Peter schaut jetzt auch betreten. Er ahnt, dass es Hans war, der ihn bestohlen hat. Hans blickt ihn kurz an, und Peter hat Gewissheit.

»Diese Gauner stehlen uns noch das letzte Hemd«, gibt sich Peter empört. »Das ist eine Frevelei. Noch dazu in einem Kloster!«

Der Mann nickt, ohne etwas zu erwidern.

Hans hält es kaum aus. Da sitzt der arme Wicht, der nicht weiß, wie er seinem Weib unter die Augen treten soll, und Peter macht sich noch lustig über ihn. Der Appetit ist Hans vergangen. Er will lieber mit leeren Händen aus dem Wirtshaus gehen als mit den Ersparnissen des Bauern. Hans versetzt Peter unter dem Tisch einen sachten Tritt. Hans weiß, dass er nicht alleine handeln kann. Das wäre gegen alle Vereinbarungen, die unter Gaunern gelten. Peter steht die Hälfte der Beute zu.

Peter blickt ihn an und Hans zieht seine Augenbrauen hoch. Peter ahnt, was Hans ihm sagen will: ›Lass uns den Beutel zurückgeben.‹ Für seine Antwort muss Peter nicht lange überlegen. Lautlos formt er mit seinen Lippen ein Wort: ›Nein.‹

Hans ärgert sich über seinen Kameraden. Wie kann sich Peter über die Herzlosigkeit der reichen Bauern und

Beamten beklagen, wenn er selbst so kaltschnäuzig ist? Er überlegt kurz und wendet sich direkt an den Bauern: »Hör zu, guter Mann. Deine Geschichte ist mehr als traurig. Speise und trinke hier, so viel du willst. Wir halten dich frei.« Peter schaut Hans mit verdrießlichem Blick an, aber er mischt sich nicht ein. Er kennt Hans und weiß, dass er ihn jetzt nicht reizen darf. Hans winkt den Wirt herbei, weist auf den Bauern und steckt ihm ein Geldstück zu. Der verblüffte Pilger bedankt sich umständlich. Hans nickt stumm, setzt seinen Hut auf und verabschiedet sich. Auf Peter wartet er nicht.

November 1782

»Hör zu, Hans. Ich weiß, sie ist nicht die Hübscheste. Aber sie ist eine gute Partie«, insistiert Peter, der Hans zur Seite genommen hat, um ihn endlich einmal unter vier Augen sprechen zu können.

Hans dreht unentschlossen einen Gerstenhalm zwischen seinen Fingern: »Sie ist klein und dick. Sie redet in einem fort. Sie ist fast zwanzig Jahre älter als ich.«

»Das ist die Schleifer-Bärbel auch«, erwidert Peter.

»Und von der hab' ich auch die Nase voll«, antwortet Hans genervt.

»Du liegst mir dauernd in den Ohren, dass dir das Geld fehlt. Dass du mit deinem Leben was anfangen willst. Und jetzt kannst du mir nichts, dir nichts an 100 französische Taler kommen. Und was machst du?« Peter schaut Hans fragend an.

»Ich bin nicht gemacht zum Heiraten, Peter. Das weißt du. Und die Göhringerin will nur einen mit einer weißen Weste. Ich hab' keine Lust, den Rest meines Lebens Schindeln zu schnitzen.«

Peter winkt ab: »Ich kenn' sie besser als du, glaub mir. Die hat es faustdick hinter den Ohren. Klar, du musst ihr bei der Heirat versprechen, nirgends mehr einzusteigen. Aber in ein paar Monaten sieht es schon wieder ganz anders aus.«

Hans kratzt sich am Kopf. »Und will sie mich überhaupt heiraten? Ich will nicht monatelang auf Knien hinter ihr her rutschen, um dann eine Abfuhr zu bekommen.«

»Sie will. Das garantiere ich dir. Ich fädele das ein. Lass mich nur machen. Du musst nur freundlich zu ihr sein.« Peter verschränkt die Arme vor der Brust und lehnt sich mit einem zufriedenen Lächeln zurück. So weit wollte er den Hans bekommen. Der Rest wird sich schon ergeben.

Hans und der Schinder-Peter halten sich in Bondorf bei Nagold auf. Peters Stiefvater, der Schinder-Martin, hat erfahren, dass sein Stiefsohn in der Nähe weilt und machte sich gleich auf, um ihn zu treffen. Begleitet wird er von der Maria Göhringer, seiner Schwester.

Peter, erfreut über den Besuch seines Stiefvaters, stellte den Schinder-Martin und die Göhringerin dem Hans vor. Beide ziehen als Medikaster umher, verkaufen Salben, Kräuter und Tinkturen, die Krankheiten und böse Geister vertreiben. Die Göhringerin hat in ihrer Heimatstadt Lüzelburg bei Augsburg noch Ersparnisse von 100 französischen Talern liegen. Sie ist auf der Suche nach einem Mann, und der Konstanzer Hans fiel ihr gleich bei der ersten Begegnung ins Auge, ein stattlicher junger Bursche, ganz nach ihrem Geschmack. Sie kennt aber auch den Peter und weiß, wovon er lebt. Und sie kann eins und eins zusammenrechnen, dass sein Freund, der Konstanzer Hans, genau der gleiche Gauner ist.

Nach dem Gespräch mit Hans lässt Peter seine Stieftante wissen, dass der Konstanzer Hans ihr zugeneigt sei. Er sei ein wenig schüchtern und traue sich nicht recht, um so eine vornehme Partie zu werben. Das dürfe sie aber nicht persönlich nehmen. Tatsächlich verhält sich Hans ausgesprochen höflich und zuvorkommend gegenüber der Göhringerin. Schimpfwörter und Flüche tauchen in seinem Wortschatz nicht mehr auf. Bei den Mahlzeiten überlässt er ihr das beste Stück Fleisch und fragt fortwährend, ob sie nicht dies oder jenes noch zu ihrem Wohlbefinden brauche. Inzwischen ist auch Hans' Familie nach Bondorf gestoßen. Selbst seinem Vater gegenüber verhält sich Hans vorbildlich. Kein Widerwort kommt über seine Lippen. Ermahnt ihn sein Vater wegen seines Lebenswandels, so nickt er nur stumm und schaut betreten zu Boden.

Dies alles weckt das Vertrauen der Göhringerin. Jeden Tag zeigt sie mehr Interesse an Hans, und bald wird auch die Heirat zum Thema. Als sich beide in einem ruhigen Moment etwas von ihren Familien abgesondert haben, spricht sie Hans direkt an.

»Ich könnte mich schon auf dich einlassen«, sagt sie und streicht sich die langen schwarzen Haare hinter die Ohren. Aber das Stehlen und Herumschwärmen, das musst du sein lassen.«

Hans ist beeindruckt von ihrer direkten Art. Er mag klare Worte lieber, als um den heißen Brei herumzureden.

Hans weiß seine Rolle zu spielen. Er blickt direkt in ihre Augen und legt seine Stirn in Falten: »Das Stehlen, das ist vorbei. Ich will das nicht mehr. Zu viele von meinen Kameraden hat's erwischt. Wenn ich die Chance auf ein neues Leben hätte, würde ich sie ohne Zögern ergreifen.«

Die Göhringerin blickt ihn prüfend an. »Du könntest medikastern wie ich. Ich kann dir alles beibringen. Oder verkauf Porzellan. Ich kenne Händler, die leben in größeren Häusern als unsere Vögte und Pfarrer.«

Hans wiegt interessiert seinen Kopf. Er muss an Peters Worte denken. Ein Versprechen ist schnell gemacht, und wenn er die Taler aus Lüzelburg hat, werden die Karten neu gemischt. »Das klingt schon gut. Mit deiner Hilfe würd' ich mir das zutrauen.«

Die Göhringerin ist jetzt überzeugt. »Versprich mir, dass du bei mir bleibst und dich von deinen alten Freunden lossagst.« Hans blickt ihr offen ins Gesicht: »Ja, das will ich.«

Obwohl Hans spürt, dass sein Ziel, die Göhringerin von der Heirat zu überzeugen, zum Greifen nahe ist, empfindet er keine Befriedigung, keine Freude. Hans muss an Mariana denken, um die er sich nicht so bemüht hatte wie um die Göhringerin. Für sie hat er tatsächlich etwas empfunden. Ob es Liebe war, weiß Hans nicht, aber es war mehr, als er je für die Göhringerin fühlen wird.

Ist es nicht eine Art von Verrat, die er begeht? Für einen Sack voll Talern ist er bereit zu lügen und zu betrügen und eine Ehe zu versprechen, die schon hoffnungslos verloren ist, bevor sie begonnen hat. Hans versucht, die trüben Gedanken beiseite zu wischen. Das Leben hat ihm weiß Gott nicht immer gut mitgespielt. Warum soll er also nicht die Gelegenheit beim Schopfe packen, mal etwas in die eigenen Taschen zu stecken? Verdient hat er es allemal.

Am Abend darauf geloben sich der Konstanzer Hans und die Göhringerin die Ehe, formlos und ohne den Segen eines Pfarrers. Alle heben die Krüge, und Peter bringt einen Spruch auf das lange Leben der Brautleute aus. Sein Stiefvater, der Schinder-Martin, ist alles andere als begeistert von seinem neuen Schwager. Aber das bekümmert Hans nicht. Sein eigener Vater scheint sogar erleichtert zu sein. Vielleicht macht er sich dieselben falschen Hoffnungen, dass Hans sein Leben ändern wird, wie die Göhringerin. Seine Schwester hat Hans erst gar nicht um Rat gefragt. Zu groß war seine Befürchtung, dass sie bemerkt hat, wie wenig Hans für seine künftige Frau empfindet.

Bereits einen Tag später bricht Hans mit seiner Familie und seiner neuen Frau Richtung Lüzelburg auf, um die 100 französischen Taler abzuholen. Peter und sein Stiefvater ziehen mit ihnen des Weges. Am nächsten Morgen wird Hans von lautem Wehklagen seines Vaters geweckt. Wie von Sinnen marschiert der hin und her, reißt seine Arme zum Himmel hoch: »Herr Gott, welchen Schmerz soll ich noch ertragen? Du hast mir meinen einzigen Sohn entrissen, der unverbesserlich verdorben ist. Und jetzt entreißt du mir meine einzige Tochter. Herr, was habe ich getan?«

Hans versteht kein Wort. Er steht von seinem Strohsack auf, geht zu seinem Vater und legt den Arm um seine Schulter: »Vater, sag - was ist passiert? Warum klagst du?«

»Die Franzelen ist weg. Der Peter hat sie mit sich genommen.« Hans versteht kein Wort. Fragend schaut er seinen Vater an.

»Ja, hast du denn nicht bemerkt, was zwischen den beiden vorgeht? Der Peter steigt ihr seit Tagen hinterher. Und jetzt hat er sie mitgenommen.« Der Vater vergräbt das Gesicht in den Händen. Sein ganzer Körper zittert. Bei aller Zwietracht – seinen Vater so zu sehen, das lässt Hans nicht kalt.

Tatsächlich hatte Hans sich keine Gedanken über Franzelen und Peter gemacht. Zu sehr war er mit der Göhringerin und den 100 französischen Talern in Lüzelburg beschäftigt. Jetzt, da Hans darüber nachdenkt, wird ihm klar, dass sich das Unheil angekündigt hat. Da war der Streit zwischen Franzelen und dem Vater. Der hatte sie geschlagen, weil sie nicht mehr stricken wollte. Danach hat sie oft mit Peter geredet. Der habe bei Bodersweier im Hanauer Land ein Ross und einen Karch[17] stehen und handle mit Geschirr, hat sie dem Hans darauf erzählt. Ob er das nicht wisse. Hans hat abgewunken. Er wollte seiner Schwester nicht erzählen, dass der Peter es mit der Wahrheit nicht immer so genau nimmt, weil er seinen Freund nicht schlecht machen wollte. Das hätte er vielleicht tun sollen.

Hans ist aufgebracht. Peter hat sein Vertrauen missbraucht. Kein Wort hat er zu ihm gesagt. Seine Schwester hat er nicht verdient, der Erzgauner, denkt Hans. Er weiß nur zu gut, dass Franzelen den einen oder anderen Marktdiebstahl auf dem Kerbholz hat. Aber der Peter ist ein anderes Kaliber.

Umso mehr treffen Hans jetzt die Vorwürfe seines Vaters: »Du bist schuld. Du hast den Lump hierhergebracht. Hättest du die Finger von der Göhringerin gelassen, wär mein Franzelen noch hier.«

Die Worte hallen bei Hans nach. Er will seine Schwester schützen. Der Peter, das wäre ihr Verderben. Sie würde am Galgen enden, so wie der Peter am Galgen enden wird. Das will Hans seinem Kameraden nicht durchgehen lassen. Dass er ihm die Göhringerin vermittelt hat, gibt ihm noch lange nicht das Recht, sich Franzelen unter

---

17 Karch = einfacher Karren.

den Nagel zu reißen. Vielleicht hat Peter ihr gar Gewalt angetan, um sie mit sich zu nehmen. Hans spürt, wie seine Wut wächst.

»Ich werde sie dir zurückholen, Vater. Das verspreche ich dir.«

In wenigen Augenblicken hat Hans sein Bündel geschnürt. Lüzelburg muss warten. Jetzt geht es um die wichtigste Person in seinem Leben: Franzelen.

Anfang Dezember 1782

Die Wut, die Hans im Bauch hat, lässt ihn seine Erschöpfung nicht spüren. Seit Tagen ist er ruhelos unterwegs, um seine Schwester zu finden. Er kennt die Plätze, wo sich Peter gerne aufhält.

Wirtshäuser, Diebesherbergen, Lagerstätten. Unermüdlich sucht er einen Ort nach dem anderen auf. Er fragt nach Peter, wohin er kommt. Aber niemand hat ihn gesehen. Überall erntet er nur Schulterzucken. Hans weiß, dass Peter nicht dumm ist. Oft genug hat dieser seine Verfolger abgeschüttelt. Peter ahnt natürlich, dass Hans all die Orte aufsuchen wird, an denen die beiden in der Vergangenheit eine Heimstatt gefunden haben. Er wird sich dahin begeben, wo ihn niemand kennt. Aber wo soll das sein?

Der Misserfolg geht nicht spurlos an ihm vorüber. Mit jedem weiteren Tag der Suche erlahmt sein Ehrgeiz. Noch immer treibt ihn der Ärger über Peter an. Aber Hans hat kaum genug Geld in der Tasche, um seinen täglichen Unterhalt bestreiten zu können. Seine Suche kommt ihm ziellos vor. Noch einmal schöpft Hans Hoffnung. In der Ortenau sagt ihm ein Bettler, er habe Peter mit einer Frau gesehen. Sie seien auf dem Weg nach Straßburg gewesen. Hans setzt über den Rhein und durchkämmt die Stadt – aber wieder ohne Ergebnis. Wenn Peter und Franzelen hier sein sollten, so müssen sie ein perfektes Versteck gefunden haben.

Hans entscheidet sich, die Suche vorerst abzubrechen. Irgendwann wird er Peter finden, da ist er sich sicher, und dann wird die Rechnung beglichen. Aber jetzt muss er nach Lüzelburg. Er stößt wieder zu seiner Familie und der Göhringerin. Mit ihr zieht er weiter durch Schwaben. Auf dem Weg nach Lüzelburg bekommt seine Frau plötzlich Bedenken. Sie weiß, dass sie mit dem ersparten Vermögen das einzige Faustpfand aus der Hand gibt, mit dem sie den Lebenswandel ihres Gatten beeinflussen kann. Hans besänftigt sie so gut, wie es ihm möglich ist.

In Lüzelburg treffen sie auf einen Schwager der Göhringerin, einen hageren Mann mit großer Hakennase und vielen Pockennarben im Gesicht. Er verwahrt das Vermögen der Göhringerin. Nach einer kurzen Begrüßung stellt er sich als Böttcher-Lorenz vor. Hans spürt vom ersten Augenblick an den Argwohn, den er ihm entgegenbringt. Vielleicht hat er sich selbst Hoffnung auf einen Anteil an den französischen Talern gemacht, denkt Hans. Lorenz fragt Hans nach seiner Herkunft und nach seinem Auskommen. Die Antworten scheinen ihn nicht zufriedenzustellen. Nach dem kurzen Gespräch nimmt er seine Schwägerin zur Seite. Hans spürt, dass sein Vorhaben auf der Kippe steht. Sollte der Schwager seine Pläne durchkreuzen, so schwört sich Hans, wird er das bitter bereuen.

Wenige Meter entfernt redet Lorenz auf die Göhringerin ein. Beide blicken immer wieder zu ihm herüber. In Hans kocht die Wut. Er benötigt seine ganze Willenskraft, um beiden geduldig zuzulächeln. Dann tritt die Göhringerin zu Hans, der sich bemüht, seinen Zorn zu verbergen.

»Der Lorenz nimmt dir nicht ab, dass du neu beginnen willst«, sagt sie mit besorgter Miene. Hans kann sich kaum zügeln: »Was hast du ihm denn von mir erzählt?«, fragt er vorwurfsvoll, bereut aber sofort die Schärfe in seiner Stimme.

»Nichts, gar nichts«, wehrt die Göhringerin sofort ab. »Er sagt, er kenne solche Burschen wie dich. Die wollten nur an das Geld, dann wären sie weg.«

Hans greift nach der Hand seiner Frau. »Du kennst mich doch besser als dein Schwager.« Er blickt ihr in die Augen. »Die wilden Zeiten sind vorbei, Maria«, beschwört er sie. »Lass uns gemeinsam etwas Neues aufbauen.«

Jetzt ist das Eis gebrochen. Die Worte von Hans wiegen mehr als der Zweifel, den Lorenz sät. Der Schwager händigt der Göhringerin zähneknirschend einen großen Teil der französischen Taler aus. Einen Rest lässt sie bei ihm. Danach machen sich die Eheleute auf den Weg nach Straßburg. Hans hofft immer noch, hier eine Spur von Peter und seiner Schwester zu finden. Außerdem erscheint ihm Straßburg als ausgezeichneter Ort, um sich mit dem neuen Reichtum einige Annehmlichkeiten zu verschaffen. Er hat sich so lange intensiv um das Vermögen der Göhringerin bemüht. Da ist jetzt eine kleine Belohnung fällig.

In Straßburg kleidet sich Hans neu ein. Hier gibt es Besseres als die biederen Stoffe des Schwarzwalds. Hans wählt eine Weste mit seidenem Einschlag. Die Beinkleider sind aus rotem Leder und seine neuen Schuhe sind modern geschnitten, mit silbernen Schnallen auf der Seite. In den Gasthäusern lässt er gut auftragen und genießt das Gefühl, einen vollen Bauch zu haben, ohne sich sorgen zu müssen, wie er die nächste Mahlzeit bezahlen soll. Auf Zureden seiner Frau kauft Hans auch eine Kiste mit Ölen und Arzneien. Sie führt ihn ein in die Wirkung der einzelnen Heilmittel. Sie erläutert, gegen welche Gebrechen sie eingesetzt und wie sie angewendet werden. Zu jeder Wurzel und zu jeder Tinktur kennt sie Berichte unglaublicher Genesung. Hans hört aufmerksam zu und lernt begierig. Er glaubt nicht an die Geschichten, aber weiß aus eigener Erfahrung, welche Wirkung sie bei Erkrankten auslösen können.

Von Peter und seiner Schwester findet er aber nach wie vor keine Spur. In allen Wirtshäusern, auf Marktplätzen und in Kirchen: Überall hält Hans die Augen offen – ohne Erfolg. Entweder haben sie Straßburg wieder verlassen oder sie sind niemals hier gewesen. Hans spürt, dass sein Groll auf Peter noch nicht erloschen ist. Er macht sich Sorgen um seine Schwester. Was wird Peter mit ihr anstellen? Hat er sie schon in seine Gaunerwelt hineingezogen? Hans beschließt, sich erneut auf die Suche zu begeben, auch wenn seine Frau alles andere als begeistert davon ist.

Hans überquert wieder den Rhein, zieht weiter nach Offenburg und dann nach Gengenbach. Vielleicht, denkt er sich, wird Peter mit der Zeit unvorsichtiger. Er kann sich nicht ewig verstecken. Er ist auf seine Kontakte angewiesen. Als Hans gerade am Stadttor von Gengenbach angekommen ist, werden seine Hoffnungen von der Wirklichkeit überholt. Da steht Peter, in ein Gespräch mit einem Kutscher verstrickt. Wieder wallt die Wut in Hans auf, seine Muskeln spannen sich an. Er blickt sich um: Wo ist seine Schwester? Was hat dieser Lump mit ihr gemacht? Mit wenigen Schritten eilt er zu Peter und packt ihn am Kragen. Peter, der Hans nicht hat kommen sehen, ist zu überrascht, um sich zu wehren.

»Wo ist meine Schwester?«, schreit ihm Hans unvermittelt ins Gesicht. Er stößt Peter mit einer ruckartigen Bewegung von sich, so dass dieser das Gleichgewicht verliert und vor ihm zu Boden fällt.

Peter hält sich mit schmerzerfülltem Gesicht die Hüfte, auf die er gefallen ist.

»Wo ist meine Schwester?«, wiederholt Hans und betont dabei jedes Wort, so als ob Peter schwerhörig wäre. Inzwischen hat sich eine Menschentraube um die beiden gebildet.

Peter rappelt sich auf und klopft den Staub von seinen Kleidern: »Lass uns reden, Hans. Aber nicht hier, vor all den Leuten.«

Hans packt Peter an den Haaren: »Ich will nicht reden. Ich will meine Schwester. Jetzt.«

»Ich hol' sie ja, wenn du mich loslässt. Sie ist hier in Gengenbach auf dem Markt.«

Hans lässt Peter los. »Dann komm mit«, sagt er und zieht Peter am Arm in Richtung Stadttor. Peter stolpert mehr, als dass er läuft. Hans redet kein Wort mit ihm. Am Markt angekommen zeigt Peter auf eine Gruppe von Frauen, die sich angeregt unterhalten. Mitten unter ihnen steht Franzelen. Hans lässt Peter los und eilt auf seine Schwester zu. Noch immer ist sein Blut in Wallung. Er packt sie an der Schulter und zieht sie aus der verdutzten Gruppe ihrer Gefährtinnen.

Franzelen schaut ihn einen Moment an. Dann weicht der Ausdruck der Überraschung in ihrem Gesicht einem breiten Lachen. »Hans!«, ruft sie und fällt ihm ohne ein weiteres Wort um den Hals. Hans fühlt die Wärme ihres Gesichts an seinem und riecht den vertrauten Geruch ihres Haares. Er spürt, wie sich seine Muskeln entspannen. Sie lebt und sie ist frei. Das sind Hans' erste Gedanken. Er könnte vor Dankbarkeit auf die Knie fallen.

Als Franzelen ihn wieder loslässt, lässt sie Hans gar nicht zu Wort kommen: »Du darfst Peter nichts tun. Er ist nicht schuld. Ich bin freiwillig mit ihm gegangen.« Sie erzählt ihm davon, wie sie über das Land gezogen sind und dass Peter sie zu nichts gezwungen hat. Hans' Stimmung hellt sich auf. All die Monate, die er Peter und Franzelen gesucht hat, hat er sich ausgemalt, was er mit Peter anstellen wird, wenn er ihn wieder trifft. In dunklen Momenten war er bereit, Peter zu töten. Und jetzt? Seine Schwester lächelt ihn verlegen an und Hans fühlt, wie ein Stein von seinem Herzen rollt.

Hans versucht, immerhin noch ein bisschen Ärger in seinen Tonfall zu legen: »Vater und Mutter haben sich schreckliche Sorgen gemacht. Und ich auch.«

Franzelen blickt auf den Boden: »Ich weiß. Es tut mir leid.« Und etwas leiser: »Es gibt kein Ross und keinen Karch im Hanauerland. Ich bin so dumm.« Hans nimmt seine Schwester in die Arme.

Peter hat die ganze Szene schweigend beobachtet. Jetzt mischt er sich ein: »Es war ein Fehler, deine Schwester einfach mitzunehmen, ohne mit dir zu sprechen. Mein Vater hat mich angestiftet. Er hat sich geärgert, dass du seine Schwester geheiratet hast.«

Hans wendet sich ihm zu. Die Erinnerung an den Groll der vergangenen Wochen wird wieder lebendiger: »Du hast meine Freundschaft missbraucht. Du hast mir gestohlen, was mir am wertvollsten ist.«

»Ich habe Franzelen zu nichts gezwungen. Ich habe ihr keine Gewalt angetan.« Hans schaut seine Schwester an. Franzelen nickt bestätigend.

»Wir wären jetzt ohnehin zurück zu euren Eltern. Ich schwöre«, fährt Peter fort.

Hans denkt nach. Sein Blick schweift über den Gengenbacher Marktplatz. Warum soll er die lange Freundschaft mit Peter jetzt aufgeben? Vielleicht hat er selbst übertrieben reagiert und sich von der Angst seines Vaters anstecken lassen.

Peter streckt die Hand aus: »Freundschaft.« Hans zögert einen Moment, dann schlägt er ein.

SCHWARZWALD GESCHICHTE

DER SCHWARZWALD IM 18. JAHRHUNDERT

Teil III: Gauner

Das kleine Städtchen Gaisbach bei Oberkirch war in heller Aufruhr. Schon lange machte dort das Gerücht die Runde, dass auf der nahegelegenen Schauenburg ein Schatz versteckt läge, der nur darauf wartete, seinem Finder Reichtum zu verschaffen. Im Jahre 1779 schien diese Gelegenheit zum Greifen nahe. Ein Bursche namens Sternewitz kam nach Gaisbach und gab vor zu wissen, wo der Schatz läge. Um ihn zu heben, benötigte er jedoch Bücher, die ihm helfen würden, den auf der Burg weilenden Geist beschwören zu können.

Ohne einen Beitrag der Bauern käme er jedoch nicht an diese Bücher. Die Bauern händigten ihm daraufhin mehrere hundert Gulden aus, um sich die Bücher zu beschaffen. Sternewitz war aber noch nicht zufrieden. Nach seinen angeblichen Bücherstudien traf er sich mit über dreißig Bauern im Keller des Meierhauses und betete dort bis Mitternacht. Danach begann er zu graben und stieß tatsächlich – wie er versprochen hatte – auf eine Truhe. Diese war jedoch verschlossen und konnte auch mit größter Kraftanstrengung nicht herausgezogen werden. Nachdem er hinausgegangen war, um mit dem Burggeist zu sprechen, teilte er den Bauern mit, er müsse einen »Hexjesuiten« um Unterstützung bitten. Um diesen zu entlohnen, benötige er weitere 500 Gulden. Die Bauern gaben ihm auch diese Summe. Sternewitz entfernte sich und die Bauern warteten vergeblich auf seine Rückkehr. In ihrer Verzweiflung begannen sie selbst die Truhe auszugraben. Sie war an den Wurzeln einer Eiche festgeschraubt worden. Der Argwohn der Bauern war berechtigt. Der Inhalt der Truhe bestand nicht aus einem Schatz, sondern lediglich aus Steinen und Sand.

Derart abenteuerliche Betrugsgeschichten haben sich nicht nur in der Ortenau abgespielt. Der Schaden der Opfer erreichte jedoch in den meisten Fällen nicht dieselbe Höhe wie in Gaisbach. Die Kleinkriminellen konnten selten ein kleines Vermögen ergaunern, wie es jenem Sternewitz gelungen ist. Diebstahl und Betrug waren für sie oftmals der einzige Weg, überhaupt ein Auskommen zu erwirtschaften. Der Sammelbegriff für diese Menschen jenseits des Gesetzes war im 18. Jahrhundert »Jauner«.

Gauner lebten meistens auf der Straße. Große Mühe, einen Unterschied zwischen ihnen und anderen Nichtsesshaften zu machen, gab sich die Obrigkeit nicht. Wer kein Obdach hatte, der war ein Vagant und stand unter Generalverdacht, sich auf Kosten der Bevölkerung gütlich zu tun und seinen Unterhalt durch Raub und Diebstahl zu verdienen. Dabei war das Leben auf der Straße ohnehin unvorstellbar hart. Die romantischen Vorstellungen, die heute mit Räuberbanden im 18. Jahrhundert verbunden sind, entsprachen bestenfalls für kurze Zeiträume der Realität. Weitaus häufiger führten die Gauner einen harten Kampf um das tägliche Brot. Neben der wirtschaftlichen Unsicherheit waren auch die anderen Lebensumstände für Menschen auf der Straße trostlos. Die hygienischen Verhältnisse spotteten jeder Beschreibung. Sich regelmäßig zu waschen war unmöglich. Die Kleidung wurde praktisch nicht gewechselt. Gauner waren daher in der Regel schmutzig und verströmten einen übelriechenden Geruch. Läuse und Flöhe waren weit verbreitet. Kälte und Hitze waren sie praktisch ohne Schutz ausgeliefert. Im Sommer waren Übernachtungen unter freiem Himmel üblich, im Winter fanden sich oft nur Heuschober oder Ställe.

Gewalt war ein alltägliches Phänomen. Gauner waren mindestens mit Schlagwerkzeugen wie einem Knotenstock ausgerüstet, oftmals aber auch mit Stiletts oder Pistolen. Gründe für Gewalt gab es viele: Der Streit um die Verteilung der Beute gehörte ebenso dazu wie die Auseinandersetzung um eine Frau oder die vermeintliche Verletzung der Ehre, die gerade in Gaunerkreisen einen hohen Stellenwert genoss. Oftmals wechselten sich Fehde und Versöhnung zwischen Gaunern in unregelmäßigen Abständen ab. Alkohol trug das Seine dazu bei, dass in vielen Gaunerlisten Narben ein besonderes Erkennungsmerkmal für gesuchte Verbrecher waren.

Zu dem Leben auf der Straße gehörte eine eigene Subkultur. Diese umfasste das »Rotwelsche« oder – wie es die Gauner selbst nannten – das »Jenische«, eine Sprache, die nur von Gaunern verstanden und gesprochen wurde. Sie diente zum einen dazu, sich gegenseitig zu erkennen und von der sesshaften Bevölkerung abzugrenzen. Zum anderen wurde auch ein Schutz vor obrigkeitlicher Verfolgung erreicht, indem die Vorbereitung von Straftaten oder auch Absprachen nach der Festnahme möglich waren, ohne dass Unbeteiligte mithören konnten. Die Gauner bezeichneten sich selbst im Gegensatz zum Rest der Bevölkerung als die »Kochemer«, was so viel bedeutet wie die Klugen, hergeleitet vom hebräischen chochom (klug). Wer kein Gauner war, gehörte zu den Wittischen. Die Weitergabe des Jenischen erfolgte mündlich von Generation zu Generation, die auf der Straße lebte. Das Jenische hatte zahlreiche regionale und berufsspezifische Varianten. Seine Wurzeln liegen im Deutschen, wobei Einflüsse aus dem Hebräischen, Niederländischen, Romani, Französischen und Lateinischen zu finden sind. Bis in die Gegenwart haben sich in unserer Sprache Spuren aus dem Jenischen erhalten. Das Wort »Kaff« bezeichnet auch heute noch ein Dorf. Die Redewendung etwas »für lau« zu bekommen, stammt aus dem Jenischen von »lau«, das für »nein« steht.

Neben dem Jenischen diente auch eine nonverbale Symbolsprache zur Verständigung der Gauner untereinander

ander. Mit den sogenannten »Zinken« sind neben Zeichen, die an Häusern oder auf Wegen angebracht wurden, auch besondere Formen der Mimik und Gestik gemeint, mit denen eine Verständigung ermöglicht wurde. So konnte ein Gauner sich einer unbekannten Person zu erkennen geben, indem er das Auge auf der Seite des Gegenübers schloss und ihn mit dem anderen Auge über die Nasenwurzel hinweg anschaute. Eingeweihte wussten dann Bescheid, dass sie es mit einem Gauner zu tun hatten. Eine besondere Bedeutung hatte das persönliche Wappen eines Gauners, z. B. ein Pferd oder ein Schwert. Mit Hilfe dieses Wappens konnte der Gauner anderen Gaunern mitteilen, wo er sich gerade befand, indem er das Wappen an die Außenseite eines Wirtshauses oder in den Schnee zeichnete. Wurde das Wappen von einem anderen nachgeahmt, musste dieser mit blutiger Rache rechnen. Als tödliche Beleidigung galt es, wenn ein Gauner das Wappen eines anderen Gauners an einen Galgen oder Schandpfahl zeichnete.

Was die Art der Delikte anging, so bildete sich unter Gaunern eine weitverzweigte Spezialisierung heraus. Die größte Gruppe waren die Diebe, aber auch hier gab es Differenzierungen.

»Stubenräumer« (jenisch: Schrendefeger) nahmen nachts Quartier und räumten dabei die Häuser ihrer Gastgeber aus. Beliebtes Diebesgut waren Brot, Speck,

Schmalztöpfe und getrocknete Äpfel, Textilien jeder Art und Alltagsgegenstände wie Töpfe oder Pfeifen, Schuhschnallen und Tabaksdosen. Diebe, die tagsüber einbrachen, wurden im Jenischen als Scheinspringer oder Schenzirer bezeichnet, Marktdiebe als G'schockgänger. Eine besondere Unterart des Diebstahls war das sogenannte Stockfischen. Auf diese Weise wurden Opferstöcke in Kirchen geplündert. Dabei wurden kleine Bleiplättchen an Stöcken befestigt und diese mit Weizenteig oder Leim eingestrichen. Wurde dieses Gerät dann in den Einwurfschlitz des Opferstocks eingeführt, so blieben die Münzen an den Bleiplättchen kleben.

Von den Dieben zu unterscheiden waren die Betrüger. Auch davon gab es verschiedene Untergruppen wie Falschspieler (jenisch: Freyschupper), Falschmünzer (jenisch: Reisser) oder Hochstapler (jenisch: Feilinger). Dabei nutzten die Betrüger häufig die Leichtgläubigkeit in der Bevölkerung aus. Verbreitet war der »Geldmännchen-Betrug«. Geldmännchen waren entweder kleine lebende Tiere wie Insekten oder Frösche oder aus Wachs hergestellte Figuren, die in einer Schachtel steckten. Auf Jahrmärkten oder an Haustüren wurden die Menschen aufgefordert, Geldmünzen zu dem Geldmännchen zu stecken. Das Geldmännchen – so das Versprechen – würde dann für die Vermehrung der Münzen sorgen. Je mehr Geld in die Schachtel gesteckt wurde, desto höher sollte der

Ertrag sein. War ein Opfer gefunden, das sich auf das Wagnis einließ, so tauschte der Gauner heimlich die Schachtel mit der Münze gegen eine Schachtel ohne Münze aus. Die wertlose Schachtel wurde dann mit dem Hinweis ausgehändigt, die Schachtel einige Tage oder Wochen nicht zu öffnen, damit das Geldmännchen bei seiner Arbeit nicht gestört werde.

Das Verhältnis der Gauner zur Bevölkerung war zweischneidig. Langjährige und erfahrene Diebe nutzten ein Netz von Helfern in der sesshaften Bevölkerung. Dazu gehörten Diebswirte genauso wie Hehler und Tippgeber, die alle auf ihre Weise an der Beute der Straftat partizipierten. Auf der anderen Seite fürchtete die Landbevölkerung, Opfer von Einbrüchen zu werden. Immer wieder wurde die Obrigkeit aufgefordert, die Kriminalität besser zu bekämpfen. Selbst wenn bekannt war, wo sich ein Gauner aufhielt, kam es selten vor, dass er von der einheimischen Bevölkerung verraten wurde. Der Grund hierfür war jedoch weniger ein Solidaritätsgefühl als die Angst vor einer Bestrafung durch den Gauner selbst oder seine Genossen. Denn auf den Schutz durch die Obrigkeit konnte sich im 18. Jahrhundert niemand verlassen. So schrieben die Breisgauer Landstände 1784 an die vorderösterreichische Regierung und Kammer, dass »der Bauer auf den einschüchtigen und einzeln gelegenen Höfen sich nicht nur nicht getraut, den dreisten und unverschämten

Vagabunden den Eintritt ins Land zu versperren, sondern es nicht einmal wagen darf, selben die Übernachtung, gute freie Kost und noch eine Wegzehrung abzuschlagen, wenn er sich nicht der Gefahr aussetzen will, seinen Hof in einen Aschenhaufen verwandelt zu sehen.« Das Talvogteiamt von Kirchzarten beklagte 1786, dass Kirchzartener Bauersfamilien den ganzen Sommer über je eine Person von den Feldarbeiten freistellen mussten, um den Hof vor Einbrüchen und Diebstählen zu schützen.

Nichtsdestotrotz übten Geschichten über legendäre Räuber im 18. Jahrhundert eine magische Anziehungskraft auf die Bevölkerung aus. Überregional bekannt waren beispielsweise der Schinderhannes, der Hannikel oder der Bayerische Hiesel. Der Räuberroman entwickelte sich als literarisches Genre, das ab dem 18. Jahrhundert große Begeisterung auslöste. Heute noch bekannte Werke wie Schillers Drama »Die Räuber« (1781) und Heinrich Kleists Novelle »Michael Kohlhaas« (1808) hatten zahlreiche weniger bekannte volkstümliche Vorgänger. Im Mittelpunkt stand dabei oft der Räuber als Kämpfer für die Armen und Entrechteten, der mit seiner Bande ein wildes Leben der Freiheit fristet, bis sein Schicksal tragisch an einem Galgen endet. Mitunter waren die Biografien der Räuber auch Gegenstand von Büchern, welche sich der Bekehrung der Räuber zum Guten und zum christlichen Glauben widmeten. Auch die Geschichte des Konstanzer

Hans wurde in einem Werk mit dem sperrigen Titel »Konstanzer Hanß – Eine schwäbische Jauners-Geschichte aus zuverlässigen Quellen geschöpft und pragmatisch bearbeitet« der Öffentlichkeit bekannt gemacht.

Durch die mündliche und schriftliche Verbreitung von teils wahren und teils erfundenen Geschichten erlangten manche Gauner eine erstaunliche Berühmtheit in ihrer Zeit. Zahlreiche Episoden aus ihrem Leben machten noch lange nach ihrem Tod die Runde. Der »Weiße Bettelbub« Martin Wachter, der 1774 in Schiltach wegen vielfachen Raubs gehängt wurde, war eine dieser Figuren, um die sich zahlreiche Legenden rankten. Den Häschern, die ihm nachstellten, so erzählte man, habe er sich immer wieder durch seine magischen Kräfte entwinden können. Er soll Schlösser aller Art dadurch geöffnet haben, dass er in sie hineinblies. Einbrüche seien für ihn deswegen kein Problem gewesen. Nach seiner Festnahme wurden sicherheitshalber die Schlösser an seinen Ketten so angebracht, dass er sie mit dem Mund nicht erreichen konnte. Auch seine letzten Stunden vor der Hinrichtung waren Gegenstand tollkühner Geschichten. Man traute dem Weißen Bettelbub zu, sich unsichtbar zu machen, wenn er den Erdboden berührte. Um ein solches Risiko bei seiner Hinrichtung nicht einzugehen, wurde der Bettelbub vom Schinderkarren aus gerichtet. Seinen Humor soll er nicht einmal dann verloren haben, als er zum Galgen geführt wurde. Der Volksmund überlieferte, dass er dem Scharfrichter kurz vor seiner Hinrichtung noch einen Handel vorgeschlagen habe: »Wenn du beim Hängen glimpflich mit mir umgehst, so will ich dir etwas sagen, das dir fürs ganze Leben großen Vorteil bringen soll.« Nachdem der Henker das Gewünschte zusagte, löste der weiße Bettelbub sein Versprechen ein: »Wenn du zähes Fleisch zu genießen hast, so schneide die Stückchen quer und nicht der Länge nach, sonst hast du lange daran zu beißen.«

Ende Dezember 1782

Jetzt können sie das Dorf sehen, zwischen den verschneiten Tannenwäldern. Von einer kleinen Anhöhe aus hat Hans einen freien Blick auf Lützenhardt. Er ist diesen Weg schon oft gegangen. Und jedes Mal geht sein Herz auf, wenn er die verstreuten Gebäude des kleinen Örtchens zwischen Freudenstadt und Nagold erblickt, die sich dort ansammeln, wo der Walbach auf den Breitenbach trifft. Es ist ein bisschen wie nach Hause zu kommen für ihn, der eigentlich kein Zuhause hat.

Der Schafhof in Lützenhardt ist seit vielen Jahren die Heimat von Kesslern, Wannenflickern, Kräuterhändlern und Quacksalbern, von großen und kleinen Betrügern und Gaunern, kurz gesagt von Menschen wie Hans und Peter. Der Eigentümer des Grundstücks, ein Johann Freiherr von Raßler auf Weitenburg, hatte den Hof freigegeben für die Ansiedlung des fahrenden Volks. Nach und nach kamen mehr als 30 Familien. Im Frühjahr bestellen die Bewohner ihre kleinen Felder. Dann ziehen sie in kleinen Grüppchen los, durch den Schwarzwald, ins Elsass oder die Schweiz und jeder betreibt seine Profession oder bettelt für seinen Unterhalt. Erst im späten Herbst kehren die Bewohner wieder zurück und bringen das mit, was sie durch ihre Arbeit, durch Betteln oder Diebstahl zusammengetragen haben. Bis zum nächsten Frühjahr bleibt die Gemeinschaft in Lützenhardt zusammen.

Peter und Hans schreiten mit großen Schritten voran, beide in froher Erwartung der Begrüßung auf dem Schafhof. Ihre Freundschaft ist nach dem Streit wieder ganz die alte. Peter weiß, dass er von Franzelen die Finger lassen muss. Hinter ihnen kann die Göhringerin kaum Schritt halten.

Eigentlich wollte Hans gar nicht zum Schafhof. So lange Strecken im Winter zu laufen, versucht er zu vermeiden. Aber sein Vater drängte ihn. Er hat auf dem Schafhof noch Gepäck liegen, das er dort nicht bis zum Frühjahr belassen wollte. Den Ausschlag hat aber schließlich die Göhringerin gegeben. Sie hat sich schon über die Versöhnung zwischen Peter und Hans geärgert. All ihre Hoffnungen, dass Hans dem Räuberleben den Rücken kehrt, haben durch den erneuerten Freundschaftsbund einen gewaltigen Dämpfer bekommen. Jetzt hat sie Hans an sein Versprechen erinnert, ein neues Leben zu beginnen. Er solle mit Peter endgültig brechen. Das reizte Hans noch mehr. Aus purer Lust, seine Frau in die Schranken zu weisen, hat er ihr eröffnet, den Schafhof aufzusuchen. Wie erwartet wurde die Göhringerin noch zorniger. Sie weigerte sich standhaft, zum Schafhof mitzugehen. Dort würden ohnehin nur Gesindel und Räuber auf sie warten, ließ sie Hans wissen. Da riss Hans der Geduldsfaden. Zum ersten Mal schrie er seine Frau an. Er alleine bestimme über sein Leben und sie solle sich heraushalten aus den Dingen, die sie nichts angehen. Schließlich fügte sich die Göhringerin widerwillig.

Am Schafhof angekommen werden Peter und Hans wie alte Freunde begrüßt. Bereitwillig wird ihnen Unterkunft in einem der Häuser angeboten. Kaum haben sie ihr Gepäck abgeladen, sitzen sie an einem langen Tisch vor Brot, Schinken und einem Humpen Wein. Umringt von den Schafhof-Bewohnern beginnen sie zu erzählen, was ihnen die letzten Monate widerfahren ist. Irgendwer fängt an, mit einer Schalmei aufzuspielen. Die Stube füllt sich mit Menschen jeden Alters. Sie lachen und singen und tanzen, als gäbe es kein Morgen. Die Luft ist warm und stickig. Eine junge Frau zieht Hans zum Tanzen. Hans hatte fast vergessen, wie gut sich das Leben anfühlen kann.

Als die Müdigkeit Hans übermannt, zieht er sich zu seinem Schlafplatz zurück. Kurz bevor er einschläft, denkt er noch an seine Frau, die er seit seiner Ankunft auf dem Schafhof nicht mehr gesehen hat. Wenigstens hat sie ihm mit ihrem Gemecker den Abend nicht vermiest. Zufrieden streckt er sich aus. Dann fällt er in einen tiefen Schlaf.

Es ist noch lange nicht Morgen, da schreckt Hans auf: Hat er dieses laute Pochen gehört oder nur geträumt?

Hans ist mit einem Schlag hellwach. Er ergreift seine Pistole, die, wie immer, wenn er schläft, griffbereit neben ihm liegt. Draußen ist es dunkel und Hans hat keine Ahnung, wie lange er geschlafen hat. Er liegt regungslos auf seinem Strohsack, um kein verdächtiges Geräusch zu überhören. Hans weiß, dass diese Aufmerksamkeit darüber entscheiden kann, ob er rechtzeitig die Flucht ergreift oder am Galgen endet. Er hört Dielenböden knarzen. Irgendwer im Haus steht auf. Dann hört Hans knirschende Schritte im Schnee.

»Aufmachen! Sofort!«, schreit jemand von draußen. Eine Faust pocht mehrfach gegen die Holztüre. Mit wenigen Bewegungen zieht Hans seine Schuhe an. Ohne ein unnötiges Geräusch zu verursachen, schleicht er ans Fenster und blickt nach draußen. Dort zeichnen sich im Schnee die Umrisse von Männern ab, die das Haus umzingelt haben. Sie tragen trotz der Dunkelheit keine Fackeln. Wer flieht, soll ihnen geradewegs in die Arme laufen.

In Hans' Kopf überschlagen sich die Gedanken: Offensichtlich handelt es sich bei den Männern um eine Streife auf der Suche nach einem Verdächtigen. Suchen sie ihn? Warum? Oder ist es nur Zufall, dass sie das Haus eingekreist haben, in dem er schläft? Wurde er verraten? Wo ist Peter? Er überlegt kurz, ob er bleiben soll, aber die Flucht erscheint ihm weniger riskant. In Sekundenschnelle prüft er gedanklich alle Fluchtmöglichkeiten. Der Kamin! Er kann über den Kamin aufs Dach fliehen und von dort über die Streifer springen. Als er in den dunklen Schacht blickt, zweifelt Hans: Ist die Öffnung weit genug? Kann der Kamin sein Gewicht tragen? Hans reibt mit Zeige- und Mittelfinger seine Schläfe. Er muss eine andere Möglichkeit finden.

»Wenn ihr es nicht anders wollt, dann brechen wir die Türe auf!«, schreit die Stimme von draußen und Hans hört, wie mit einem Rammbock gegen die Tür geschlagen wird. Die Streifer haben sich inzwischen zur Eingangstüre begeben, wo sie in das Haus eindringen wollen, sobald der Widerstand der Türe gebrochen ist. Hans hört die Rufe, mit denen sich die Streifer antreiben, und das Geräusch von splitterndem Holz. Hans muss sich beeilen. Er geht in die Küche im rückwärtigen Teil des Hauses und öffnet das Fenster einen Spalt weit. Erleichtert stellt er fest, dass die Streife hier keine Wache postiert hat. Hans macht einen Satz nach draußen und rutscht auf dem eisigen Untergrund aus. Ohne zu zögern, rappelt er sich wieder auf. Sein Ziel ist das angrenzende Wäldchen, das auf einem kleinen Hügel liegt. In gebückter Haltung huscht er zu einer nahe gelegenen Baumgruppe.

Hans blickt zurück, aber seine Spuren sind kaum erkennbar unter den zahlreichen Fußabdrücken, welche die Streifer selbst hinterlassen haben. Hans eilt einen

Abhang hinauf. In der Dunkelheit kann er kaum etwas erkennen. Als er auf einen Ast tritt, der unter seinem Gewicht bricht, flucht Hans leise. Er hört die Anweisungen, welche die Streifer unten am Haus durch die Gegend schreien, und sieht das flackernde Licht der Fackeln, die sie inzwischen angezündet haben. Der Schnee ist hier tiefer und Hans ist außer Puste, als er das Wäldchen erreicht. Er drückt sich in einen kleinen Felsvorsprung. Jetzt bleibt ihm nichts anderes übrig als zu warten. Zitternd kauert sich Hans in der Winterkälte zusammen.

Zwischen den Bäumen sieht er die Gebäude des Schafhofs, die von den Fackeln hell erleuchtet sind. Hans kann von seinem Versteck aus niemanden erkennen. Aber er hört jetzt zwischen den Streifern, die weiterhin ihre Befehle bellen, die Stimmen der anderen Bewohner des Schafhofs. Er kann Peter hören, wie er schreit und flucht, und auch die Göhringerin, die laut zetert. Hans beißt auf seine Unterlippe. Sie konnten nicht mehr rechtzeitig fliehen. Jetzt ist er alleine.

Mitte Januar 1783

Er hätte gar nicht hierher kommen sollen. Das ist das Erste, was Hans denkt. Aber jetzt steht er hier vor dem Galgen in Rothmünster, zusammen mit dem großen Schinder-Peter. Den großen Schinder-Peter kennt Hans schon seit einigen Jahren. Schon so lange, dass er gar nicht mehr weiß, wann sie sich zum ersten Mal trafen. Außer dem Namen hat der mit dem Schinder-Peter, der in Lützenhardt festgenommen wurde, nichts gemeinsam. Von seinem Leben auf der Straße ist der große Schinder-Peter gezeichnet. Er ist ein hochgewachsener, hagerer Mann in den Vierzigern. Sein Gang ist wackelig, weil er an beiden Füßen keine Zehen hat. Mit seinen tiefliegenden Triefaugen über dem schwarzen Bart wirkt er erschöpft und ausgezehrt. Mangels Zähnen ist er nur schwer zu verstehen. Auf der Straße gibt er sich meist als Kessler oder Kupferschmied aus. Tatsächlich lebt er wie die meisten anderen vom Betteln und Stehlen. Hans schätzt am großen Schinder-Peter, dass er sich trotz seines harten Daseins einen weichen Kern bewahrt hat. Wer Hilfe braucht, der findet bei ihm ein offenes Ohr, auch wenn er meistens kaum genug für sich selbst hat.

Es ist Mitternacht und der volle Mond erhellt die Anhöhe, so dass Hans mit dem großen Schinder-Peter vor dem leblosen Körper des Schul-Toni steht, der am

Strick des Galgens hängt. Es ist deutlich zu erkennen, dass er schon vor einigen Tagen gerichtet wurde. Vögel haben sich an ihm gütlich getan und die Verwesung hat eingesetzt. Hans wendet sich angewidert ab. Es ist nicht nur der Ekel vor dem entstellten Körper. Es ist auch die Angst, die sich seiner bemächtigt. Lange verdrängte Gedanken kommen ihm in den Sinn. Wann wird er selbst am Galgen hängen? Wie viele Haken wird er noch schlagen können, bevor sich das Netz zuzieht? Sie haben den Schweizer-Victor und den Grind-Frieder, den Schinder-Peter, die Göhringerin und auch die Schleifer-Bärbel. Jetzt wollen sie ihn. Und wenn sie ihn haben, dann werden sie ihn hängen. Da ist sich Hans sicher.

Eigentlich ist er mit dem großen Schinder-Peter hierher gekommen, um den Schul-Toni vom Galgen abzuhängen und zu begraben. Sie wollten ihm einen letzten Dienst erweisen. Ein Verbrecher, der am Strang gerichtet wurde, wird nicht begraben, wenn es nicht die Freunde oder Angehörigen tun. Er bleibt hängen, bis seine Gliedmaßen vom Galgen fallen. So soll sein Verbrechen über den Tod hinaus gesühnt werden und der Leichnam den Überlebenden zur Abschreckung dienen.

Jetzt weiß Hans nicht mehr, was er hier soll. Er fühlt kein Mitleid mit dem Schul-Toni. Verdient hat er die Strafe allemal, da hat Hans keinen Zweifel. Er hat so viel Dreck am Stecken, dass es für drei reichen würde. Der

Schul-Toni hat Hans in dieses Leben hineingezogen. Er hat ihn auf die schiefe Bahn gebracht. Hans erinnert sich, wie der Schul-Toni ihm die Vorzüge des Gaunerlebens gepriesen hat, die Freiheit, den Reichtum. Er war sich immer so sicher, seinen Häschern zu entkommen.

Deshalb spürt Hans diese Abscheu. Wie der Schul-Toni hier hängt, ist er auch die fleischgewordene Lüge seines eigenen Lebens. Auch Hans selbst glaubt, dass er schlauer ist als all die Gehängten und Gemarterten. Dass er immer eine letzte Finte parat hat, mit der er seinen Kopf aus der Schlinge zieht. Und hat Hans nicht selbst oft Unentschlossene überredet, mit ihm auf einen Raubzug zu gehen? Hans will nur noch weg von diesem Ort.

Peter steckt sein Messer in den Gürtel und macht sich daran, den Galgen zu besteigen. Auffordernd schaut er zu Hans, der wie gelähmt einige Meter entfernt steht.

Der große Schinder-Peter stellt sich ungeschickt an, rutscht immer wieder fluchend an dem glatten Holz ab. »Komm ma her un hif mir!«, ruft er ungeduldig zu Hans in seinem schwer verständlichen Kauderwelsch.

Hans antwortet barsch: »Den Dreckskerl kannst du alleine begraben.«

Der große Schinder-Peter hält überrascht inne: »Aber mir sin och hie, um ...«

Hans unterbricht ihn rüde: »Er hat mich stehlen gelehrt. Seinetwegen werden sie mich auch einmal hängen. Und dann wird sich niemand um mich kümmern.« Hans kann nicht anders. Ohne sich noch einmal umzublicken, eilt er davon.

Hans läuft die ganze Nacht durch. Das Laufen tut ihm gut. Beim Laufen kommen ihm die besten Ideen. Er sortiert seine Gedanken und versucht, gegen die Verzweiflung anzukämpfen. Noch haben sie ihn ja nicht, denkt er. Warum soll er nicht eine Zeitlang als Medikaster umherziehen? Eine neue Ölkiste braucht er dafür. Aber wie er die Salben und Tinkturen an den Mann bringt, das muss ihm keiner mehr erklären.

Er muss vorsichtiger sein, den Häschern immer einen Schritt voraus. Sie werden ihn wieder festnehmen, und dafür muss er sich wappnen. Er muss eine glaubwürdige Geschichte haben und diese belegen können. Hans begibt sich nach Lakendorf bei Rottweil, wo er den hiesigen Schulmeister aufsucht. Hans kennt ihn seit vielen Jahren. Er ist gelernter Schreiber und stellt die besten Pässe weit und breit aus. Hans lässt sich Papiere auf den Namen Peter Niklas Koch ausstellen. So heißt der frühere Ehemann der Göhringerin. Hans gibt sich von nun an als verabschiedeter Regimentshenker aus. Eine Identität, die glaubwürdig ist, weil entlassene Soldaten zahlreich in der Gegend sind. Zudem kann Hans durch seine eigene Militärzeit mögliche Nachfragen zu seiner vorgegebenen Vita leicht beantworten.

Mit dem Pass im Sack fühlt sich Hans sicherer. Er ist gewappnet für die Festnahme. Vielleicht muss er ja doch nicht das Schicksal des Toni teilen. Vielleicht ist er zu schlau für den Galgen.

Frühling 1783

Hans schaut sich um. Er stemmt die Hände in seine Hüften. Der Markt in Nagold hat sich gefüllt, aber die Menschen sind noch nicht so schwer beladen, dass sie mit ihren Einkäufen schnell nach Hause wollen. Das ist genau der richtige Zeitpunkt. Er steigt auf eine Kiste am Rande des Getümmels und erhebt laut seine Stimme:

»Hört her, ihr Leute!« Sofort wenden sich die Umstehenden ihm zu. Die ersten Neugierigen nähern sich vorsichtig und mit kritischem Blick.

Hans wartet einen Moment und setzt dann erneut an: »Kennt ihr das Gefühl, wenn euch üble Krämpfe des Magens heimsuchen? Wenn ihr euch im Bett windet und nichts hilft?«

Er macht ein schmerzverzerrtes Gesicht und blickt die Zuhörer direkt an. Einige nicken stumm. Auch ein paar Marktleute verlassen ihren Stand, um ihn besser hören zu können.

»Wisst ihr, was die Ursache ist?« Wieder macht Hans eine Pause. Mancher schüttelt schweigend den Kopf.

»Zu viel gezecht«, ruft ein Witzbold aus der hinteren Reihe. Die Menge lacht. Es dauert einen Moment, bis sich die Unruhe gelegt hat. Dann antwortet Hans:

»Der junge Herr hat recht. Und dagegen gibt es nur ein Mittel: dass Euer Weib besser auf Euch Acht gibt.«

Jetzt sind die Lacher auf der Seite von Hans.

Mit ernster Stimme fährt er fort: »Eine andere Ursache aber ist viel gefährlicher: Würmer, die eure Eingeweide zerfressen.«

Ein Raunen geht durch die Zuhörer. Einige wenden sich ab, andere halten erschrocken die Hand vor den offenen Mund. Große Unruhe entsteht.

»Gibt es dagegen auch ein Mittel?«, fragt eine Magd mit blonden Haaren unter ihrer Haube. Hans hebt die Arme, um das allseitige Gemurmel zu unterbrechen. Einige Zuhörer rufen »Ruhe!« und »Pssst!«. Keiner will diesen Teil verpassen.

»Die hübsche Magd hier hat gefragt, ob es ein Mittel gegen Würmer gibt. Gott sei's gedankt, dieses Mittel gibt es«, ruft Hans. »Und jeder von euch kann es nutzen.« Hans hält das Stück einer schwarzen, knorrigen Wurzel in die Luft. »Diese Wurzel aus dem fernen Afrika tötet die Würmer. Ihr müsst die Wurzel nur fein reiben, einen Aufguss davon zubereiten und in kleinen Schlucken trinken. Zwei Tage später fühlt ihr euch wie neu geboren. Und das alles für nicht mehr als 50 Kreuzer.«

»Gib mir was von dem Zeug«, meldet sich der erste Käufer aus dem Hintergrund und drängelt sich nach vorne. Andere kramen in ihren Beuteln und zählen ihre Münzen.

Beschwichtigend hebt Hans seinen rechten Arm: »Ich habe genug für alle und ich bleibe hier, bis jeder von euch bedient ist.« Die Worte ändern nichts daran, dass vor der Kiste, auf der Hans steht, um die besten Plätze gerangelt wird.

Hans redet ungerührt weiter: »Kommt auch mit euren anderen Gebrechen zu mir: Schmerzen am Kopf oder ein Kropf, der immer weiter wächst. Ein eingewachsener Fußnagel oder ein faulender Zahn. Nichts ist mir fremd. Ich kuriere jedes Leiden.«

Mit einem kurzen Satz springt Hans auf den Boden und greift in einen seiner Beutel, die in der Ölkiste untergebracht sind.

»Ein Stück der afrikanischen Wurzel für 50 Kreuzer. Deckt euch ein. Ich werde lange nicht mehr hier sein.«

Den ganzen Vormittag steht er auf dem Markt. Der Sack mit der Wurzel ist fast geleert und auch die Kräutermischungen und Tinkturen haben sich gut verkauft. Er setzt sich auf seine Ölkiste und zählt zufrieden seine Einnahmen. Medikaster zu sein ist sogar einträglicher als das Räuberleben, denkt Hans zufrieden. Er schätzt die regelmäßigen Einnahmen. Noch mehr gefällt ihm, dass er vor Hatschieren, Stadtwachen und Streifern nicht mehr Reißaus nehmen muss. Die Ereignisse vom Lützenhardter Schafhof sind ihm noch in lebendiger Erinnerung. Bei Kontrollen kann er seine Ölkiste zeigen, und meistens kennen ihn die Wachen ohnehin schon als umherziehenden Heilkundigen.

An den Abenden treibt sich Hans dort herum, wo er sich am wohlsten fühlt, unter reisenden Handwerkern, Bettlern und Räubern. An dem Lagerfeuer, zu dem sich Hans an diesem Abend gesellt, herrscht trübe Stimmung. Als er sich hinzusetzt, erntet er argwöhnische Blicke. »Prisge, wo holchet'r her?«[18], begrüßt er die Runde auf Jenisch. Sofort sieht er, wie sich die Gesichter der Anwesenden entspannen. Wer das Jenische beherrscht, von dem geht keine Gefahr aus. Ein kräftiger, groß gewachsener Mann bergüßt Hans mit einem Kopfnicken. Dann fährt er mit seinem Bericht fort: »In der Grillische Käfermärtine, do schefte schofle Grandscharrle, im Morgumle Sulz scheft e' Gwandter.«[19] Sein Nebenmann fällt ihm aufgeregt ins Wort: »Der Schiankel z'Sulz hot mit seun ausfebere g'malocht, daß weit in der märtine, Grillisch und Wahnisch sich kein Kochem Geis lau jalcher derfe lense lassen.«[20] Der erste ergänzt: »Schn einige Jann scheftet z'Sulz et'Leka voll Kranke, ma hot vier G'schürt, und grandig in d' Schofelkitt g'ro-

---

[18] »Brüder, wo kommt ihr her?«

[19] »In den Württembergerischen Landen, da sind jetzt scharfe Hatschiere, in dem Städtlein Sulz, da ist ein Handfester.«

[20] »Der Oberamtmann zu Sulz hat durch sein vieles Ausschreiben gemacht, dass sich weit und breit im Lutherischen und Katholischen kein Diebesgesindel mehr sehen lassen darf.«

delt.«[21] Ein finsterer Bursche, der Hans gegenüber sitzt und beständig die Klinge seines Messers schleift, spuckt verärgert ins Feuer: »Wann der Schiankel z'Sulz so schofel scheft und d'Kochem geis so Krank schorne lässt, so sott män Kaporn.«[22]

Hans fragt auf Jenisch in die Runde, ob irgendjemand vom Schinder-Peter oder der Göhringerin gehört habe. Hans findet seine Vermutungen bestätigt. Der groß gewachsene Bettler erinnert sich an die Namen. Die beiden würden im Gefängnis in Sulz sitzen und strengstens verhört werden, erzählt er freimütig. Sie müssten mit dem Schlimmsten rechnen. Jetzt fahnde man nach einem Konstanzer Hans, welcher noch viel mehr auf dem Kerbholz habe. Die Bettler am Lagerfeuer wissen nicht, wen sie vor sich haben. Hans ist durch ihre Worte gewarnt. Wer eine Personenbeschreibung von ihm hat, wird ihn erkennen können, schon wegen seiner Narbe im Gesicht. Er bewegt sich fortan noch vorsichtiger und versucht jeden Hinweis auf seine Identität zu verbergen. Wo er hinkommt, sammelt er Informationen.

In Bodelshausen südlich von Rottenburg trifft Hans auf einen Kessler, der ihn ein Stück des Weges begleitet.

---

21 »Schon einige Jahre sind die Gefängnisse in Sulz voll von Gefangenen. Vier hat man gehängt und viele in das Zuchthaus gesperrt.«

22 »Wenn der Oberamtmann in Sulz so schlimm ist, sollte man ihn umbringen.«

Der Kessler zeigt sich als gut informiert über die Gauner der näheren Umgebung. Ohne Punkt und Komma erzählt er Hans, was ihm zugetragen wurde, und der nimmt die Informationen begierig auf. Als der Name Schleifer-Bärbel fällt, schreckt Hans kurz auf.

»Dieses Weib ist unglaublich. Sie muss mit dem Teufel im Bunde stecken«, erzählt der Kessler ihm kopfschüttelnd. Er bemerkt das Interesse von Hans: »Kennst du sie?« Hans räuspert sich: »Nun ja, vom Hörensagen.«

»Weißt du, dass sie aus Sulz ausgebrochen ist? Das ist nicht zu fassen. Hör dir das an.« Der Kessler freut sich sichtlich über das Interesse an seinen Erzählungen.

»Im Gefängnis war ihre Zelle direkt über dem Stadttor. Als in der Morgendämmerung ein Wagen kam, öffnete die Tochter des Torwächters den Einlass. Die Schleifer-Bärbel bat den Torwächter, kurz austreten zu dürfen. Der Torwächter argwöhnte nichts, sie war ja in Ketten. Sie schlich sich zum offenen Tor hinaus und weg war sie. Als der Wächter sie nicht mehr fand, wurde die ganze Gegend durchkämmt, kein Stein auf dem andern gelassen. Aber von der Schleifer-Bärbel keine Spur. Unglaublich, wie sie das gemacht hat. Sie muss hexen können.«

»Aber wo ist sie jetzt?«, fragt Hans mit unverhohlener Neugier.

»Das ist noch rätselhafter. Gefunden hat sie keiner. Aber ihre Ketten sind aufgetaucht. Und jetzt rate mal, wo?«

Hans zuckt mit den Schultern.

»In der Kapelle auf dem Palmenbühl beim Schemberg wurden sie gefunden. Als ob sie die Ketten dem Herrgott zum Dank für ihre Freiheit gebracht hätte. Ist das nicht ein Frevel?«

Hans nickt stumm, aber seine Gedanken sind schon woanders. Es ärgert ihn, dass sie wieder frei herumläuft. Und Hans ahnt, dass sie noch eine Rechnung mit ihm offen hat, weil er sie vor der Festnahme nicht beschützt hat. Hans spürt plötzlich eine Enge in seiner Brust, als ob ihm die Luft abgeschnürt wird. Er steht auf, packt seinen Beutel und verabschiedet sich hastig von dem überraschten Kessler.

Sommer 1783

Auf den Schottenhöfen in der Harmerspacher Gegend trifft Hans auf einen alten Bekannten, Minrad Wahler. Minrad erzählt ihm, dass er seine Hochzeit mit Liese plane, ihm allerdings noch einiges für seine Aussteuer fehle. Ohne Umschweife fragt er Hans, ob er ihm behilflich sein könne, das Notwendige zu beschaffen. Hans spürt wieder das Kribbeln, das ihm lange gefehlt hat. Er weiß, dass er gesucht wird und dass er als umherziehender Medikaster sicherer vor einer Festnahme ist.

Aber ihm fehlt der Nervenkitzel des nächtlichen Überfalls, das Triumphgefühl, wenn die Beute gesichtet wird, und er vermisst die Kameradschaft unter den Gaunern. Hans schlägt ein.

Hans kennt einen Krämer in Turbach bei Gengenbach, der schon lange auf seiner Liste steht. Er vermutet dort ein prall gefülltes Warenlager. Mit einem einzigen Raub könnte Minrad seiner Sorgen um die Aussteuer ledig sein, erklärt ihm Hans. Minrad ist begeistert.

Hans führt Minrad zu einem Bauernhof nicht weit von Offenburg, wo gerade seine Eltern weilen. Hier können sie noch einige Tage ausruhen, bevor sie nach Turbach weiterziehen. Aber Hans ist nicht vorsichtig genug. Als er mit Minrad darüber beratschlagt, wann und wie sie ihren Einbruch am besten umsetzen, kann sein Vater unbemerkt zuhören. Es dauert nicht lange, bis der weiß, was die beiden im Schilde führen. Als der Vater von dem Krämer aus Turbach hört, der ein alter Bekannter von ihm ist, kann er nicht mehr an sich halten. Der alte Konstanzer tritt vor Hans und Minrad, die ihr Gespräch unterbrechen und ihn verblüfft anstarren.

»Du elender Haderlump«, schreit der Vater Hans an, »warum kannst du nicht endlich ehrlich arbeiten? Reicht es dir nicht, dass der Schul-Toni am Galgen hängt? Wie viele Tage hast du noch, bis sie dich finden?«

Hans kennt die Ausbrüche des Vaters gut genug. Sie kommen und gehen, ohne Hans zu beeinflussen. Aber jetzt blickt er sich um. Hans steht mit seinen Eltern vor dem Stall des Bauernhofs und die Knechte und Mägde um sie herum schauen schon irritiert herüber.

Hans' Vater will aber nicht aufhören: »Wenn du das machst, wenn du nach Turbach zum Krämer gehst, dann lass' ich dich auffliegen. Das schwör' ich dir.«

Hans versucht, den Vater von den Leuten wegzuziehen. Er ist besorgt, dass irgendwer den Krämer warnt oder – noch schlimmer – den Vogt im Ort unterrichtet.

Sein Vater lässt sich nicht wegziehen, und jetzt mischt sich auch seine Mutter ein: »Was hab' ich für einen Erzgauner großgezogen? Warum bestraft mich der Herr? Warum kannst du nicht auf deinen Vater hören?«

Hans kennt das nicht von seiner Mutter. Sie hält sich sonst im Hintergrund und lässt den Vater reden. Hans blickt sie erstaunt an. Inzwischen haben die Arbeitsleute auf dem Hof ihre Werkzeuge beiseitegelegt und lauschen interessiert dem Familienstreit. Hans spürt seinen Zorn aufwallen.

Wenn seine Eltern einen öffentlichen Auflauf haben wollen, dann sollen sie ihn bekommen.

»Was für Heuchler seid ihr?«, schreit er sie an. »Was glaubt ihr, woher die Gulden stammen, die ich euch zustecke? Von denen ihr lebt? Von eurer Bettelei und dem Schuhgeflicke würdet ihr nicht satt werden.«

Seine Mutter wendet sich jetzt an die Umstehenden: »Habt ihr das gehört? So redet ein Sohn mit seiner Mutter? So wird die Ehre der Eltern in den Schmutz getreten.«

Eine ältere Magd, die schon die ganze Zeit zuhört, pflichtet der Mutter bei.

Hans greift seine Ölkiste, stemmt sie in die Luft und wirft sie in Richtung seiner Mutter. Krachend fällt sie vor ihr auf den Boden und zerbricht in viele Teile. Dann zieht er sein Messer und richtet es auf die Mutter.

Minrad, der sich bisher nicht in den Familienzwist eingemischt hat, macht einen Satz auf Hans zu und greift seinen Arm: »Hör doch auf! Bist du von Sinnen?«

Hans senkt den Arm mit dem Messer in der Hand. Minrad hat sich jetzt zwischen seinem Kameraden und dessen Eltern positioniert, seine Hand immer noch fest um den rechten Arm von Hans geschlossen. Er schiebt Hans Stück für Stück weg. Hans unternimmt nochmals einen Versuch, sich auf seinen Vater zu stürzen, aber Minrad lässt den Griff um seinen Arm nicht locker. Er redet beschwichtigend auf Hans ein, und der gibt langsam nach. Seine Muskeln lockern sich und er lässt sich von Minrad vom Hof führen. Die Zuschauer des Spektakels kehren schon wieder zur Arbeit zurück, als sich Hans nochmals umdreht: »Ihr haltet mich nicht auf! Niemals!«, schreit er in Richtung seiner Eltern. Dann verschwindet er.

Minrad kann kaum Schritt mit ihm halten. »Was ist los? Bleib doch stehen, Hans«, ruft er ihm keuchend hinterher. Plötzlich hält Hans inne und wartet auf Minrad. Dann packt er den Gefährten unvermittelt an den Schultern. Sein Körper zittert, so erregt ist er. »Sag mir eins, Minrad. Warum bin ich so ein Narr? Warum kehre ich immer wieder zu meinem Vater zurück, nur um aufs Neue gedemütigt und beleidigt zu werden? Warum hoffe ich noch auf ein Fünkchen Anerkennung, das ich nie bekommen werde?« Hans lässt Minrads Schultern wieder los. Plötzlich scheint alle Kraft aus seinem Körper gewichen zu sein. Ohne seine Antwort abzuwarten, wendet sich Hans von Minrad ab und trottet weiter.

Eine Woche später und einen Tagesmarsch entfernt steht Hans mit einem Prügel in der Hand vor einer steinernen Kirche und passt auf, dass keine ungebetenen Gäste die Ehezeremonie stören. Es ist kurz nach Mitternacht. Das flackernde Kerzenlicht, das durch das Portal nach außen dringt, wirft lange Schatten. Nur drei Personen befinden sich in der Kirche. Am Altar steht der übermüdete Pfarrer, der seine Soutane nur nachlässig übergeworfen hat, vor Minrad und Liese. Die beiden haben ihn eine halbe Stunde zuvor aus dem Bett gezerrt und ihm fünf Gulden geboten, damit er die Trauung vollzieht. Erst nach langem Zögern und einigen drohenden Worten von Hans, der sich als Schwager des Bräutigams ausgab, hatte er sich bereit erklärt, den Wunsch zu erfüllen. Liese hat ihren schönsten Rock angezogen, dazu ihre schwarze Haube. Minrad hat sich die Mühe nicht gemacht. Er tippelt nervös von einem Fuß auf den anderen und wartet, bis der Pfarrer mit der Zeremonie beginnt.

Durch die offene Kirchentür hört Hans den Pfarrer müde sprechen: »Wollt ihr euch lieben und achten und euch die Treue halten alle Tage eures Lebens?« Minrad und Liese antworten gleichzeitig mit einem hastigen »Ja, ich will.« Der Pfarrer fährt mit monotoner Stimme fort: »Was Gott zusammengefügt hat, das soll der Mensch nicht scheiden.« Nach kurzem Zögern: »Lasst uns noch ein Gebet sprechen ...« Mit barscher Stimme unterbricht ihn Minrad: »Das machen wir später alleine – wir müssen weiter.« Hans sieht im Halbdunkel der Kirche, wie das Brautpaar und der Pfarrer aus der Kirche kommen. Mit erwartungsvollem Blick bleibt der Pfarrer vor Hans stehen.

Hans drückt ihm einen falschen doppelten Louis d'or[23] in die Hand und nimmt 17 Gulden Wechselgeld entgegen.

Bereits am nächsten Tag machen sich Hans und Minrad ans Werk. Sie begeben sich nach Turbach und brechen bei dem Krämer ein. Der Laden entpuppt sich als lohnenswertes Ziel. Hans und Minrad stehlen Waren im Wert von 180 Gulden. Das Diebesgut übergibt Hans zwei Frauen, die er angeheuert hat, um es zu verwahren, bis die Suche nach den Tätern eingestellt wird. Nachdem er sich von Minrad getrennt hat, überlegt er, wohin er reisen soll. Zu seinen Eltern will er nicht zurück, sich schon gar nicht entschuldigen. Er hat aber auch keine Lust, die Gegend zu verlassen und sich an einem sicheren Ort zu verstecken. Hans ist nach Geselligkeit zumute. Er entscheidet sich, den Rappenhof anzusteuern, einen Treffpunkt von Räubern und Bettlern aus der ganzen Umgebung.

Sein Wunsch nach Geselligkeit wird nicht enttäuscht. Hans zecht mit alten Kameraden bis zum Morgengrauen.

Am nächsten Tag taucht eine umherziehende Bettlerin im Rappenhof auf. Als sie Speis und Trank erhält, erzählt sich von den Neuigkeiten aus Turbach. Beim Krämer sei

---

[23] Französische Goldmünze, die Ludwig XIII auf seiner Vorderseite zeigt.

eingebrochen worden. Die Täter seien noch nicht gefasst, aber der Krämer setze alles in Bewegung, um ihrer habhaft zu werden. Er habe eine dicke Belohnung ausgesetzt für den, der ihm sein Tuch wiederbringt. Hans sitzt schweigend mit brummendem Schädel am Tisch und hört sich alles an. Er spürt, dass die Blicke der Rappenhof-Gäste auf ihm ruhen. Jeder erwartet jetzt von ihm, dass er eilig seine Sachen packt und das Weite sucht. Es ist eine Mischung aus Trotz und Hochmut, die Hans dazu bewegt, genau das nicht zu tun. Als die Bettlerin weitergezogen ist, sitzt er wieder bei seinen Kameraden, einen Krug Wein vor sich, und spielt Karten.

Derweil versuchen die beiden von Hans beauftragten Frauen, wie ihnen geheißen wurde, die gestohlene Ware an den Mann zu bringen. Dabei stellen sie sich aber ungeschickt an. Der Preis, den sie verlangen, ist viel zu niedrig für das Tuch bester Qualität, das sie anbieten. Zudem kennt die beiden niemand aus der Gegend. Nach mehreren erfolglosen Anläufen versuchen sie ihr Glück bei zwei Kaufleuten in Lahr. Denen kommt das Tuch bekannt vor. Sie kennen den Krämer aus Turbach und sein Geschäft und haben auch von dem Diebstahl erfahren. Als sie mehr über die Herkunft des Stoffs erfahren wollen, schauen sich die beiden Frauen verlegen an und bleiben eine Antwort schuldig. Aus Furcht, entdeckt zu werden, packen sie die Ware schnell wieder ein. Die Kaufleute melden den Vorgang dem Amt. Die beiden Frauen verstecken sich im nahen Wald.

Hans ist inzwischen seit drei Tagen im Rappenhof, als sich der Wirt morgens neben ihn setzt.

»Ich habe eine Warnung bekommen, dass mein Hof durchsucht werden soll, Hans.« Träge erwidert Hans, der bereits heftig gezecht hat: »Ja und? Was geht mich das an?«

»Sehr viel«, erwidert der Wirt. »Die suchen dich.«

Hans kratzt sich müde am Kopf und nimmt einen Schluck aus seinem Krug mit abgestandenem Wein.

»Dann versteck' ich mich bei dir – wo ist das Problem?«

Der Wirt wird langsam ungeduldig: »Hans, du weißt, du bist hier immer willkommen, aber wenn die Streifer dich hier finden, bekommen wir alle Probleme.«

Hans blickt den Wirt mit trüben Augen an. »Du meinst, ich soll abhauen?«

»Ja, Hans. Das ist das Beste, vor allem für dich.«

Mit einem lauten Seufzer erhebt sich Hans von seinem Sitz. Umständlich sucht er seine Sachen zusammen, die in der Stube des Hofs verstreut sind. Er stößt sein Knie an einem Tischbein an und flucht leise vor sich hin. Der Wirt und die anderen Gäste beobachten ihn schweigend. Umständlich kramt er in seinem Beutel und wirft ein paar Münzen auf den Tisch. Dann verlässt Hans grußlos das Wirtshaus. Als er nach wenigen Minuten den Waldrand auf einer Hügelkuppe erreicht hat, blickt Hans zurück zum

Rappenhof, der inzwischen umringt ist von einem Haufen Bauern, die sich mit Mistgabeln ausgerüstet haben. Hans ist der Festnahme im letzten Moment entkommen. Aber anders als früher spürt Hans nicht mehr jenes Triumphgefühl, es seinen Verfolgern gezeigt zu haben. Seine Erleichterung wird überlagert von einer gleichgültigen Müdigkeit. Hans weiß selbst nicht, was mit ihm los ist. Vielleicht ist er es einfach leid, auf der Flucht zu sein, sich zu verstecken und nirgends ein Zuhause zu haben.

Unterdessen hat der überfallene Krämer aus Turbach einen Hinweis bekommen, dass der Konstanzer Hans der Mann sei, der ihm sein Tuch gestohlen hat. Weil er den alten Konstanzer kennt und weiß, dass er der Vater von Hans ist, macht er sich auf den Weg zu ihm. Es ist nicht schwer, ihn zu finden. Der alte Konstanzer sitzt vor einem Bauernhof, vor ihm ein paar Schuhe, deren herabhängende Sohle er gerade annäht. Der Krämer grüßt knapp und der alte Konstanzer blickt nur kurz von seiner Arbeit auf. Es scheint dem Krämer fast, als hätte der Vater ihn erwartet.

»Weißt du, warum ich hier bin, Andreas?«, fragt er ohne Umschweife.

Ohne seine Arbeit zu unterbrechen, erwidert der Vater von Hans: »Bei dir ist eingebrochen worden.«

»Das stimmt.« Der Krämer setzt sich auf die Holzbank ihm gegenüber. »Die Leute sagen, dein Sohn habe etwas damit zu tun.«

Der alte Konstanzer zuckt mit den Schultern. »Wenn die Leute das so sagen, dann wird es schon stimmen.«

Der Krämer schiebt die Schuhe beiseite, die der Vater gerade bearbeitet.

»Andreas, es ist mir ernst: Weißt du etwas, dann sag es mir jetzt.«

Der alte Konstanzer blickt jetzt auf und fixiert einen Punkt irgendwo am Horizont: »Ja, er war's. Was soll ich ihn schützen? Er hat mich tausendmal verraten. Er stiehlt und betrügt, wo er nur kann. Wenn du ihn nicht kriegst, dann fängt ihn ein anderer.«

Der Krämer ist erstaunt über die Offenheit. Wie er den alten Konstanzer da sitzen sieht, müde und kraftlos, fühlt er mehr Mitleid mit ihm, als dass er sich über die erwünschte Auskunft freut.

»Danke, Andreas«, beginnt er wieder, als er bemerkt, dass der alte Konstanzer nichts mehr hinzuzufügen hat. »Sag mir eins noch: Woran erkenne ich deinen Sohn?«

Der alte Konstanzer überlegt kurz: »Frag bei den Jenischen, die kennen ihn alle. Er wird sich als ein anderer ausgeben. Aber du erkennst ihn an der Narbe vom Ohr bis zu seiner Lefze.[24]«

Wie immer, wenn Hans nicht weiß, wohin er sich wenden soll, sucht er seine Familie. Er kann es selbst nicht

[24] Lefze = Lippe.

erklären. Vor einigen Tagen noch hat er nur tiefen Hass für seine Eltern empfunden, sie zum Teufel gewünscht. Jetzt zieht es ihn wieder zurück. Vielleicht ist es die tiefe Einsamkeit, die er in solchen Momenten spürt. Trotz der vielen Kameraden, die er auf der Straße hat, ist da niemand, dem er wirklich vertraut. Zu gut weiß er, wie schnell feierlich geschworene Kameradschaft sich in hasserfüllte Feindschaft verwandelt.

In Offenburg trifft er auf seine Eltern und seine Schwester. Sein Vater beschimpft ihn als gottlosen Taugenichts. Hans hat das nicht anders erwartet. Halbherzig versucht er, den Diebstahl zu leugnen. Aber er überzeugt seinen Vater nicht. Der alte Konstanzer erwähnt, wie der Krämer bei ihm aufgetaucht ist. In Hans gewinnt das beklemmende Gefühl die Oberhand, dass sich ein Netz um ihn zusammenzieht. Franzelen nimmt ihn zur Seite. An ihrem Blick sieht er, dass sie sich große Sorgen macht.

»Was ist los mit dir, Hans?«, fragt sie bekümmert. »Sind sie dir auf den Fersen?«

Hans zuckt ratlos mit den Schultern.

Sie blickt ihn eindringlich an: »Sag mir, wenn du Hilfe brauchst.«

Es tut ihm gut, dass seine Schwester an seiner Seite steht, aber Hans fehlt die Kraft, sie in den Diebstahl in Turbach einzuweihen. Außerdem will er sie nicht als Mitwisserin belasten.

Als Hans sie fragt, ob sie Peter vermisst, lacht sie nur. »Der ist nichts für mich. Im ganzen Schwarzwald wird der keine finden, die es länger als ein paar Monate mit ihm aushält.«

Hans überlegt, was er jetzt tun kann. Sein Verstand sagt ihm, dass er sich nur retten kann, wenn er flieht. Die Möglichkeit hat er noch. Er könnte sich für einige Wochen oder Monate ins benachbarte Elsass begeben oder in die Schweiz. Als Medikaster könnte er dort eine Zeit lang seinen Lebensunterhalt verdienen. Aber irgendetwas hält ihn ab. Er fühlt sich müde, wie gelähmt. Er hat es satt, sich zu verstecken. Er vermisst Peter, der in Haft sitzt. Da ist niemand, für den es sich lohnt, um seine Freiheit zu kämpfen.

12. August 1783

Am nächsten Morgen erwacht Hans früh. Er ist erschöpft. Sein Schlaf war kurz und unruhig. Die Luft ist bereits drückend schwül. Hans wäscht sich kurz am Brunnen und isst hastig einige Löffel kalten Gerstenbrei. Mit seinen Eltern und seiner Schwester macht er sich auf den Weg nach Gengenbach. Kurz vor dem Stadttor trifft sich Hans wie vereinbart mit den Frauen, welche die gestohlenen Waren tragen. Seinem Vater erklärt er, dass die Tücher den Frauen selbst gehören. Der alte Konstanzer winkt nur ab. Nochmals überlegt Hans, wie er jetzt weitermachen soll. Der Impuls, sich zu verstecken, ist zu schwach, als dass er ihn befolgt. Hans begibt sich an das Gengenbacher Stadttor und verzollt die Waren. Hinter den Gärten am Stadttor setzt sich Hans mit seinen Eltern und seiner Schwester zur Mittagsruhe. Die beiden Frauen bleiben mit dem Diebesgut in Sichtnähe. Hans nickt erschöpft ein.

Als die Sonne gerade ihren höchsten Stand erreicht hat, wird Hans unsanft geweckt. Seine Schwester rüttelt an ihm und zischt: »Hans, steh auf! Da kommt ein Reiter.« Sofort ist Hans hellwach und sieht, wie ein Uniformierter in Amtstracht auf die Gruppe zureitet. Hans vermutet, dass es sich um den Zollreiter oder Bettelvogt handelt, der sie kontrollieren will. Mit einem Wink gibt er den beiden Frauen zu verstehen, dass sie sich mit den gestohlenen Waren entfernen sollen. Hans wischt mit dem Ärmel seines Hemdes den Schweiß aus seinem schläfrigen Gesicht. Er versucht, seine Gedanken zu sammeln. Als er sich umblickt, sieht er von der anderen Seite eine weitere, noch größere Gefahr nahen: Fünf Soldaten eilen mit zügigen Schritten auf ihn zu.

Kaum bei Hans und seiner Familie angekommen baut sich der Älteste von ihnen vor ihm auf und befiehlt knapp: »Deinen Pass!«

Hans antwortet freundlich: »Seid gegrüßt!« und kramt seinen gefälschten Ausweis aus dem Beutel. Die Soldaten schauen kurz auf das mehrfach gefaltete Papier und wenden sich dann wieder Hans zu: »Komm mit uns zum Städtemeister!«

»Ach, das kommt mir ungelegen«, erwidert Hans. »Ich bin auf dem Weg nach Lahr und in Eile.« Der Soldat lässt ihn gar nicht zu Ende reden: »Wir haben Befehl, alle Leute deiner Art vorzuführen. Pack deine Sachen und komm mit.«

Hans spürt die Gefahr, weiß aber auch, dass er solchen Situationen immer wieder entkommen ist. Er prüft die Fluchtmöglichkeiten und entscheidet sich dafür, den Soldaten zunächst zu folgen. Mit einem Blick signalisiert der Soldat den Eltern und der Schwester von Hans, dass sie ebenfalls mitkommen sollen. Hans wendet eine Finte an, die ihm schon mehrmals geholfen hat, die Zahl seiner Bewacher zu verkleinern, um die Aussichten seiner Flucht zu verbessern. Er spricht einen der Soldaten an: »Hört zu: Wäre es möglich, dass ich nicht mit den anderen Bettelsleuten zusammen abgeführt werde? Ich habe hier in der Stadt einen guten Ruf zu verlieren.« Der Soldat lässt sich nicht erweichen: »Der kurze Weg wird deine Reputation nicht ruinieren.«

Hans blickt sich um. Er hat sich entschlossen, es nicht auf ein Verhör ankommen zu lassen. Als der Trupp an einer Hecke entlangläuft, springt er über das Gehölz und schaut sich um. Hans befindet sich jetzt in einem umzäunten Garten. Mit großen Schritten strebt er auf eine Einfahrt zu, die ins Freie führt, sieht dann aber, dass ihm von dort schon einer der Soldaten entgegenkommt. Er muss den umgekehrten Weg wählen, wo hinter dem Zaun jedoch nur weitere Gärten liegen. Inzwischen verfolgen ihn drei der Soldaten. Hans dreht sich zu ihnen um und brüllt: »Haltet ein oder ich schieß euch nieder!« Die Soldaten ziehen ihrerseits ihre Pistolen und feuern auf Hans, ohne ihn zu treffen. Hans setzt über den Zaun und durchquert auch den nächsten Garten. Ohne sich nochmals umzublicken, übersteigt er auch dessen Zaun und gelangt so auf einen Fahrweg zwischen den Gärten. Hans erblickt das freie Feld, das sich am Ende des Fahrwegs erstreckt. Fast stößt er mit einem vornehm gekleideten Mann zusammen, der dort spazieren geht. »Macht Platz!«, herrscht er ihn an. Der Mann jedoch geht ihm nicht aus dem Weg, sondern zieht seinen Degen. Auf dem engen Weg kommt Hans nicht an ihm vorbei. Er brüllt den Mann an: »Ich schieß dich nieder!« Hans weicht dem Degen geschickt aus, stößt den Angreifer um und rennt weiter.

Jetzt stellen sich zwei kaiserliche Werbeoffiziere, die von dem Lärm alarmiert wurden, in den Weg. Hans läuft auf sie zu. Einer der Offiziere zieht seinen Degen und führt einen Streich gegen Hans aus. Der entwindet sich und sucht abermals die Flucht über eine Hecke, die den Fahrweg begrenzt. Seine Kraft ist erschöpft und er schafft es nicht, die Hecke zu erklimmen.

Inzwischen laufen aus den Gärten Menschen auf den Fahrweg, die vom Geschrei angezogen werden. Aus einer nahen Ziegelhütte kommen mehrere Zimmerleute, welche die Situation schnell erkennen. Sie stürzen sich auf Hans und halten ihn fest. Der versucht noch ein letztes Mal zu entkommen, doch ohne Erfolg. Einer der Zimmerleute schlägt ihn von hinten nieder. Hans sinkt zu Boden. Aus seinen Augenwinkeln sieht er die herannahenden Soldaten, die bereits eine Kette in den Händen halten, um ihn zu fesseln.

14. August 1783

»Name?« Der Schultheiß blickt Hans mit müden Augen an.

»Peter Niklas Koch.« Hans steht vor dem wuchtigen Schreibtisch in der Kanzlei des Gengenbacher Schultheißen. Rechts und links von ihm passen zwei Hatschiere auf ihn auf. Hans muss noch blinzeln, um sich an das helle Licht in dem Raum zu gewöhnen.

»Profession?«

»Scharfrichter aus Leutmeriz in Böhmen. Fünf Jahre Regimentshenker bei den Ziethenschen Husaren, danach zwei Jahre Meisterknecht in Zittau. Wollt ihr meinen Pass sehen?«

Hans reicht seinen Pass über den Tisch zum Schultheißen. Er versucht, sich zu konzentrieren, aber es fällt ihm schwer. Zwei Tage lang haben sie ihn schmoren lassen in seiner Zelle. Nur Wasser hat er bekommen und eine einzige Tasse Suppe. Er konnte kaum schlafen. Immer wieder ist das Bild des Schul-Toni vor ihm aufgetaucht, wie er am Galgen hing.

»Soso, in Böhmen wart Ihr«, mischt sich der Schreiber ein. »Ich kenne die Gegend recht gut. In welchen Orten wart Ihr denn?«

Hans weiß, dass er auf die Probe gestellt werden soll.

»In Leutmeriz und Zittau.«

»Dann wisst Ihr sicher, für welche Waren Zittau bekannt ist.«

Hans, der die Stadt noch aus seiner Zeit als kaiserlich-habsburgischer Soldat kennt, ist um die Antwort nicht verlegen: »Für den Handel mit Leinwand, Herr. Auch das Bier aus Zittau ist überall in Böhmen bekannt. Aber als ich das letzte Mal dort war, lag alles darnieder. Der Wiederaufbau geht nur schleppend voran. Die Österreicher haben dazumal ganze Arbeit geleistet.«[25]

Der Schreiber nickt mürrisch, enttäuscht, dass Hans nicht in seine Falle getappt ist.

»Warum seid Ihr nun am Stadttor vor den Soldaten weggerannt?«, will der Schultheiß wissen. Hans hatte in seiner Zelle genug Zeit, sich auf diese Frage eine passende Antwort zu überlegen.

»Ich bin schon einige Male falschen Werbern begegnet. Einmal haben sie mich in Gotterdingen am Hohentwiel gefangen und verschleppt. Ich hatte Angst, dass mich auch die Soldaten am Stadttor packen und an die Armee verkaufen. Nach all meinen Erfahrungen will ich nicht mehr zurück zu den Kaiserlichen.«

Der Schultheiß nickt kaum wahrnehmbar mit dem Kopf.

---

[25] Zittau wurde 1757 bei einem Beschuss durch österreichische Truppen fast vollständig zerstört.

»Hätte ich gewusst, dass sie in Eurem Auftrag handeln, wäre ich ihnen ohne Widerstand gefolgt«, ergänzt Hans geflissentlich.

»Und warum hat man Euch bei der Festnahme ein großes zweischneidiges Schwert abgenommen?«, setzt der Schultheiß nach.

»Als Scharfrichter mache ich allerlei Operationen beim Vieh«, gibt Hans zur Antwort. Seine Selbstsicherheit ist gestiegen. Bisher hat er sich keine Blöße gegeben.

Alles hängt jetzt von seinem Vater ab, der wie er selbst verhört werden wird. Wird er Hans decken und angeben, dass er ihn nicht kennt? Oder wird er Hans verraten und seine wahre Identität preisgeben? Hans ahnt, wie zornig sein Vater auf ihn sein muss. Hans hat den letzten Streit auf dem Bauernhof bei Offenburg noch in lebendiger Erinnerung. Aber er hofft inständig, dass dieser Zorn nicht ausreicht, um sein eigen Fleisch und Blut an den Galgen zu liefern.

Am nächsten Tag schon wird Hans zum zweiten Verhör in die Kanzlei des Schultheißen geführt. Seine Nerven sind aufs Äußerste gespannt. Für den Schultheißen ist das nicht erkennbar. Hans wirkt gelassen. Freundlich grüßt er den Schultheißen, der ohne Umschweife mit dem Verhör beginnt:

»Wir haben Euren Vater befragt.« Der Schultheiß hält einen Moment inne, um seine Reaktion abzuwarten. Die

Stirn von Hans legt sich in Falten, so als ob er die Mitteilung nicht richtig verstanden hätte.

Der Schultheiß fährt fort: »Euer Name ist nicht Peter Niklas Koch. Ihr heißt Johann Baptista Herrenberger, genannt Konstanzer Hans. Euer Vater hat uns berichtet, wie Ihr den Einbruch auf den Krämer geplant und ausgeführt habt.«

Hans wird es für einen Moment schwindlig. Er bemüht sich, einen klaren Gedanken zu fassen, aber Panik hat ihn ergriffen. Er versucht, Sekunden zu gewinnen: »Wie meintet Ihr: Herrenberger?«

»Ihr habt mich sehr gut verstanden«, erwidert der Schultheiß. »Aber vielleicht kann ich Eurer Erinnerung auf die Sprünge helfen?« Kaum merklich nickt er dem Stadtknecht zu, der bislang unbeteiligt auf einem Schemel an der Türe saß. Der grobschlächtige Mann erhebt sich mit gleichgültigem Gesichtsausdruck und nimmt eine Rute in die Hand. Hans schaut unbeteiligt auf den Stadtknecht, steht auf und beugt sich vornüber. Er weiß, was ihn erwartet, und schließt seine Augen, als der Stadtknecht sein Hemd hochschiebt. Die Rute saust pfeifend durch die Luft und trifft mit einem Knall auf seinen Rücken. Hans beißt die Zähne zusammen. Die ersten Schläge sind die schmerzhaftesten. Der Stadtknecht zählt laut mit: »... sieben … acht … neun ...«. Die Schmerzen werden stärker, aber Hans kann sie aushalten. Er klammert sich an einen Gedanken, den ihm der Schul-Toni schon vor seinem ersten Raub eingeschärft hatte: ›Wenn sie dich schlagen, wissen sie nicht mehr weiter. Dann haben sie nichts in der Hand. Du musst nur durchhalten.‹

»... 24 .... 25 … 26 ...« Hans gibt keinen Mucks von sich. Jedes Ächzen oder Schreien wäre nur eine Ermunterung für den Stadtknecht fortzufahren. »... 39 … 40 … 41 ...« Hans spürt, wie er benommen wird. Bald wird er die Besinnung verlieren. Dann würde der Stadtknecht ohnehin aufhören. »...49 … 50 ...«

»Hört auf!« Die schneidige Stimme des Schultheißen unterbricht den Stadtknecht, der sich wieder auf seinen Schemel setzt. Hans richtet sich auf und blickt den Schultheißen ungerührt an.

Es verursacht ihm fast unerträgliche Schmerzen, als das herabrutschende Hemd an den frischen Striemen auf seinem Rücken entlanggleitet. Hans kann sich kaum auf die Frage des Schultheißen konzentrieren.

»Und – könnt Ihr Euch erinnern?«, fragt ihn der Schultheiß mit einem sanften Lächeln auf seinen Lippen.

Hans ermahnt sich, die Maxime nicht zu vergessen, nur das zuzugeben, was unbestritten nachgewiesen ist. Wer sagt denn, dass der Schultheiß nicht blufft, überlegt er. Vielleicht hat sein Vater ihn gar nicht verraten.

»Mir ist der Name gänzlich unbekannt. Ihr kennt doch meinen Pass.« Hans schaut den Schultheißen mit einem gleichmütigen Gesichtsausdruck an.

»Euer Pass sagt gar nichts. Eine Fälschung, nicht mehr und nicht weniger«, entgegnet der Schultheiß ungeduldig. »Es ist Zeit zu gestehen, Konstanzer Hans.«

Hans spricht mit langsamer klarer Stimme, als er ob er einem Kind etwas erklären müsse: »Ich kann nicht mehr gestehen als das, was ich bereits angegeben habe. Von einem Krämer, bei dem eingebrochen wurde, weiß ich genauso wenig wie von diesem Herrenberger, von dem Ihr sprecht.«

»Nun gut«, sagt der Schultheiß und klappt den Aktendeckel vor ihm zu. Langsam erhebt er sich aus dem wuchtigen, mit dunklem Leder beschlagenen Stuhl.

Hans fürchtet, dass der Schultheiß den Stadtknecht auffordert, mit den Rutenhieben fortzufahren. Aber der Schultheiß schreitet langsam zur Tür der Kanzlei. Dann wendet er sich zu Hans um: »In derartigen Fällen bringen wir die Betroffenen zusammen. Dann klärt sich schnell, wer die Wahrheit sagt und wer nicht.« Noch ehe Hans erfassen kann, was diese Wendung für ihn bedeutet, öffnet der Schultheiß mit einem Ruck die Türe. Hans erblickt seinen Vater. Der wirkt so, als ob er in den wenigen Tagen der Haft um Jahre gealtert wäre. Seine Schultern hängen schlaff herab, sein Gang ist schlurfend, die

Haut grau. Hans versucht, Blickkontakt mit ihm aufzunehmen. Er legt ein flehentliches Bitten in seine Augen, aber sein Vater schaut ihn ohne Gefühlsregung an.

»Kennt Ihr diesen Mann?«, fragt der Schultheiß den Vater.

Der alte Konstanzer zögert keine Sekunde: »Ja, leider. Es ist mein Sohn.«

Hans macht einen Schritt auf ihn zu, wird aber sofort von einer der anwesenden Wachen zurückgehalten. »Altvater, ich kenne Euch nicht. Schaut mich genau an. Es mag sein, dass ich Eurem Sohn ähnlich sehe, aber ich bin es nicht.«

Der Schultheiß hebt die Hand, um Hans anzuzeigen, dass er schweigen soll. Dann wendet er sich nochmals an den Alten: »Seid Ihr Euch wirklich sicher?«

Wieder zögert dieser keine Sekunde: »Ja. Er ist mein Sohn, getauft zu Oppenau.«

Hans fährt mit aufgebrachter Stimme dazwischen: »Seht Ihr denn nicht? Der Alte ist von Sinnen. Er redet wirres Zeug. Ihr könnt doch einen Unschuldigen nicht mit der Aussage eines Geisteskranken die Freiheit nehmen.«

Auf einen Wink des Schultheißen packen die beiden Stadtknechte Hans links und rechts. Der versucht, sich ihren Griffen zu entwinden. Aber die beiden sind stärker und zerren ihn zur Tür hinaus. Auf dem Weg zur Zelle beschwört er die Wärter: »Bringt mich zurück. Nehmt den alten Schwachkopf fest, nicht mich.« Dann schlägt die Zellentüre zu. Hans trommelt wild dagegen. Er spürt nichts als Wut und Hass. Sein Vater, sein eigen Fleisch und Blut, hat ihn verraten, hat ihn dem Schultheißen zum Fraß vorgeworfen.

Anfang Oktober 1783

Der Oberamtsrat aus Mahlberg im Badischen räuspert sich nochmals und rückt seinen Monokel zurecht. Hans steht zwischen seiner Schwester und seinen Eltern im Amtszimmer. Sein Blick ist auf den Boden gerichtet. Hans erwartet sein Urteil.

47 Tage hat Hans in Mahlberg eingesessen, genau wie seine Eltern und seine Schwester. 47 Tage alleine in einer Zelle im Blockhaus, in der er kaum aufrecht sitzen konnte. Seine Hände wurden so eng an seine Füße gekettet, dass er immer vornübergebeugt sitzen musste. Nach Mahlberg wurde Hans mit seiner Familie verbracht, weil der Wohnort des Krämers, den er ausgeraubt hatte, im badischen Turbach liegt. Turbach selbst hat jedoch keine Einrichtungen zur Unterbringung Verdächtiger, so dass auf Anordnung der Badischen Regierung die ganze Familie Herrenberger nach Mahlberg überstellt wurde.

Seine Verteidigungsstrategie hat Hans geändert. Nachdem sein Vater ihn als seinen Sohn bloßgestellt hatte, machte es keinen Sinn mehr, darauf zu beharren, Peter Niklas Koch zu sein. Genauso wenig Sinn machte es, den Raub in Turbach zu leugnen. Getreu seinem Gebot, alles zuzugeben, was bewiesen war, und alles andere abzustreiten, überraschte er den Oberamtsrat in Mahlberg bereits beim ersten Verhör mit einem Geständnis. Seinen wahren Namen habe er in Gengenbach nur verleugnet, weil er als Deserteur der kaiserlich-österreichischen Truppen vor einer Bestrafung Angst hatte. Im Badischen müsse er nichts mehr fürchten. Und der Raub in Turbach?

Das sei ein schlimmer Fehler gewesen. Ein ehemaliger Kamerad habe ihn verführt. Weitere Diebstähle aber habe er nicht begangen und dieser eine sei ihm gewiss eine Lehre.

Sein Vater allerdings schonte Hans auch in Mahlberg nicht. All sein Wissen und seine Vermutungen über die Diebstähle und Raubzüge seines Sohnes offenbarte er dem Oberamtsrat. Hans leugnete, so gut er konnte. Sein Vater sei böse, er sei verwirrt und wolle seinen Sohn nur unglücklich machen.

Die Behauptungen seien haltlose Gerüchte. Der badische Oberamtsrat, ein gemütlicher Mensch, der die meiste Zeit des Verhörs nur nachdenklich an seiner Pfeife zog, hörte sich alles an. Als die Untersuchung zum Ende gekommen war, wandte er sich an Hans: »Ich glaube Euch.« Doch bevor Hans Hoffnung schöpfen konnte, ergänzte er: »Aber verzeiht mir. Eurem Vater glaube ich noch mehr.« Sein Untersuchungsbericht schickte er nach Karlsruhe, wo das Urteil über Hans und seine Familie gefällt werden sollte.

Ein letztes Mal hat der Oberamtsrat ihn, seine Eltern und seine Schwester aus ihren Zellen rufen lassen, und jetzt steht Hans mit zitternden Knien vor ihm. Zitternd nicht, weil er sich vor dem Urteilsspruch so fürchtet, sondern weil seine Kraft nach der Haft in Gengenbach und Mahlberg fast aufgezehrt ist. Seine Beine sind merklich dünner geworden. Die Sehnen sind verkürzt, so dass Hans sich gar nicht mehr zu voller Körperlänge ausstrecken kann.

Ohne Vorrede wendet sich der Oberamtsrat an Hans und nimmt die zahlreichen Blätter zur Hand, die fast vollständig mit verschnörkelter Handschrift gefüllt sind. Ohne aufzublicken, liest er den Text mit monotoner Stimme vor. Die Sätze sind so verschachtelt, dass Hans kaum Anfang und Ende erkennen kann. In einer kurzen Pause zwischen zwei Sätzen nimmt der Oberamtsrat das nächste Blatt in die Hand und fährt dann fort: »Nachdem Johann Baptista Herrenberger gebürtig zu Oppenau von Amts und Obrigkeit wegen in Gengenbach darum gefangen genommen, und in das Loch eingefahren, dass er als ein schändlicher, vermehrter, eingewurzelter Dieb, sich eine gute Zeit gemacht, ungeachtet er sich mit seinen guten Handwerk hätte ernähren können, auf allerlei Diebstahl gelegt ...«

Hans fällt es schwer, den Sinn der Worte zu verstehen. Auch die leise Stimme des Rats kommt ihm nach den endlosen Tagen in der stummen Zelle übermäßig laut vor.

Der Oberamtsrat liest ungerührt weiter: »... in großer Anzahl und hohen Summen, durch Einsteigen, Einbrechen und in anderer Weise verübt, auch solche Sachen entwendet, die ihm selbst, als und in Summa sich solchergestalt gezeiget, dass einige Hoffnung seiner Besserung im geringsten nicht zu schöpfen ...«

Der Oberamtsrat unterbricht kurz und schaut Hans an, als ob er von ihm irgendeine Reaktion erwarte. Hans zuckt ratlos mit den Schultern. Der Oberamtsrat fährt fort. Hans schaut hinüber zu seiner Schwester, die im gleichen Moment aufschaut und ihn scheu anlächelt.

Hans versucht, den Faden der Ausführungen des Oberamtsrats wieder aufzunehmen: »... zu einem billigen Exempel, damit sich andere vor dergleichen höchst sträflichen Misshandlung desto besser zu hüten wissen, werde er für Zeit seines Lebens in das Zuchthaus zu Pforzheim überführt, nachdem ihm das Haar vom Scherer abgeschnitten.«

Lebenslange Zuchthausstrafe – das ist alles, was Hans versteht. Es ist zwar nicht der Galgen, den Hans befürchtet hatte, aber dennoch kein Grund zur Freude für ihn. Er weiß gut genug, dass kaum jemand das Zuchthaus lebendig verlässt. Der Oberamtsrat legt die Seiten wieder auf seinen Schreibtisch und formt mit seinen Fingern einen ordentlichen Stapel. Er sieht die Enttäuschung bei Hans und sein Gesichtsausdruck wird sanft. Fast hat er Mitleid mit dem Mann, der entkräftet und mit zusammengesunkenen Schultern vor ihm steht.

»Das muss nicht heißen, dass Ihr für den Rest Eures Lebens in Pforzheim einsitzt«, wendet er sich an Hans. »Es gibt bei Wohlverhalten genügend Möglichkeiten, eine Milderung zu erreichen.« Nachdem er sich vergewissert hat, dass die Worte bei Hans angekommen sind, fährt er fort: »Letztendlich liegt es jetzt an Euch. Wenn Ihr Euch ordentlich betragt, seid Ihr in ein paar Jahren wieder ein freier Mann.«

Hans blickt ihn an. Er ist froh um jedes Fünkchen Hoffnung. In den Augen des Rats glaubt er, eine Gefühlsregung entdeckt zu haben. Und tatsächlich zeigt sich die Andeutung eines aufmunternden Lächelns bei dem Amtmann: »Ich selbst werde mich an höchster Stelle in Karlsruhe für Euch einsetzen. Nehmt den Kopf also hoch.«

Der Rat wendet sich gerade Hans' Eltern zu, um mit der Urteilsverkündung fortzufahren, als er bemerkt, dass Hans etwas sagen will. Hans will sich bedanken, aber aus seiner Kehle dringt nur ein leises Krächzen.

Auch sein Vater, seine Mutter und seine Schwester müssen ihn in das Zuchthaus nach Pforzheim begleiten, allerdings werden sie zu wesentlich kürzeren Strafen verurteilt. Vom Amtszimmer des Rats wird Hans wieder in das Blockhaus geführt, allerdings nicht in seine Zelle, sondern in einen Wachraum. Dort wartet ein Mann in einem grünen Wams mit einem Rasiermesser in der Hand auf ihn. Zwei Wächter drücken Hans auf einen Stuhl und beugen unsanft seinen Kopf nach vorne. Der Mann setzt die Klinge am Nacken von Hans an und fährt nach oben. Hans sieht vornübergebeugt, wie dichte Büschel seines Haares auf den Boden fallen. Jetzt erst realisiert er, was mit ihm geschieht. Er schreit wild auf: »Was tust du?« Nach all den Wochen des Schweigens erkennt Hans seine heisere Stimme kaum wieder. Er reißt an seinen Ketten, will sich vom Hocker erheben, aber der Griff der Wärter wird nur fester und schmerzhafter.

»Was zum Teufel tust du?«, zetert Hans verzweifelt.

Aber der Mann mit dem Rasiermesser spricht kein Wort zu Hans. Gleichmäßig gleitet die Klinge über seine Kopfhaut, und mit jedem Schnitt fällt ein weiteres Büschel seiner Locken auf den Boden.

»Lasst mich los!« schreit Hans die Wärter an. »Ich bringe euch um dafür. Wenn ich nur einen Tag aus Pforzheim rauskomme, bringe ich euch um!«

Die Prozedur muss immer wieder unterbrochen werden, bis die Wärter seinen Kopf so weit fixiert haben, dass die Rasur fortgesetzt werden kann.

Schließlich ist das Werk vollendet. Der Mann im grünen Wams packt sein Messer schweigend ein und die beiden Wärter zerren Hans vom Stuhl.

»Wie sehe ich aus – lasst es mich fühlen«, schreit er verzweifelt. Die Wärter blicken sich kurz an und lockern den Griff so weit, dass Hans mit den Handflächen seinen Kopf erreichen kann. Hans fährt sich über die glattrasierte Hälfte seines Kopfs. Die andere Hälfte des Kopfs hat der Scherer nicht angerührt. Hans benötigt einige Sekunden, um sich vorzustellen, wie er jetzt aussieht. Dann spannt sich sein Körper nochmals an und ein einziger lang gezogener, markerschütternder Schrei dringt durch die Mauern des Blockhauses in Mahlberg.

November 1783

»Hooo!«, ruft der Kutscher in Richtung seiner Pferde. Die Kutsche verlangsamt ihre Fahrt. Hans, der eingedöst war, versucht herauszufinden, was der Grund für die Fahrtunterbrechung ist. Er streckt seinen Kopf aus dem Fenster des Wagens. Seine Augen müssen sich anstrengen, um im matten Dämmerlicht des hereinbrechenden Abends etwas erkennen zu können. Sie befinden sich in einem kleinen Städtchen. Ein stattlicher Mann in einer dunklen Weste steht auf dem Weg, den die Kutsche nehmen wollte und hebt gebieterisch den rechten Arm. Neben ihm stehen zwei Uniformierte, die ein Gewehr im Anschlag halten.

Der Kutscher, eine der Stadtwachen aus Mahlberg, hat den Auftrag, Hans ins Zuchthaus nach Pforzheim zu überführen. Den ganzen Tag sind sie schon unterwegs. Jetzt erhebt er sich vom Bock und steigt hinunter zu dem Mann, der die Fahrt unterbrochen hat. Hans sieht, dass der Mann auf den Kutscher einredet. Der nickt mit dem Kopf, dann zuckt er mit den Schultern. Jetzt kehrt der Kutscher zurück und öffnet die Türe der Kutsche: »Hans, komm raus. Die wollen mit dir reden.« Er kramt aus seinen Taschen einen großen Schlüsselbund hervor und schließt die einzelnen Schlösser, mit denen Hans festgekettet ist, nacheinander auf.

Hans ist hellwach. Mit dem Urteil, das er gestern aus dem Mund des Oberamtsrats in Mahlberg erfahren hat, hat er sich inzwischen fast abgefunden. Die Zuchthausstrafe ist keine verheißungsvolle Aussicht. Aber es hätte schlimmer kommen können. Wer weiß, wie es ihm ergangen wäre, wenn der Oberamtsrat von allen seinen Taten Kenntnis gehabt hätte? Jetzt bleibt ihm das Leben. Und wie es in Pforzheim sein wird, das wird sich noch herausstellen. Hans kann sich so betragen, dass eine Begnadigung möglich ist. Vielleicht ist er schon nach einigen Jahren wieder frei.

Plötzlich steht alles wieder in Frage. Was will der Mann, der die Kutsche angehalten hat? Offensichtlich hat er in diesem Städtchen etwas zu sagen. Hans streckt sich umständlich aus. Seine Gelenke fühlen sich nach der langen Haft wie eingerostet an. Mühsam klettert er aus der Kutsche. Der Mann geht einige Schritte auf ihn zu und befiehlt grußlos: »Folge mir. Ich habe mit dir zu reden.«

Hans folgt dem Mann und den beiden Uniformierten in das Städtchen. Sie gehen durch das Stadttor auf einem Weg, der sich bald zu einem großen Platz hin öffnet. Hans nimmt an, dass es sich um den Marktplatz handelt und bei dem Gebäude, auf das sie zustreben und das anders als die umliegenden Gebäude vollständig aus Stein gebaut ist, um das Rathaus.

Einer der beiden uniformierten Begleiter schließt die wuchtige Türe auf und schiebt Hans in einen dunklen Raum am Ende eines Korridors. Während der Mann mit der Weste sich umständlich hinter einen Sekretär setzt, entzünden die Uniformierten einige Talglichter. »Du bist also Johann Baptista Herrenberger«, beginnt der Mann und schaut Hans an.

Hans weiß nicht, ob dies eine Frage oder eine Feststellung ist, und nickt vorsichtshalber mit dem Kopf.

Der Mann ist offensichtlich zufrieden und fährt fort: »Ich habe als Stadtvogt Anweisung von der Vorderösterreichischen Regierung in Freiburg erhalten, dich in Gewahrsam zu nehmen.« Der Vogt lehnt sich zurück und genießt die gespannte Neugier in den Augen von Hans.

»Darf ich Euch fragen, warum die Regierung ein derart großes Interesse an mir hat?«, unterbricht Hans die Stille.

»Die kaiserlichen Werbeoffiziere haben Nachricht erhalten, dass du nach Pforzheim gebracht werden sollst. Da erinnerte man sich daran, dass du einst als Deserteur den Truppen seiner Majestät den Rücken gekehrt hast.«

Wieder macht der Vogt eine Pause und blickt versunken durch das einzige Fenster des Raums auf den Marktplatz, der in der Dunkelheit nur noch schemenhaft zu erkennen ist.

Hans kann noch nicht einschätzen, was diese abermalige Wendung seines Schicksals für ihn bedeutet.

»Ich habe Befehl, dich nach Freiburg bringen zu lassen, wo dein Regiment sitzt. Dort wird weiter über dich entschieden.«

Der Vogt bleibt auf seinem Stuhl sitzen, während Hans von den beiden Wächtern zurück zur Kutsche geführt wird.

Je mehr Hans über das Gespräch mit dem Stadtvogt nachdenkt, desto stärker wird seine Zuversicht. Dem Zuchthaus in Pforzheim scheint er entkommen zu sein. Was ihm in Freiburg droht, das weiß er nicht. Sicher wird er noch für seine Fahnenflucht bestraft werden. Vielleicht sperren sie ihn für ein paar Monate in eine Zelle. Vielleicht droht ihm wieder das Gassenlaufen, vielleicht fünf oder zehn Mal hintereinander. Das wird er überstehen. Aber die kaiserliche Armee braucht immer Soldaten.

Sie werden ihn wieder nach Böhmen schicken oder nach Ungarn oder sonstwohin, wo der Kaiser gerade seine Händel austrägt. Irgendwann wird sich Gelegenheit ergeben, Reißaus zu nehmen und dann ist er wieder frei. In Hans' Gesicht formt sich ein zaghaftes Lächeln.

Aus der Kutsche nimmt sich Hans den Beutel mit seinen wenigen Habseligkeiten, die er aus Mahlberg mitgenommen hat. Inzwischen ist auch die Kutsche mit seiner Schwester und seinen Eltern zum Halten gekommen.

Ein dicker Kloß bildet sich in seinem Hals. Er öffnet die Türe und sieht im Schein einer Fackel, welche die Wächter entzündet haben, seine Schwester auf der einen Bank sitzen, seinen Vater und seine Mutter auf der gegenüberliegenden.

»Sie wollen mich nach Freiburg bringen. Zu meinem Regiment«, sagt Hans mit brüchiger Stimme. Hans beugt sich zu seiner Schwester. Nur mit großer Mühe kann er sie erreichen. Als er ihr Gesicht berührt, spürt er, wie Tränen ihre Wange hinab laufen. Sie lehnt sich so weit nach vorne, wie es ihre Ketten zulassen, und küsst ihn auf sein bärtiges Gesicht. Ungeduldig schnalzt der Kutscher mit der Peitsche. Seine Schwester kramt in ihrem Beutel und steckt einen kleinen Gegenstand in Hans' Tasche. »Ich hab's nicht vergessen«, flüstert sie ihm zu.

Hans wendet sich seinen Eltern zu. Er drückt die Hände seiner Mutter und seines Vaters. Sein Vater sagt nichts, nur seine Mutter bringt mühsam und mit zittriger Stimme hervor: »Hans. Du bist immer unser Sohn.«

Die Stadtwächter ziehen Hans jetzt unsanft aus der Kutsche, die sich mit einem Ruck in Bewegung setzt. Hans blickt ihr nach, aber schon an der nächsten Wegbiegung wird das Gefährt von der Dunkelheit verschluckt. Eine tiefe Niedergeschlagenheit breitet sich in ihm aus. Ihn bedrückt die Angst, dass er seine Familie zum letzten

Mal gesehen hat. Erschöpft wendet er sich der Kutsche mit dem Wappen der Habsburger zu, die zur Abfahrt nach Freiburg bereitsteht.

In Freiburg angekommen scheinen sich seine Erwartungen zu bestätigen. Bereits vor seiner Ankunft hat sich im Regiment herumgesprochen, dass der Konstanzer Hans auf dem Weg nach Freiburg sei. Gleich bei seiner Aufnahme im Stockhaus der kaiserlichen Armee trifft er auf alte Bekannte aus seiner Zeit als Soldat in Böhmen und Wien. Hans sieht ihnen an, wie sie im ersten Moment über seine abgeschnittenen Haare entsetzt sind. Aber keiner macht eine Bemerkung dazu, vielleicht weil alle wissen, wie sehr Hans leidet. Er ist angespannt und würde lieber heute als morgen wieder in das Regiment aufgenommen werden.

Als er sich am Abend auf der Pritsche in seiner Zelle ausstreckt, fällt etwas aus seiner Hose. Hans bückt sich und hebt den hölzernen Gegenstand auf, als er sich daran erinnert, dass seine Schwester ihm die kleine Schachtel beim Abschied zugesteckt hat. Irgendwie kommt die Schachtel ihm bekannt vor. Vorsichtig öffnet er den Verschluss. In der Schachtel ist nichts als eine blonde Locke. Eine Locke von den Haaren seiner Schwester. Hans schließt die Schachtel langsam wieder. Und mit einem Mal ist ihm das Bild aus seiner Kindheit präsent, als seine Schwester ihn nicht gehen lassen wollte. Es ist die gleiche Schachtel, die er ihr damals gegeben hat. Hans spürt ein warmes Gefühl, das sich in seiner Brust ausbreitet. »Ich hab's auch nicht vergessen«, flüstert er leise für sich, während er die Schachtel unter den Strohsack auf seiner Pritsche legt.

Schon am nächsten Tag wird er zum Verhör geführt. Drei Stabsoffiziere, alle in den schmucken weißen Uniformen des Regiments Bender, erwarten ihn in einem kargen Zimmer, in dem nichts als drei Stühle stehen. Als Hans den Raum betritt, sehen sich die Offiziere vielsagend an. Sofort ist die Zuversicht aus seinem Gesicht gewichen. Als ob er ertappt wäre, fährt er sich mit der Hand über seinen halb geschorenen Kopf.

»Was hast du mit deinen Haaren gemacht?«, fragt einer der Offiziere unbedarft, dessen Gesicht von vielen Blatternarben gezeichnet ist.

»Sie haben mich in Mahlberg geschoren, bevor ich nach Pforzheim aufgebrochen bin«, antwortet Hans und richtet den Blick auf den Boden.

»Wer hat das getan?«, setzt der Offizier nach.

Hans gerät ins Stottern. Er weiß, dass es einen gewaltigen Unterschied macht, ob eine ehrenhafte oder eine unehrenhafte Person Hand an ihn gelegt hat.

»Ich weiß es nicht mehr genau«, antwortet er zögernd.

»War es der Scharfrichter?«, fragt einer der anderen Offiziere.

Hans antwortet schnell: »Das glaube ich nicht. Es war einer der Büttel[26].« Die Offiziere blicken sich wieder an.

Dann wendet sich der Offizier mit dem vernarbten Gesicht an Hans: »Wir müssen hier erst Gewissheit bekommen. Wir werden in Mahlberg anfragen.«

In den nächsten Tagen wartet Hans nervös in seiner Zelle. Er weiß, dass alles von der Antwort aus Mahlberg abhängt. Wird von dort mitgeteilt, dass seine Haare von einer unehrenhaften Person rasiert wurden, so ist er selbst unehrenhaft und eine Rückkehr in sein Regiment vorerst ausgeschlossen. Ist dies nicht der Fall, so wird sein Weg in die kaiserliche Armee wieder offenstehen. Hans denkt an die Worte des Oberamtsrats in Mahlberg, dass man ihm keine Steine in den Weg legen wolle. Er hofft, dass er sich noch daran erinnert.

Aber die Antwort aus Mahlberg fällt negativ aus. Nach Freiburg wird gemeldet, dass der Schinder ihn geschoren habe – eine unehrenhafte Person. In Freiburg fragt man beim Regimentskommando in Innsbruck an, wie weiter zu verfahren sei. Dort wird angeordnet, Hans zum Festungsbau zu verurteilen. Aber Hans kämpft um die Rückkehr in sein Regiment. Er bittet um ein neues Verhör, um seine Sache nochmals darlegen zu können.

---

[26] Büttel = Gerichtsdiener.

Hans ahnt noch nicht, dass sein weiteres Schicksal nicht in Freiburg oder Innsbruck bestimmt wird, sondern im württembergischen Sulz am Neckar. Dort sitzt der Oberamtmann Georg Jakob Schäffer bei seiner morgendlichen Lektüre der Stuttgarter Zeitung. Schäffer ist weit über die Grenzen seiner Heimatstadt bekannt und gefürchtet. Der Oberamtmann hat sich die strafrechtliche Verfolgung der gefürchtetsten Gauner Süddeutschlands auf seine Fahnen geschrieben. Einige bekam er bereits zu fassen: den Schweizer-Victor oder die Schleifer-Bärbel, die ihm wieder entkommen ist. Aber besonders einer fehlt ihm noch: der Konstanzer Hans. Als er in der Stuttgarter Zeitung die Notiz liest, dass der in Mahlberg einsitzt, weiß er sofort, was zu tun ist. Er schickt einen Express-Brief an die badischen Kollegen und bittet um Auslieferung. Weil von dort die Antwort kommt, dass Hans inzwischen in Freiburg sei, wendet sich Schäffer an das Regiment Bender. Dort muss man über die Anfrage aus Sulz nicht lange nachdenken. Nachdem seine Rückkehr zu den kämpfenden Truppen ausgeschlossen ist, freut sich die Regimentsführung, Hans auf diese Weise loszuwerden.

Hans ahnt nichts von all diesen Entwicklungen. Er sitzt in seiner Zelle im Stockhaus und hofft darauf, dass er die Stabsoffiziere umstimmen kann, ihn wieder in die Truppe aufzunehmen. Dann aber wird er an einem neblig-kalten Morgen im Februar 1784 aus seiner Zelle geholt. Ratlos steht er in der Kälte vor dem Stockhaus, bis ein Mitgefangener die Worte zu ihm spricht, die ihm noch lange in Erinnerung bleiben werden: »Bruder, das geht dich an. Die Leute von Sulz am Neckar wollen dich abholen.«

Die württembergische Kriminalordnung von 1732 war eine Handreichung für Praktiker der Verbrechensbekämpfung, die kaum eine Frage offen ließ. Nicht ausgespart wurde das Thema Folter. Gerade hier sollte nicht nach dem Gutdünken des Verantwortlichen vor Ort Hand angelegt werden. Für das Ob und Wie des Einsatzes der Tortur in den Verhören von verdächtigen Straftätern galt ein strenges Reglementarium. Nur dann, wenn ein hinreichender Tatverdacht bestand und eine gütliche Vernehmung keine Ergebnisse erzielte, sollte der Scharfrichter ins Spiel kommen. Die Behörden des Herzogtums in Stuttgart hatten dabei in jedem individuellen Fall eine Genehmigung zu erteilen.

Für die »peinliche« Befragung des Delinquenten legte die Kriminalordnung eine präzise Stufenfolge fest: Zunächst zeigte der Scharfrichter dem Delinquenten nur seine Folterinstrumente und erläuterte ihre Funktionsweise. Blieb das Verhör dann weiterhin erfolglos, war eine Folter im ersten Grad möglich. Dem mutmaßlichen Straftäter wurden spanische Stiefel angelegt. Dabei wurden die Unterschenkel zwischen zwei Eisenplatten eingespannt und der Druck beständig erhöht. Zur Verschärfung konnte der Scharfrichter hölzerne Keile zwischen Bein und Metallplatten einschieben. Im zweiten Grad wurden die Verdächtigen an die sogenannte Waage gehängt. Dabei wurden sie mit einem Seil an den Armen, die auf dem Rücken gefesselt waren, hochgezogen und in der Luft hängen gelassen. Im dritten Grad wurden zusätzlich Gewichte an die Beine des Aufgezogenen angehängt. Im ersten Grad war eine Tortur von 15 Minuten vorgesehen, die im zweiten Grad auf 30 und im dritten Grad auf 45 Minuten ausgedehnt wurde. Nur bei »arglistigen Bösewichten« war eine Verlängerung auf bis zu einer Stunde möglich.

Die Kriminalordnung sah weiter vor, dass die in der Folter gemachten Geständnisse nach 24 Stunden in Anwesenheit von sieben ehrlichen Männern bestätigt werden mussten. Nur dann konnten sie gegen den Straftäter verwendet werden. Bleibende Schäden – darauf legte die Kriminalordnung Wert – sollte der Gefolterte nicht davontragen. Diese Vorgabe fand in der Praxis durchaus Anwendung. So ist der Fall der Margaretha Schiemännin überliefert, die nach einer Folterung mit den spanischen Stiefeln im Jahre 1744 eine dauerhafte Behinderung am Bein davongetragen hatte. Das Herzogtum Württemberg gewährte ihr einen Kuraufenthalt in Bad Wildbad, damit sich ihre gesundheitlichen Beeinträchtigungen bessern mochten. Die herzoglichen Räte hielten es für eine Gewissenssache, »dieser durch die Tortur verunglückten Person durch den Gebrauch eines Bades wiederum zur vorigen Gesundheit zu verhelfen«.

Die Anwendung der Folter in Verhören nahm im Laufe der zweiten Hälfte des 18. Jahrhunderts mehr und mehr ab. Von Theologen und Juristen wurde immer lauter ihre komplette Abschaffung gefordert. Dabei spielten nicht nur moralische Argumente eine Rolle, sondern auch die Tatsache, dass der Nutzen der Folter in der Vernehmungspraxis in Frage gestellt wurde. Die Behörden äußerten die Vermutung, dass sich Gauner schon in ihrer Jugend unempfindlich gegenüber den Foltermethoden machten, um in den Verhören nicht gestehen zu müssen. Andere Gauner wendeten offensichtlich die Strategie an, bei Beginn der Folter sofort zu gestehen, um dann innerhalb von 24 Stunden das Gestandene zu widerrufen. Wurde erneute Folter angesetzt, gestanden sie wieder, um kurz darauf zu widerrufen.

Dass die Folter nicht mehr zur Anwendung kam, hieß aber noch nicht, dass bei Verhören keine Gewalt angewendet wurde. Den Verdächtigen zu schlagen, um ein Geständnis zu erzielen, wurde nicht als Folter angesehen. Jeder Amtmann konnte ohne Rücksprache mit höheren Behörden diese Schläge anordnen. Dabei wurde mit Hilfe einer Rute oder eines Stocks eine bestimmte Zahl von Hieben auf Rücken, Gesäß oder Hand ausgegeben. Auch der Konstanzer Hans wurde bei den Verhören geschlagen, zum

Beispiel nach seiner Festnahme in Gengenbach. Körperliche Qualen wurden den Gefangenen auch durch die Art und Weise ihrer Unterbringung zugefügt. In Mahlberg soll die Zelle des Konstanzer Hans drei Fuß breit und vier Fuß hoch gewesen sein, was es ihm gerade einmal erlaubte, aufrecht zu sitzen, nicht aber aufzustehen. Erschwerend wurde der Konstanzer Hans dort »krumm geschlossen«. Das bedeutete, dass seine gefesselten Beine mit den gefesselten Händen durch Ketten verbunden wurden. Die Tatsache, dass Gefangene auf diese Weise zermürbt wurden, war Teil der obrigkeitlichen Strategie, Geständnisse zu erwirken. Leugnete der Verdächtige die ihm zur Last gelegten Taten, so wurden die Verhöre immer wieder tagelang unterbrochen, während die mutmaßlichen Täter in ihrer Zelle ausharren mussten.

Die Festgesetzten zu Geständnissen zu bewegen, war nicht das einzige Problem der Obrigkeit. Mindestens genauso schwierig war es, der Verdächtigen überhaupt habhaft zu werden. Hierzu waren im 18. Jahrhundert Streifen das Mittel der Wahl. Behördlich angeordnet war es meist, dass die männliche Bevölkerung vor Ort die Dörfer oder Waldgebiete nach Schlupflöchern von Gaunern zu durchsuchen hatte. Die Teilnahme an solchen Streifen war sehr unbeliebt. Die Streifer waren regelmäßig schlechter bewaffnet als die Personen, nach denen gesucht wurde. Konnten Verdächtige festgesetzt werden, wurden die Streifer und ihre Dörfer nicht selten von ihnen mit Leib und Leben bedroht. Immer wieder sind Fälle bekannt geworden, wie sich die Streifer durch mehr oder weniger offen gezeigten Ungehorsam ihren Pflichten entzogen. Die Obrigkeit beschwerte sich, dass Streifer mitunter das Feuer eröffneten, noch bevor sie Gauner überhaupt sahen. Dass die Gesuchten hierdurch gewarnt wurden und sich rechtzeitig in Sicherheit bringen konnten, war wohl keine unerwünschte Nebenfolge der übertriebenen Eilfertigkeit der Streifer. Geklagt wurde auch darüber, dass der traditionelle gemütliche Ausklang der Streife in einem Wirtshaus immer weiter nach vorne verschoben wurde, oft sogar vor den Beginn der Fahndung, so dass die Schlagkraft mancher Streife unter dem erheblichen Alkoholpegel der Beteiligten litt.

Bis zum Beginn des 19. Jahrhunderts war die Zersplitterung der Territorien ein weiteres Hindernis für eine effektive Strafverfolgung. Alleine der schwäbische Kreis zählte 29 Landesherrn, 20 reichsunmittelbare Prälaten und 31 Reichsstädte. Besonders die Ortenau war ein Flickenteppich verschiedener Regionalmächte. Hier trafen Gebiete des Hochstifts Straßburg auf solche des Herzogtums Württemberg, Vorderösterreichs, der Markgrafschaft Baden-Durlach und des Fürstentums Fürstenberg. Daneben fanden sich kleinste Herrschaftsbereiche wie das Dorf Kehl, die Gebiete der Ortenauer Ritterschaft, die Reichsstädte Gengenbach und Zell sowie das Reichstal Harmerspach.

Kleinstaaterei in Verbindung mit einer ausufernden Bürokratie erleichterte es vielen Straftätern, sich der Strafverfolgung erfolgreich zu entziehen. Fahndungsmaßahmen endeten regelmäßig an der Grenze des Territoriums. Eine grenzüberschreitende Strafverfolgung konnte zu erheblichen diplomatischen Verstrickungen führen. Wurden Herrschaften über eingedrungene Strafverdächtige informiert, dauerte es oftmals Wochen, bis es zu einer Reaktion kam. Bei kleineren Territorien waren zudem kaum Mittel, Personal und geeignete Räumlichkeiten vorhanden, um Straftäter für einen längeren Zeitraum festzusetzen. Deswegen war es Mittel der Wahl, Tatverdächtige – oft nach Verabreichung einer Tracht Prügel – zügig in ein benachbartes Gebiet abzuschieben. So zog sich die bischöflich-straßburgische Herrschaft Oberkirch 1773 den Zorn ihrer Nachbarn zu, als ihre Hatschiere ohne Koordination mit den Nachbarn eine Streife in der Umgebung des Klosters Allerheiligen durchgeführt hatten und die Vaganten über die Grenze in die fürstenbergischen Ämter Haslach und Wolfach sowie in die württembergische Stadt Freudenstadt trieben.

In der zweiten Hälfte des 18. Jahrhunderts wurde der Versuch unternommen, die territorialen Hindernisse bei der Strafverfolgung aus dem Weg zu räumen. Im

Dezember 1773 trafen sich die in der Ortenau beheimateten Herrschaften zur Gengenbacher Konferenz. Eine frühere Zusammenkunft in Offenburg hatte nicht zu der gewünschten grenzüberschreitenden Zusammenarbeit geführt. In Gengenbach sollte der gordische Knoten durchschlagen werden. Zwar stand die Konferenz schon vor ihrem Beginn unter einem schlechten Stern, weil der Straßburger Bischof, der nicht zuletzt wegen der kurz zuvor erfolgten Abschiebung von Vaganten in die Nachbargebiete scharf angegriffen wurde, erst gar keinen Vertreter entsandte.

Nichtsdestotrotz gaben die Anwesenden ihre Entschlossenheit zur Bekämpfung unerwünschter Bettler und Vaganten zu Protokoll: Jeder Reichsstand sollte auf seinem Gebiet das Betteln auswärtiger Personen gänzlich verbieten. Besonders die »Bettelsuppen vor den Klosterpforten« wurden ins Visier genommen. An den Grenzen jeder Herrschaft waren nach den Beschlüssen der Gengenbacher Konferenz »Zigeuner- und Vagantenstöcke« zu errichten. Dort sollte zur Abschreckung folgender Text angebracht werden: »Zigeuner sind vogelfrei erklärt, auch ist alles Betteln und Fechten überhaupt, nicht minder unter den Vaganten und herrenlosen Leuten, die Betretung deren Nebenwegen bei Zuchthaus verboten.« Wenn ein Vagant bei einem größeren Diebstahl erwischt wurde, so wurde bekräftigt, dann sei er am nächsten Galgen zu hängen. Kinder von Vaganten wollten die versammelten Vertreter zukünftig »von verdorbenen Eltern« wegnehmen, um sie einem Findelhaus, Handwerkern oder christlichen Pflegeeltern zu überantworten.

Weniger entschlossen zeigten sich die Ortenauer Herrschaften, als es darum ging, eigene Souveränitätsrechte aufzugeben, um gemeinsam und grenzüberschreitend tätig zu werden. Vorderösterreich preschte vor und unterbreitete einen ehrgeizigen Plan für die zukünftige Zusammenarbeit: Das Ortenauer Bündnis sollte gemeinsame Fahndungskorps bilden, die von einem zentralen Kommissariat geleitet werden. Die Furcht vor den daraus resultierenden finanziellen Belastungen machte jedoch den zaghaften Wunsch einiger Herrschaften nach mehr Zusammenarbeit zunichte. Man ging im Streit auseinander. Die ineffiziente Verbrechensbekämpfung beschränkte sich weiterhin auf regionale Einzelmaßnahmen ohne Zusammenwirken der unterschiedlichen Territorien.

Es bedurfte eines württembergischen Oberamtmanns aus dem Örtchen Sulz am Neckar, um die Kleinstaaterei zu überwinden: Georg Jakob Schäffer. Schäffer markierte eine Zeitenwende in der Strafverfolgung. Von zahlreichen anderen seiner Amtskollegen unterschied er sich schon dadurch, dass die Bekämpfung des Verbrechens für ihn keine lästige Pflicht, sondern glühende

Leidenschaft war. Sein Ziel war nicht weniger als die Auslöschung des Verbrechens in Württemberg. Er ließ die obersten Stellen in seinem Heimatstaat mit immer neuen Warnungen und Vorschlägen, wie die Kriminalität mit Stumpf und Stiel auszurotten sei, kaum zur Ruhe kommen. Bald schon reichte ihm sein Tätigkeitsgebiet um Sulz nicht mehr aus, und er bat den Herzog darum, Verfahren auch aus anderen Teilen des Landes an sich ziehen zu können.

Schäffer professionalisierte die Verbrecherjagd in einer bisher nicht bekannten Weise. Seine Verhöre waren bestens vorbereitet durch zahlreiche Akten, die Schäffer aus anderen Herrschaften anforderte. Für die Vernehmung des Konstanzer Hans – so berichtete Schäffer später stolz dem Herzog von Württemberg – habe er 30.480 Blatt Inquisitionsakten studiert und mit 221 ausländischen Herrschaften und Obrigkeiten Korrespondenz geführt. Seinem Detailwissen und seiner Vernehmungsstrategie konnte sich kaum ein Verdächtiger entziehen, der in seine Fänge geriet. Schäffer versuchte, über die einzelne Tat hinaus die Strukturen der Kriminalität und die Sprache der Gauner zu erforschen. Die Informationen, die er bei den Verhören gewonnen hatte, nutzte er, um »Diebs- und Jaunerlisten« zusammenzustellen, die weit über die Grenzen Württembergs hinaus zur Fahndung eingesetzt wurden.

Auch seine Verbrecherjagd machte an den Landesgrenzen Württembergs nicht Halt. Nach der Ermordung des württembergischen Grenadiers Christoph Pfister im Jahre 1786 machte er die Fahndung nach dem mutmaßlichen Mörder Jakob Reinhard, genannt Hannikel, zur Chefsache. Schäffer selbst beteiligte sich an Streifen in verschiedenen Teilen Württembergs, um seiner habhaft zu werden, und geriet dabei mehr als einmal in lebensgefährliche Situationen, wie er später berichtete. Als Hannikel schließlich in Chur in der Schweiz gefasst wurde, setzte er alles daran, ihn nach Sulz zu überführen. Mit Erlaubnis des württembergischen Herzogs zog er persönlich nach Chur, um Hannikel nach Sulz zu bringen. Seinen Weg in die Schweiz inszenierte er in bisher nicht gekannter Weise. Er selbst hoch zu Ross wurde begleitet von zwei Kutschen und einer Eskorte in Husarenuniform. Der Weg nach Chur wurde zu seinem persönlichen Triumphzug, bei dem Schaulustige Spalier standen und ausländische Amtsleute ihn ehrerbietig empfingen.

Seine eigenen Leistungen wusste Schäffer auch bei anderen Gelegenheiten ins rechte Licht zu setzen. Am Ende seiner Laufbahn verfasste er Gedichte, in denen sich seine Erfolge als Verbrecherjäger widerspiegelten. So reimte er über die Festnahme der Bande Hannikels und ihre Auslieferung nach Sulz:

»Nach eingezogenen Berichten
gibt man sie der Justiz in Sulz
Wie? Gehn sie gern dahin? Mitnichten.
Es mehrt das Zittern ihren Puls.
Man untersuchte ihr Vergehen
Mit Müh, es war der Aktenstoß
Beinahe nicht zu übersehen
und vierundzwanzig Bände groß.
Die Mörder und die Lasterknechte
spricht jetzt das Urteil unbedingt,
die werden nach dem höchsten Rechte
und nach des Fürsten – aufgehängt.«

März 1784

Der Oberamtmann von Sulz erhebt sich, als Hans die Stube betritt, und begrüßt ihn mit einem geschäftigen Lächeln: »Schäffer, Oberamtmann Schäffer. Wir hatten noch nicht das Vergnügen.« Hans nickt kurz. Neben Schäffer befindet sich lediglich noch ein Schreiber im Verhörzimmer des Sulzer Gefängnisses, der nur kurz aufschaut, als Hans den Raum betritt.

Schäffers Haare sind adrett gescheitelt, Kinn und Backen glattrasiert. Seine Körperhaltung ist aufrecht, sein Körper schlank und seine Bewegungen sind geschmeidig. Als Hans nähertritt, fällt ihm der Geruch eines Duftwassers auf, der von Schäffer ausgeht.

Hans' Augen blicken auf den Sekretär, auf dem sich Aktenberge türmen. Der Oberamtmann von Sulz bemerkt sein Erstaunen: »Du siehst, ich habe einige Erkundigungen über dich eingezogen.« Er saugt die Luft durch seine Zähne ein. »Man kennt dich überall im Schwarzwald.«

Für einen kurzen Moment hält er inne, um die Reaktion seines Gegenübers abzuwarten. Dann geht er einige Schritte auf Hans zu: »Lass uns offen miteinander sprechen.« Jetzt schaut Schäffer Hans eindringlich ins Gesicht. »Deine Lage ist schlecht. Wir haben Verhörprotokolle von vielen deiner Kameraden. Ich habe Berichte aus Freiburg, aus Mahlberg und aus Gengenbach. Wenn du weiter leugnest, machst du dir das Leben schwer. Wenn du aber alles gestehst, dann werde ich mich persönlich bei höheren Stellen für dich einsetzen.«

Ähnliche Worte hat Hans schon oft gehört. Die übliche Mischung aus Zuckerbrot und Peitsche. Aber diese Mal kommen sie anders bei ihm an. Es scheint ihm, dass Schäffer es ernst meint.

Vielleicht liegt es auch daran, dass Hans sich geschwächt fühlt nach all den Monaten in stickigen und feuchten Gefängniszellen. Das Hin und Her zwischen Hoffen und Bangen hat ihn zermürbt. Etwas in ihm sagt ihm, dass er bei dem Oberamtmann aus Sulz nicht durchkommen wird mit seiner Strategie, nur das zwingend Bewiesene zuzugestehen und darauf zu hoffen, dass sie seiner irgendwann überdrüssig werden.

Das Verhör beginnt und Hans ist erstaunt, dass Schäffer nicht zielgerichtet auf das zusteuert, was Hans bereits nachgewiesen wurde, dass er ihm nicht die Widersprüche aus den bisherigen Verhören vorhält. Schäffer fragt nach der Kindheit von Hans, nach seinen Eltern. Er fragt nach seinem Leben im Kloster Allerheiligen und warum er nicht dort geblieben ist. Hans hat viele Verhöre erlebt, war mit allen Arten von Amtspersonen konfrontiert: übermüdeten, gelangweilten, angriffslustigen, gewalttätigen oder überheblichen. Aber niemals hatte er das Gefühl, dass sie tatsächlich Interesse an ihm hatten – weder an seinem Leben noch an seinen Verbrechen. Immer schien im Vordergrund zu stehen, ihn irgendwie schnell los zu werden. Ob er wegen seiner Taten an den Galgen kam, ob er abgeschoben oder mit einer Tracht Prügel entlassen wurde, das war den Vertretern der Obrigkeit egal.

Bei Schäffer spürt Hans, dass er einen anderen Kontrahenten hat. Sein Gegenüber will jede Information aus Hans heraussaugen. Zu seiner Person genauso wie zu seinen Taten und Mitstreitern. Mit einem vordiktierten Geständnis gibt er sich nicht zufrieden. Schäffer will die Wahrheit ans Licht bringen, koste es, was es wolle. Die Bekämpfung der Kriminalität ist kein notwendiges Übel für ihn, das seine Amtspflichten mit sich bringen. Sie ist seine Passion.

Zuerst weiß Hans nicht, ob er Schäffer trauen kann, ob hinter dessen Fragen zu seiner Person nicht eine Falle lauert. Vorsichtig und stockend beginnt Hans zu erzählen. Er geht zurück in die Zeit, als er zu seinem Vater aufblickte, und schildert, wie sich ihr Verhältnis mehr und mehr verschlechterte. Schäffer erfährt von seiner Hoffnung, als Jugendlicher im Kloster Allerheiligen bleiben zu dürfen. Als Hans von seiner Schwester erzählt, treten Tränen in seine Augen. Hans kann sich nicht erinnern, jemals so ausführlich über sein Leben gesprochen zu haben. Er spürt, wie seine Fassade Risse bekommt.

Schäffer kommentiert die Einlassungen seines Gegenübers nicht. Weder macht er Hans Vorwürfe oder zweifelt seine Erinnerungen an noch äußert er Verständnis oder Mitleid. Er hört zu, lässt alles vom Schreiber protokollieren, hakt nach, wenn er etwas nicht versteht, und schaut hin und wieder auf den Fragebogen, der vor ihm auf dem Tisch liegt.

Nachdem Hans seinen Werdegang geschildert hat, fragt ihn Schäffer nach seinen Einbrüchen. Wie in Mahlberg schildert Hans, was er dem Krämer in Turbach entwendet hat. Kein Wort mehr, als Schäffer ohnehin schon aus den Akten weiß. Schäffer lässt alles protokollieren und schaut Hans an. Fast scheint es Hans, als wäre der Amtmann etwas enttäuscht, so wie ein Vater über seinen Sohn, der alle Ermahnungen ignoriert.

Dann sind die Verhöre für vier Wochen unterbrochen. Hans harrt in seiner Zelle aus, ohne zu wissen, wann die Befragung fortgesetzt wird. Seine Alpträume von der Hinrichtung tauchen wieder auf. Dutzende Male geht er in Gedanken den Weg zur Richtstätte. Eine Ahnung befällt ihn, dass er diesem Oberamtmann nicht gewachsen ist. Dann macht sich tiefe Hoffnungslosigkeit in seiner Brust breit. Er muss an seine Haft in Tuttlingen denken, als er feierlich geschworen hatte nach Amerika auszuwandern. Wie schwach war sein Wille, dieses Vorhaben umzusetzen. Wie leicht hatte er sich von Peter dazu verführen lassen, seinen Schwur zu brechen. Vielleicht wäre er dort jetzt einer der reichen Farmer, von denen die Werber immer erzählen, um die teuren Fahrkarten für eine Schiffsüberfahrt an den Mann zu bringen.

In anderen Momenten erwacht sein Kampfgeist. ›Leugne alles, was sie nicht wissen‹, hämmert er sich ein. ›Gib nicht auf. Sie haben viel weniger in der Hand, als sie vorgeben.‹ Dann wiederum fragt er sich, ob er auf Schäffers Worte vertrauen kann, dass er sich für Hans einsetzen werde, wenn er alles gestehe. Kann Hans auf diese Weise das Todesurteil abwenden? Hat Schäffer Einfluss auf die Regierung in Stuttgart, die über sein Leben richten wird? Immer wieder macht sich Hans Vorwürfe. Er kann sich seine hochmütige Arglosigkeit nach dem Einbruch in Turbach nicht verzeihen. Warum ist er nicht geflohen? Warum hat er sich nicht ins Elsass zurückgezogen? Was hat ihn geritten, dass er alle Warnungen in den Wind geschlagen hat? Seine vermaledeite Überheblichkeit, sein Irrglaube, unverletzlich zu sein, haben ihn hierher gebracht.

In den Verhörpausen wird Hans von einem Pfarrer aus dem benachbarten Marschalkenzimmern besucht. Er ist ein kleiner, unscheinbarer Mann. Aber seine Augen fallen Hans vom ersten Moment an auf. Sie haben etwas Hellwaches und Schlaues, als ob sie mehr erkennen könnten als andere Augen. Hans lehnt die Besuche des Pfarrers zunächst ab. Er hat zuvor nie gebeichtet und auch keine Heilige Kommunion empfangen. Pfarrer waren für ihn interessant, weil sie mehr hatten als die Tagelöhner und kleinen Bauern und es sich lohnte, bei ihnen einzusteigen. Er weiß, wie die Pfarrer darauf aus sind, die armen Sünder in den letzten Wochen und Tagen vor ihrer Hinrichtung zu bekehren. Jedes Mal, wenn der Pfarrer auftaucht, sieht Hans vor seinem inneren Auge das Gerüst des Galgens, zu dem er geführt wird. Aber der Pfarrer gibt nicht auf. Immer wieder erscheint er im Gefängnis und bietet ein Gespräch an, bis Hans sich darauf einlässt. Die Unterhaltungen verlaufen anders, als Hans erwartet hat. Der Pfarrer spricht fast nicht, versucht Hans nicht zu bekehren, droht nicht mit den Qualen der Hölle, die denjenigen bevorstehen, welche Zeit ihres Lebens nicht den Weg zu Christus gefunden haben. Der Pfarrer hört einfach nur zu. Hans erzählt von seinem Leben, von seinen Eltern, und der Pfarrer ist der erste Mensch, dem er seine Angst vor dem Strang gesteht. Er erinnert Hans an Pater Norbert aus dem Kloster Allerheiligen. Die Gespräche mit ihm haben sich ähnlich angefühlt. Hans fragt sich, ob sein Leben anders verlaufen wäre, wenn sein Vater ihm erlaubt hätte, dort zu bleiben. Am Ende der Besuche spricht der Pfarrer ein Gebet. Manchmal lächelt Hans innerlich über die Naivität des Pfarrers, manchmal hasst er ihn für sein privilegiertes Leben. Manchmal wünscht er sich, so zu glauben, wie es der Pfarrer kann.

In einer der schlaflosen Nächte taucht ein Gedanke in Hans auf, der ihn nicht mehr loslässt. Was wäre eigentlich, wenn er nicht nur seine Taten gestehen, sondern all sein Wissen über andere Gauner, über Diebesherbergen, Hehler und Unterschlupfgeber preisgeben würde? Im ersten Moment ist Hans erschrocken über sich selbst. Das wäre Verrat. Das würde allem widersprechen, was ihm als Gauner heilig ist. Wir gegen die. Kochemer gegen Wittische.[27] Das hat sein Leben bestimmt. Wenn du dich selbst der Obrigkeit auslieferst, bist du dumm. Wenn du aber deine Kameraden verrätst, dann bist du Abschaum. Das ist das eherne Gesetz der Straße, und Hans hat es gelebt wie alle anderen.

Hans stellt sich vor, wie seine alten Gefährten reagieren würden, wenn er auspacken und sie davon erfahren würden. Sie würden toben und rasen. Sie würden ihn hassen und beschimpfen. Sie würden nicht ruhen, bis sie Rache genommen hätten. Aber Hans spürt, dass ihre Wut ihn nicht von seinem Weg abbringen kann. Was verbindet ihn denn mit dem Schinder-Peter und dem Schweizer-Victor, die im gleichen Gefängnis einsitzen?

---

[27] Im Jenischen wird mit der »Kochemer Gesellschaft« die Gaunerszene bezeichnet. »Wittische« sind dagegen alle, die außerhalb dieser Gruppe stehen.

Was hat er denn mehr mit ihnen gemein, als dass sie auf die Straße gespült wurden und gemeinsam versuchten zu überleben? Ist es nicht nur ein Zufall, dass er auf ihrer Seite landete und keine ordentliche Profession lernte, um irgendwo einem ehrlichen Handwerk nachzugehen? Verrat ist ein großes Wort. Aber hat der Schinder-Peter ihn nicht auch verraten, als er den Schwur brach, mit ihm zusammen nach Amerika auszuwandern?

Hans spürt noch etwas anderes: Die Zeiten ändern sich. Überall werden Gefängnisse gebaut. Es gelingt immer weniger Gaunern, durch das Netz der Obrigkeit zu schlüpfen. Städte und Herrschaften verbünden sich, um den Beutelschneidern, den Stubenräumern, den Scheinspringern[28] und Kochmooren[29] den Garaus zu machen. Oberamtmann Schäffer verkörpert diese neue Zeit. Er ist schlau und gut organisiert. Er ist allen Gaunern, die Hans kennt, um Längen überlegen. Und Hans hasst ihn nicht einmal dafür. Schäffer interessiert sich mehr für ihn als all die Gauner, mit denen er Jahre seines Lebens verbracht hat. In gewisser Weise respektiert er sogar Hans, so wie Hans ihn respektiert.

Hans findet keine Ruhe in diesen Tagen. Nachts liegt er stundenlang wach. Am Morgen ist er matt. Dann sehnt

---

[28] Scheinspringer (jenisch) = Einbrecher, der Abwesenheit der Hausbewohner nutzt.

[29] Kochmooren (jenisch) = Einbrecher, die ihre Opfer terrorisieren.

er den Tag herbei, an dem die Verhöre fortgesetzt werden. An anderen Tagen fürchtet er genau das. Weil er sich dann entscheiden muss. Wenn er sich für den Verrat entscheidet, gibt es kein Zurück. Er bricht alle Brücken ab. Und er weiß nicht einmal, ob er damit sein Leben retten kann.

Dann ist der Tag gekommen. Als Schäffer wieder nach ihm rufen lässt, ist Hans sofort hellwach. Er hat alles unendlich oft durchdacht, aber er fühlt sich so wenig vorbereitet, als wäre es sein erstes Verhör. Hans ist übernächtigt wie so oft in letzter Zeit. Es kommt ihm unwirklich vor, wie er hinter dem Wächter durch den engen Flur des Gefängnisses läuft. Die Tür zum Verhörzimmer öffnet sich und Schäffer empfängt ihn so wie bei der ersten Begegnung: aufgeräumt und freundlich. Sein Scheitel sitzt adrett und der Geruch seines Duftwassers steigt wieder in Hans' Nase. Schäffer bietet Hans seinen gewohnten Platz an, wo bereits ein Glas Wasser steht. Hans bleibt stehen.

»Es ist Zeit für die Wahrheit«, spricht er leise. Fast wirkt es so, als ob er seinen eigenen Worten nicht traut. Schäffer blickt ihn eindringlich an. Ohne eine sichtbare Gefühlsregung, so als ob er diesen Moment schon lange erwartet hätte, nimmt er an seinem Sekretär Platz: »Ich höre.«

Das Geständnis von Hans erstreckt sich über viele Tage. Hans gesteht 136 nächtliche Einbrüche, 300 Diebstähle und einige hundert versuchte Taten. Er verrät 506 Gauner sowie 119 »Diebshauser und Unterschlupfs-Geber«. Er spricht über begangene und geplante Taten. Schäffer fragt nach, wenn er etwas nicht versteht oder er mehr über die Hintermänner erfahren will. Er hält Hans die Aussagen des Schweizer-Victors oder des Schinder-Peters entgegen, wenn sich Widersprüche auftun. Hans erteilt bereitwillig Auskunft. Die Worte sprudeln aus ihm heraus, leise aber bestimmt. Hans redet ohne Punkt und Komma. Es ist gerade so, als ob der ganze Druck entweichen muss, der sich in ihm angestaut hat. Wenn Hans abends in seine Zelle zurückkehrt, fühlt er sich erschöpft, auf eine merkwürdige Art aber auch erleichtert.

Es gibt aber auch Momente in der Einsamkeit seiner Zelle, da taucht ein großes schwarzes Loch vor ihm auf. Alles, was ihm noch vor wenigen Monaten wichtig war, bedeutet ihm jetzt nichts mehr. Die Kameradschaft auf der Straße, die Gaunerehre, seine Freiheit, der Stolz auf seine Taten und darauf, dass er der Obrigkeit immer wieder entwischte. Alles ist für immer verschwunden. Hans fragt sich, ob er mehr ist als ein Verräter, der seine Haut retten will. Was tritt an die Stelle seines Gaunerlebens? Was kann ihn noch am Leben halten?

Oberamtmann Schäffer übermittelt das Geständnis mit einigem Stolz an die württembergische Regierung. Er hat die Räuberlegende des Schwarzwalds zum Reden gebracht. Seine Methoden haben ihn zum Erfolg geführt. Das wird man in Stuttgart zu schätzen wissen. Es ist üblich, dass die Behörden vor Ort einen Urteilsspruch empfehlen, wie der überführte Täter zu bestrafen ist. Im Falle des Konstanzer Hans liegt die Strafe auf der Hand: Tod durch den Strang, gnadenhalber bestenfalls durch das Schwert. Schäffer hat lange darüber nachgedacht, was er den hohen Herren raten soll.

Schon lange hat sich bei ihm die Überzeugung gebildet, dass Hans kein Gauner wie die anderen ist und deswegen auch nicht die übliche Strafe verdient. Er will einen Weg gehen, der anders ist, der ein Zeichen setzt für Bekämpfung des Verbrechens im ganzen Herzogtum. Deswegen erlaubt sich Schäffer einen unerhörten Vorschlag. Er legt dem Herzog von Württemberg nahe, Johann Baptista Herrenberger nicht nur das Leben zu schenken, sondern ihn zu einem Hatschier in württembergischen Diensten zu machen. Hans soll mit Billigung von höchster Stelle die Seiten wechseln, vom Erzgauner zum Verbrecherjäger. Es wäre der endgültige Triumph für Schäffer.

An einem frühherbstlichen Morgen des Jahres 1784 – etwas mehr als ein Jahr nach seiner Festnahme in Gengenbach – wird Hans aus dem Gefängnis geführt, gemeinsam mit dem Schweizer-Victor und dem Schinder-Peter, dem Grind-Frieder, der Henneflügels-Sephe, der Benkenmacher-Mariann und der Göhringerin. Vor dem Rathaus zu Sulz wartet bereits eine große Menschenmenge auf sie. Jeder hier kennt die Versammelten als den Konstanzer Hans und seine Bande. Als die Menschen Hans erblicken, sind sie kaum noch zu bändigen. Hans nimmt neben seinen früheren Gefährten auf einem Stuhl Platz, umringt von zehn Wächtern in feierlicher Montur, ausgestattet mit Spießen und Hellebarden. All das Toben um ihn herum dringt nicht zu Hans durch. Sein Blick geht ins Leere. Nach wenigen Minuten erscheint der Oberamtmann an einem Fenster des Rathauses. Nur langsam sinkt der Lärmpegel. Als es endlich ruhig ist, verkündet der Oberamtmann das Urteil. Hans vergräbt den Kopf in seinen Händen. Als ob Schleusen geöffnet worden wären, laufen Tränen über sein Gesicht. Und Hans kann sie nicht mehr stoppen.

EPILOG

Nach ihrer Flucht aus dem Sulzer Gefängnisturm im Februar 1783 zieht die Schleifer-Bärbel vor allem in der Schweiz umher. Das Ende der Schleifer-Bärbel bleibt im Dunkeln. Eine Gaunerin berichtet noch 1811, dass sie als alte Frau übers Land ziehe. In der Zeitung »Schwäbischer Merkur« heißt es jedoch, sie habe sich 1793 im Pforzheimer Zuchthaus erhängt.

Der Brentemer-Sepp wird am 17. Dezember 1779 auf einem Oberharmerspacher Bauernhof festgenommen. Bei einem Einbruchsversuch im Gasthof Adler war er zuvor angeschossen worden. Nur mit körperlicher Gewalt gelingt es, ihn zum Geständnis seiner Taten zu bewegen. Schließlich werden ihm Diebstahl, Raub und Betrug in über tausend Fällen nachgewiesen. Am 21. Juni 1780 wird der Brentemer-Sepp in Harmerspach geköpft.

Der Julianen-Sepple wird zu lebenslänglicher Haft auf der Festung in Breisach verurteilt. Wegen schlechter Führung kommt er nach Kufstein, wo er an den Füßen angekettet Schanzarbeit leisten muss. Auch hier leistet er Widerstand und wird strafverschärfend dazu verurteilt, mit anderen Gefangenen Schiffe die Donau flussaufwärts zu ziehen. Bei dieser auszehrenden Zwangsarbeit verstirbt er.

Der schwarze Toni, der Hans bei einem Streit die Narbe in seinem Gesicht beibrachte, wird 1787 in Oberdischingen hingerichtet.

Über den Verbleib der Eltern von Hans, die in Mahlberg zu mehrjährigen Haftstrafen im Pforzheimer Zuchthaus verurteilt wurden, ist nichts weiter bekannt.

Johann Baptista Herrenberger alias Konstanzer Hans wird in Sulz zu einer lebenslangen Strafe im Zuchthaus in Ludwigsburg verurteilt. Strafmildernd hat sich sein umfassendes Geständnis ausgewirkt. Mit Hilfe seiner Aussagen konnte ein Überfall auf das Kloster Einsiedeln verhindert werden, bei dem das Kloster am Pfingstfest des Jahres 1784 in Brand gesteckt und ausgeraubt werden sollte. 13 Personen werden festgenommen und hingerichtet, nachdem sie sich – wie von Hans angegeben – in der Nähe des Klosters getroffen hatten, um die geplante Tat umzusetzen.

Ebenfalls zu lebenslanger Zuchthausstrafe werden der Schinder-Peter, der Grind-Frider, die Hennenflügels-Sephe und der Schweizer-Victor verurteilt. Anna Maria Göhringerin sowie die Benkenmacher-Mariann erhalten eine Strafe von jeweils zehn Jahren Zuchthaus. Gemeinsam mit Hans werden sie nach dem Urteil nach Pforzheim überführt.

Auf Grundlage des Geständnisses des Konstanzer Hans erstellt Oberamtmann Schäffer noch im Jahre

1784 eine Fahndungsliste mit dem Titel »Beschreibung derjenigen Jauner, Zigeuner, Mörder, Straßen-Räuber, Kirchen-, Markt-, Tag- und Nachtdiebe, Falschen Geld-Münzer, Wechsler, Briefträger, Spieler und andern herum vagierenden liederlichen Gesindels«, die sich über 164 Seiten erstreckt. Die Liste ist für die folgenden Jahre und Jahrzehnte die Grundlage für die Polizeiarbeit in weiten Teilen Süddeutschlands und der Schweiz. Zahlreiche Gauner, Diebswirte und Unterschlupfgeber werden mit Hilfe der Angaben des Konstanzer Hans festgenommen.

Der Schweizer-Victor und der Schinder-Peter sterben in Ludwigsburg in den ersten Jahren ihrer Haft. Hans beginnt dort, in der Zuchthausbibliothek zu arbeiten. Dabei bringt er sich selbst das Schreiben bei. Gleichzeitig hilft Hans, zahlreiche Festgenommene zu identifizieren, und steht den württembergischen Behörden als Zeuge zur Verfügung. Oberamtmann Schäffer zieht ihn immer wieder bei Verhören hinzu, um die Verdächtigen zu überführen. Ein späterer Bericht der württembergischen Regierung führt aus, dass durch die Aussagen des Konstanzer Hans den schwäbischen Gaunern ein Schlag versetzt wurde, von dem sie sich nicht mehr erholt haben.

1788 wird Hans auf eigenen Wunsch vom Zuchthaus in das Armenhaus in Ludwigsburg verlegt.

Aufgrund seines kooperativen Verhaltens bieten ihm die württembergischen Behörden an, dem Land als Hatschier zu dienen. Hans lehnt das ab, vor allem aus Angst, dass er durch die Verlockungen dieser Tätigkeit wieder rückfällig werden könnte.

Währenddessen verschlechtert sich sein Gesundheitszustand. Hans bekommt Geschwüre am Hals. Er leidet unter Schlaflosigkeit und Fieberanfällen und wird zur Kur nach Wildbad geschickt. Es gelingt jedoch nicht, die Krankheit aufzuhalten. Hans wendet sich mehr und mehr der Religion zu und wird in die evangelisch-lutherische Kirche aufgenommen. Er schreibt an einem Wörterbuch der jenischen Sprache, das dazu dient, einzelne Wörter und ganze Sätze aus der jenischen in die deutsche Sprache zu übersetzen. Das Werk soll den Behörden helfen, die Gespräche unter Gaunern und Bettlern abzuhören und zu verstehen. 1791 wird das Buch unter dem Titel »Wahrhafte Entdeckung der Jauner- oder Jenischen-Sprache« veröffentlicht.

Gemeinsam mit Oberamtmann Schäffer besucht Hans den Pfarrer in Bergfelden, dessen Taschenuhr er einst vom Nachttisch gestohlen hatte, während der Geistliche schlafend im Bett lag. Hans erzählt ihm, wie er bei dem Diebstahl vorgegangen war. Der Pfarrer zeigt sich im Nachhinein erfreut, dass er nicht aufgewacht ist, da er dann sicherlich von seiner geladen bereit liegenden

Pistole Gebrauch gemacht hätte. Er lädt Hans zu einem Glas Wein ein und schenkt ihm als Belohnung für seine Läuterung einen Gulden.

Nach ihrer Entlassung aus dem Pforzheimer Zuchthaus besucht seine Schwester Franzelen Hans im Armenhaus. Hans ist gerührt, dass sie den Weg zu ihm gefunden hat. Er ermahnt sie, sich fortan nicht mehr mit Gaunern einzulassen. Würde er erfahren, dass sie sich wieder unter schlechte Leute begebe, so droht er, dann werde er sie verfolgen und finden, wo immer sie sei.

Bald kann Hans das Bett nicht mehr verlassen. Seine Kräfte schwinden mehr und mehr. Die letzten Tage seines Lebens verbringt er schweigend. Am 3. September 1793, vier Tage nach seinem 34. Geburtstag, stirbt Johann Baptista Herrenberger im Armenhaus von Ludwigsburg.

LITERATURVERZEICHNIS

Avé-Fallement, Friedrich Christian Benedict: »Das deutsche Gaunerthum in seiner social politischen, literarischen und linguistischen Ausbildung zu seinem heutigen Bestande«, Leipzig 1858

Baier, Franz: »Der Konstanzer Hans« – Ein Beitrag zur Sittengeschichte des 18.Jahrhunderts« in Bodenseechronik 1933, S.2

Blauert, Andreas und Wiebel, Eva: »Gauner und Diebslisten – Registrieren, Identifizieren und Fahnden im 18.Jahrhundert«, Frankfurt 2001

Boehncke, Heiner: »Rotwelsch, Zinken, Scheinlingszwack – Kommunikation unter Gaunern« in Siebenmorgen, Harald (Hrsg.): »Schurke oder Held? Historische Räuber- und Räuberbanden«, Sigmaringen 1995, S.39ff

Börsig, Josef: »Geschichte des Oppenauer Tales«, Oppenau 1951

Dapp, Raymund: »Predigtbuch für christliche Landsleute zur häuslichen Andacht und zum Vorlesen in der Kirche«, Berlin und Stettin 1797

Duda, Wendelin: »Die Sagen des Renchtals«, Stegen 2006

Duffner, Wolfgang: »Mehr geneigt ins Nichts«, Gerlingen 1999

van Dülmen, Richard: »Gerichtspraxis und Strafrituale in der frühen Neuzeit«, 2. Auflage München 1998

von Dülmen, Richard: »Kultur und Alltag in der frühen Neuzeit – Erster Band Das Haus und seine Menschen 16. – 18.Jahrhundert«, München 1990

von Dülmen, Richard: »Kultur und Alltag in der frühen Neuzeit – Zweiter Band Dorf und Stadt 16. – 18.Jahrhundert«, München 1992

von Dülmen, Richard: »Kultur und Alltag in der frühen Neuzeit – Dritter Band Religion, Magie, Aufklärung 16. – 18.Jahrhundert«, München 1994

Fritz, Gerhard: »Eine Rotte von allerhandt rauberischem Gesindt«, Ostfildern 2004

Fritz, Gerhard: »Räuberbanden und Polizeistreifen«, Remshalden 2003

Heusherr, Hans (Hrsg.): »Die Memoiren des Ritters von Lang 1774 – 1835«, Stuttgart 1957

Klein, Alexander: »Armenfürsorge und Bettelbekämpfung in Vorderösterreich 1753 – 1806«, Freiburg, München 1994

Küther, Christian: »Räuber und Gauner in Deutschland, Das organisierte Bandenwesen im 18. und frühen 19.Jahrhundert«, Göttingen 1976

Kroll, Stefan: »Soldaten im 18. Jahrhundert zwischen Friedensalltag und Kriegserfahrung«, Paderborn 2006

Machnicki, Monika: »›Sie trug stets das Brecheisen unter dem Rock' – aber hat sie es auch benutzt? Zur Rolle der Frauen in den Räuberbanden des 18. und 19. Jahrhunderts« in Siebenmorgen, Harald (Hrsg.): »Schurke oder Held? Historische Räuber- und Räuberbanden«, Sigmaringen 1995, S.143ff

Müller, Franz: »Die kaiserl. königl. österreichische Armee seit der Errichtung der stehenden Kriegsheere bis auf die heutige Zeit« Prag 1845

Pillin, Hans-Martin: »Oberkirch – Die Geschichte der Stadt von den Anfängen bis zum Jahre 1803«, Oberkirch 1975

Rothfuß, Uli: »Schäffer, Räuberfänger«, Tübingen 1997

Schäffer, Jacob Georg oder Schoell, Johann Ulrich: »Abriß des Jauner- und Bettelwesens in Schwaben nach Akten und andern sicheren Quellen von dem Verfasser des Kostanzer Hanß«, Stuttgart 1793

Schäffer, Jacob Georg oder Schoell, Johann Ulrich: »Konstanzer Hanß eine schwäbische Jauners-Geschichte aus zuverlässigen Quellen geschöpft und pragmatisch bearbeitet«, Stuttgart 1789

Seidenspinner, Wolfgang: »Bettler, Landstreicher und Räuber: Das 18.Jahrhundert und die Bandenkriminalität« in Siebenmorgen, Harald (Hrsg.): »Schurke oder Held? Historische Räuber- und Räuberbanden«, Sigmaringen 1995, S.27ff

Seidenspinner, Wolfgang: »Jaunertracht. Zur Kleidung der Vagierenden (nach Streckbriefen)« in Siebenmorgen, Harald (Hrsg.): »Schurke oder Held? Historische Räuber- und Räuberbanden«, Sigmaringen 1995, S.47ff

Seidenspinner, Wolfgang: »Mobilität, Unehrlichkeit und Kriminalisierung. Zur Marginalität der jaunerischen Subkultur und ihren Entwicklungsbedingungen« in Siebenmorgen, Harald (Hrsg.): »Schurke oder Held? Historische Räuber- und Räuberbanden«, Sigmaringen 1995, S.157ff

Sikora, Michael: »Das 18.Jahrhundert: Die Zeit der Deserteure« in Bröckling, Ulrich und Sikora, Michael: »Armeen und ihre Deserteure – Vernachlässigte Kapitel einer Militärgeschichte der Neuzeit«, Göttingen 1998, S.86ff

Trauner, Karl-Reinhart und Frank, Erich: »Vom Eid zum Treuegelöbnis. Eine juristisch, soziologische und ethische Betrachtung mit hoher Aktualität« in ÖMZ (Österreichische Militär Zeitschrift) 02/2012, S.156ff

Viehöfer, Erich: »Das letzte Kapitel: Strafvollzug an Räubern« in Siebenmorgen, Harald (Hrsg.): »Schurke oder Held? Historische Räuber- und Räuberbanden«, Sigmaringen 1995, S.171ff

Wangner, Fr.: »Aus der Geschichte des fürstenbergischen Zucht- und Arbeitshauses in Hüfingen«, Donaueschingen 1928

Weinlein, Willy: »Die Schicksale Oberkirchs seit der Reformation« in Stadt Oberkirch (Hrsg.): »Festschrift zum 600-jährigen Jubiläum der Stadtgemeinde Oberkirch«, Oberkirch 1926

Wettmann-Jungblut, Peter: »›Stelen inn rechter hungersnodtt' Diebstahl, Eigentumsschutz und strafrechtliche Kontrolle im vorindustriellen Baden 1600-1850‹« in van Dülmen, Richard (Hrsg.): »Verbrechen, Strafen und soziale Kontrolle« Frankfurt 1990, S.133ff

Wiebel, Eva: »Aller ärgste Erz Jaunerin« in Väth, Anke (Hrsg.): »Bad Girls Unangepasste Frauen von der Antike bis heute«, Konstanz 2003

Wiebel, Eva: »Die ›Schleiferbärbel‹ und die ›Schwarze Lis‹. Leben und Lebensbeschreibungen zweier berüchtigter Gaunerinnen des 18.Jahrhunderts« in Blauert, Andreas und Schwerhoff, Gerd (Hrsg.): »Kriminalitätsgeschichte«, Konstanz 2003

Von Thomas Binder bereits erschienen:

Thomas Binder

Kämpfen. Leiden. Lieben

Leben im Schwarzwald von den Kelten bis ins 20. Jahrhundert

Geschichte über spannende Geschichten zu veranschaulichen – mit dieser Intention lässt sich das Leben der Menschen im Schwarzwald über die Jahrhunderte beispielhaft nachzeichnen. Im Mittelpunkt stehen dabei nicht bekannte Herrscher und die große Politik; vielmehr schildern die 16 Miniaturen dieses Buches das Schicksal einfacher Leute: worüber sie sich freuten, was sie ängstigte, woran sie glaubten oder was sie stark machte. Die Figuren sind historisch belegt, ihre nacherzählten Lebensgeschichten angereichert mit vielen Hintergrundinformationen. Ein Stück Regionalgeschichte – fesselnd umgesetzt anhand von Kategorien menschlichen Erlebens wie Liebe und Hoffnung, Vertrauen und Glaube.

Thomas Binder

Kämpfen. Leiden. Lieben

Leben im Schwarzwald von den Kelten bis ins 20. Jahrhundert

**Südverlag GmbH,
1. Auflage 2020,
210 Seiten, Hardcover gebunden,
ISBN: 978-3-87800-133-1, 18,00 Euro**

***Im Buchhandel oder direkt:
www.suedverlag.de***

Julia Heinecke

Kalte Herzen

Eine Magd im Schwarzwald

Südbaden 1952. Als die 18-jährige Sekretärin Irmi aus Freiburg unverheiratet schwanger wird, wirft ihr Vater sie aus dem Haus. Mithilfe ihres Bruders Miggi findet sie im Schwarzwald Unterschlupf auf dem Nonnenfeldhof und arbeitet dort als Magd.
Der technische Fortschritt hält allmählich Einzug und bringt Erleichterungen bei der schweren Arbeit auf Feld und Hof. Doch der Krieg hat seine unauslöschlichen Spuren bei den Bewohnern hinterlassen. Immer wieder kommt es zu Konflikten, besonders zwischen Irmi und Jungbäuerin Maria. In ihrer Notlage als ledige Mutter sucht Irmi nach einem Ausweg.

Mit einem Vorwort von Thomas Hafen.

Valentin Moritz

Kein Held

Erinnerungen

Nur weg, egal wohin! Hauptsache raus aus dem Dorf. Wie so viele junge Leute zieht es Valentin Moritz aus der Enge seiner südbadischen Heimat in die Ferne. Nach Stationen rund um den Globus landet er in Berlin. Neukölln und Niederdossenbach – dazwischen liegen Welten.
Der Kontakt zur Heimat – eher sporadisch. Das ändert sich mit dem 90. Geburtstag von Valentins Großvater Josef Mutter schlagartig: Der Alte möchte die eigene Lebensgeschichte aufschreiben und bittet seinen Enkel um Unterstützung. Und so wird der gemeinsame Blick in die Vergangenheit des Landwirts, der bäuerlichen Großfamilie und des Dorfes auch für den Enkel zum Anlass, sich wieder seinen Wurzeln zuzuwenden. Wie sein Großvater begibt sich auch Valentin Moritz in seinem ersten Buch auf Spurensuche und zeichnet in eindrücklichen Bildern und authentischer Sprache nach, was seine Kindheit und Jugend auf dem Land ausmachte.

Kein Held
Erinnerungen

Badischer Landwirtschafts-Verlag GmbH,
1. Auflage 2020,
224 Seiten, Hardcover gebunden,
ISBN: 978-3-9818089-8-8, Preis 18,00 Euro

Im Buchhandel oder direkt:
Tel. 0761/27133-400
E-Mail: verlag@blv-freiburg.de

Gabriele Fritsch

Kastanienblüte

Eine verborgene Liebe

Ein kleines Dorf am Rande des Schwarzwaldes. Im Gasthof „Zum Goldenen Hirsch" trifft Lui im Mai 1919 seine Jugendliebe Klara wieder. Sie ist dort Wirtin, ihr Mann gilt als vermisst. Eine besondere Liebes- und Lebensgeschichte nimmt ihren Lauf – geprägt von großem Glück, Schicksalsschläge und schmerzhaftem Verzicht. Die beiden widersetzen sich sachte den Zwängen ihrer Zeit und folgen immer wieder der Stimme ihrer Herzen.

Angelehnt an die Erzählungen ihres Großvaters zeichnet die Autorin ein unterhaltsames, facettenreiches Stück badischer und bäuerlicher Zeitgeschichte.

Gabriele Fritsch

Kastanienblüte
Eine verborgene Liebe

Badischer Landwirtschafts-Verlag GmbH,
1. Auflage 2021,
328 Seiten, Hardcover gebunden,
ISBN 978-3-9822988-0-1, 15,80 Euro.

Im Buchhandel oder direkt:
Tel. 0761/27133-400
E-Mail: verlag@blv-freiburg.de

Bernhard Dorer

Wälderleben

Geschichte und Geschichten der Landwirtschaft im Hochschwarzwald. Ein Heimatbuch von Bernhard Dorer. Der Autor ist Schwarzwaldbauer und Heimatforscher und 1943 in Furtwangen geboren. Keine Generation, so seine Überzeugung, musste mit so vielen Veränderungen klar kommen wie seine. Gerade die Anekdoten und Bräuche aus dem Leben der »Wälder« machen den Alltag und das menschliche Miteinander anschaulich und lebendig. Bernhard Dorer schöpft aus Archiven, Literatur und familieneigenen Dokumenten und Fotografien. So verbinden sich Geschichte und Geschichten zu einem ganz besonderen Heimatbuch. Es zeichnet ein vielschichtiges Bild einer vergangenen Welt der stattlichen Hofgüter, der erfinderisch machenden Not und der Abhängigkeiten von Natur, Kirche und Politik. Dabei ist vieles auf die allgemeine Entwicklung der Landwirtschaft im Schwarzwald übertragbar. Eine gleichermaßen spannende Lektüre für Zeitzeugen und Nachkommen.

Bodn See
Costenz
Cōstantia
Ermatingn
Stad
Richow
Magnow
Podman
Waldpürg
Ravenspurg
Wingartn
Imenstad
Bagnow
Mörspurg
Marckdorff
Altshüsen
Vberlingn
Salmāßweil
Wald
Heilig berg
Sülga
Stockn
Pfullndorff
Waldsee
Schüssenriet
Buchemer See
Biberach
Mengn
Ablaw fl.
Puren
Zum Büß
Ochsßhüsen
Geffingn
Munderkingn
Riedlingn
Sigmaringn
Kirchberg
Tonaw fl.
Wulf lingen
Hornestein
Zwifalch
Veringn
Die Alb
Hetingn
Gamerdingn
Ebingn
Blabürn
Lustingn
Hohn Zollern
Munsingen
Hechingn
Vf der Alb
Achaln
Vrach
Rütlingn
Thübingn
Bondorff
Schanbach
1 2 3 4 5
Gemein Tütsch meilen